릴케의 베네치아 여행

릴케의 베네치아 여행

초판 1쇄 발행 2017년 6월 30일
초판 2쇄 발행 2022년 5월 30일

지은이 라이너 마리아 릴케
옮긴이 황승환
펴낸이 정중모
편집인 민병일
펴낸곳 **문학판**

기획 · 편집 · Book Design | Min, Byoung‒il
Book Design | Lee, Myung‒ok

마케팅 홍보 김선규 최가인
제작 관리 윤준수 이원희 고은정 원보람

등록 1980년 5월 19일(제406‒2000‒000204호)
주소 경기도 파주시 회동길 152
전화 031‒955‒0700 | 팩스 031‒955‒0661
홈페이지 www.yolimwon.com | 이메일 editor@yolimwon.com

Printed in Korea
ISBN 979‒11‒88047‒12‒3 03850 책값은 뒤표지에 있습니다.

MIT RILKE DURCH VENEDIG von Rainer Maria Rilke
Herausgegeben von Irina Frowen
Copyright ⓒ Insel Verlag Frankfurt am Main 2000
Korean Translation Copyright ⓒ 2017 by Yolimwon Publishing Co.
All rights reserved by and controlled through Suhrkamp Verlag Berlin
The Korean language edition is published by arrangement with
Insel Verlag Anton Kippenberg GmbH&Co. KG through MOMO Agency, Seoul.
이 책의 한국어판 저작권은 모모 에이전시를 통해 Insel Verlag Anton Kippenberg
GmbH&Co. KG와의 독점 계약으로 열림원 출판그룹 문학판에 있습니다.

이 도서의 국립중앙도서관 출판예정도서목록(CIP)은 서지정보유통지원시스템 홈페이지(seoji.nl.go.kr)와
국가자료공동목록시스템(nl.go.kr/kolisnet)에서 이용하실 수 있습니다. (CIP제어번호: CIP2017014388)

라이너 마리아 릴케는 베네치아를 방문할 때마다 때론 곤돌라와 바포레토를 이용하기도 했지만 대개는 걸어서 이 석호의 도시를 탐구했다. 그가 이 도시를 처음 방문했을 때는 1897년이었고, 마지막으로 방문했을 때는 1920년이었다. 1912년에는 여름 내내 베네치아에 머물렀다. 그는 상류 사교계를 드나들었고, 시로코와 밖에서 아이들이 떠드는 소리 때문에 괴로움을 호소하기도 했다. 릴케의 시 창작에 영감을 주었던 것은 마르코 광장과 카날 그란데, 카르파초와 틴토레토뿐만 아니라 황량한 아르세날레도 있었다. 그는 또한 게토를 문학적으로 형상화한 최초의 작가이기도 했다. 릴케의 베네치아 여행의 특징은 한마디로 정확한 관찰이라 할 수 있다. 그의 글에는 얼핏 볼 때는 잘 드러나지 않는 현실성이 매우 많이 담겨 있다. 현장에서 읽는다면 이러한 사실을 훨씬 더 잘 느낄 수 있다. 릴케와 함께 베네치아를 가는 사람은 많은 다른 안내자와 같이 가는 것보다 "세계의 아름다운 균형추"를 더 많이 그리고 더 정확하게 볼 수 있을 것이다.

릴케의 베네치아 여행

Mit Rilke durch Venedig

라이너 마리아 릴케 지음

비르기트 하우스테트 엮음 | 황승환 옮김

문학판

서문

"그는 사람들이 찾아갈 수 있는 집도, 주소도, 고향도 없었고, 오랫동안 머무른 거처도, 직책도 없었다. 항시 그는 세상을 이리저리 떠돌아다녔으며, 그가 어디로 발걸음을 옮기게 될지는 아무도, 심지어는 그 자신조차도 미리 알 수 없었다. (……) 그를 만나게 된 것은 언제나 순전히 우연 때문이었다. 사람들은 이탈리아의 어느 미술관에서 그윽하고 상냥한 미소를 띤 얼굴이 자신을 향해 다가오는 것을 느꼈지만, 그 사람이 누구인지 알아채지 못했다."[1]

릴케는 유럽 곳곳을 여행했다. 그는 러시아를 방문했고 나일 강에도 갔으며, 보릅스베데 지방은 물론이고 세계적인 도시인 파리에도, 그리고 보헤미아 지방의 외진 귀족의 영지에서도 거주했다. 그리고 베네치아에도 자주 들렀다. 산 마르코 광장과 리도, 두칼레 궁전과 카날 그란데는 그에게 매우 친숙한 곳이었다. 그는 이 도시를 10여 번 방문했는데, 처음 들렀던 때는 1897년 3월 어느 주말이었고, 마지막으로 갔던 때는 1920년 7월 13일이었다. 시인은 이탈리아의 다른 어떤 곳보다도 베네치아를 좋아했다. 피렌체는 청소년기가 지난 다음부터는 관심에서 멀어졌고 문학적으로도 마찬가지였다. 카프리는 그에게 지속적으로 영감을 주어 몇몇 아름다운 자연시를 창작하게 된 원천이 되었다. 로마의 경우, 그는 이 도시를 완전히 거부했다. 도처에 "생기 없고 음울한 박물관 분위기"[2]만 널려 있을 뿐이라고 한탄 했으며, 그래서 그는 로마에서 키르케고르를 숫제 덴마크어 로 읽었다. 이와는 달리 베네치아는 그에게 동경의 장소로 남았으며 끊임없이 흥미를 불러일으켰다. "언제부턴가 나는 스치는 눈길에라도 베네치아라는 단어가 언뜻 나타나지 않 으면 그 어떤 신문이나 책도 읽을 수가 없게 되었소. 어디 를 보든 마지막 순간에는 내 눈에 베네치아라는 단어가 만 들어지게 된다오."[3]

릴케에게 여행이란 단순히 기분전환이나 취미 또는 일상 에서 벗어난다는 의미가 아니었다. 여행은 그에게 열정이었 고, 생활 방식이었으며—또한 작업이었고, 시인이라는 직업 의 일부였다. 여행은 릴케에게 있어 오직 한 가지 목적에만 도움이 되었다. 즉 그는 여행에서 항상 글쓰기를 위한 충 격, 자극, 아이디어 등을 추구했다. 하지만 그것은 결코 쉬 운 일이 아니었다. 산 마르코 광장에 앉아 분위기를 느끼 고 그것을 메모하는 것—릴케의 시는 이런 식으로 생겨난 것이 아니었다. "시란 사람들이 생각하듯 감정(감정은 매우 일찍 나타난다)이 아니라, —그것은 체험이다. 한 편의 시를 탄생시키기 위해서는 많은 도시들을 보아야 하고 여러 사 람들이나 갖가지 사물들과 접촉해보아야 한다. (……) 모르는 지방에 있는 길들과 매우 고요한 방에서 보낸 나날들을, 그리고 바닷가의 아침을, 바다를, 바람이 살랑대던 여행지의 밤들을…… 회상할 수 있어야 한다."[4] 릴케의 많은 여행지들 가운데 베네치아는 특별한 도전을 의미한다. 그럴 것이 유럽에 있는 다른 어떤 도시도 베네치아만큼 풍부한 예술적 전통을, 제한된 공간에 그렇게 많은 예술작품을 품고 있는 곳이 없기 때문이다. 베네치아는 도시 전체가 유럽의 총체적 예술작품이다. 어떤 도시도 이곳만큼 그렇게 "문학 속에 집적되어 있고", 노래로 불려지고, 그림으로 그려지고, 시의 소재가 되고, 글로 묘사된 곳이 없다. 릴케는 베네치아에 대한 자신만의 시각을 찾는 일을 평생의 과제로 삼았다. 파리를 제외한다면, 다른 어떤 도시에 대해서도 릴케가 그토록 심취한 곳은 없었다. "왜냐하면 우리는 서로 한두 번으로 끝나지 않을 것이며, 우리가 원하는 것을 하나하나 알아가는 편이 좋을 것이기 때문입니다."[5] 릴케는 전통에 기대려 하지 않았고 또한 그럴 수도 없었기 때문에 베네치아에 대한 도전은 더욱더 커졌다. 릴케는 이 도시에서, 문학적으로, 자기만의 방식으로 길을 갔다. "처음부터 배움이었다." 릴케의 텍스트에는 *세레니시마*(역주: Serenissima Repubblica di venezia의 약칭으로 베네치아를 지칭. 세레니시마는 두 가지 의미가 있음. ① 가장 고귀한: 최고 귀족 가문인 통치자 가문을 부르는 호칭. 비잔틴제국이 통령에게 내린 칭호를 국가명으로 사용. 국가에 사용될 때는 독립된 주권을 강조하는 의미로 사용. ② 가장 고요한: 외부에서 보기에 혼란스러운 다른 도시들에 비해 조용하게 보였기 때문. 외교적으로도 이 도시는 갈등과 투쟁보다는 중재와 평화를 선호했음)가 퇴폐적인 도시라는 인습적인 이미지로 등장하지 않는다. 처음에는 릴케도 이 주 인습적으로 접근했다. 그는 괴테의 『이탈리아 기행』을 집어 들었으나, 너무 냉철하다고 생각되어 곧 제쳐놓았다. 19세기 중반 이래 교양시민계층이 가장 선호했던 여행안내서 『배데커』도 릴케는 "독단적인 별"(역주: 『배데커』 여행안내서에는 1846년부터 꼭 보아야 할 중요한 볼거리에 별이 표기되어 오랫동안 큰 호응을 얻었다) 때문에 비판했다. 물론 그렇다고 젊은 릴케가 당시에 이 여행안내서를 문학적으로 활용하지 않았다는 의미는 아니다. 그의 최초의 시들은 운문으로 쓴 『배데커』 안내서와 같은 느낌을 준다. 그리고 그는 항상 관광객들이나 대중관광에 대해 못마땅해했지만, 그러한 거대한 집단관광을 베네치아에서 처음 체험했고, 필요한 경우에는 관광 시설물의 도움을 얻었다. 그는 쿡 여행사*Cooks Reisebüro*에서 교통편을 주문했는데 이것이 가장 편하고 저렴했다. 1907년 처음으로 베네치아에서 며칠 머물렀을 때 그는 빈의 리하르트 베어-호프만이 빌려준 매우 귀중한 고서적들을 한 꾸러미 가지고 갔다. 릴케는 후일 그 친구에게 「베네치아의 아침」이라는 시를 헌정하여 보답했다. 베네치아에서 멀지 않은, 맞은편 아드리아 해안에 위치한 두이노 성에서 그는 몇 달 동안 성의 도서관에서 베네치아에 관해 찾을 수 있는—이탈리아어와 프랑스어와 독일어로 된—책은 모두 찾아 읽었다. 베네치아에서 그는 기록보관실과 도서관을 방문했다. 물론 문학서적도 읽었다. 그는 심지어 베네치아의 매우 중요한 여류시인인 가스파라 스탐파의 소네트를 번역하려고 마음먹기도 했었다. 결국 그렇게 하진 못했지만 그녀는 다른 방식으로 릴케의 문학에 녹아들었다. 『두이노의 비가』 중 제1비가에서 그는 그녀의 이름을 회상하고 있다.

릴케는 또한 최근 작품들도 읽었다. 그는 토마스 만의 『베니스에서의 죽음』을 1912년 출간되자마자 바로 구입했다. 그는 이 소설의 1부를 "대가다운 프락투어(역주: 독일 고유의 장식 글씨체)"라고, 2부는 "그저 괴로울 뿐"이라고 평했다(상세한 것은 9번째 산책 참조).

스스로를 "거의 문화가 없는" 사람이라고 말한 것과 달리 릴케는 굉장히 박식했다. 그는 많이 읽었지만 체계적이진 못했다. "릴케의 교양은 (……) 아마추어처럼 선별적이고 비약적이었지만, 대상을 매우 순수하게 수용하고 재현했다."[6] 아마추어가 그러하듯이 라이너 마리아 릴케는 우리에게 자신의 지식을 전달한다. 예를 들자면 시 「통령Ein Doge」(1907)은 베네치아의 통치술을 간결하게 묘사하고 있다. 그러나 그것을 무미건조한 학술어로 썼다거나 첫눈에 알아보고 이해할 수 있도록 쓴 것이 아니라, 시적으로 압축하여 묘사하고 있다.

릴케는 독서 이상으로 산책을 좋아했다. 릴케는 열정적인 산책가였다. 파리에서 릴케가 산책할 때 종종 함께 따라나섰던 슈테판 츠바이크는 심지어 다음과 같이 말했다. 그는 파리라는 "도시를 구석구석까지 알고자 했으며" 산책은 "내가 그에게서 감지한 열정, 거의 유일한 열정이었다."[7] 이러한 사실은 베네치아에 대해서도 마찬가지였다. 릴케는 이따금 곤돌라를 타기도 하고, 대개는 걸어서 며칠 동안 베네치아를 돌아다녔다. "이번에 머물렀을 때는 제가 읽은 것들이 전혀 도움이 되지 못했습니다. 기껏해야 새로운 지리 수업 덕분에 이 도시에, 산 알비제에서부터 산 피에트로 디 카스텔로에 이르는 구역에 이제야 제대로 익숙해진 정도입니다."[8] 1920년 시인은 관광객이 적은 베네치아의 북동 지역을 오랜만에 다시 방문했음에도 이전에 가보았던 골목골목을 다시 찾아내는 데 여전히 어려움이 없었다. 자랑스럽게 말했듯이 그는 길을 잃는 법이 없었다. 그는 또한 "낯선 사람들이 복잡한 '칼리'(역주: Calli, 이탈리아어 calle(골목길)의 복수)를 헤매다 길을 물었을 때 제대로 대답해"[9] 주었을 정도로 "베네치아처럼 헤아리기 힘든 본질"을 매우 잘 알고 있다

는 점에 자부심을 가지고 있었다.

자주 그는 혼자서 산책을 했다. 때로는 그를 베네치아에 초대한 마리 폰 투른 운트 탁시스-호엔로에 부인이 산책길에 같이 따라나섰다. 이들은 1909년 파리에서 알게 되었는데, 두 사람의 친구였던 철학자이자 수필가 루돌프 카스너(릴케가 알고 있는 몇 안 되는 남자 친구 중의 한 명)가 소개해준 덕분이었다. 그 후작부인은 릴케를 다르게 상상했었지만, 곧 그를 좋아하게 되었다. 그녀는 릴케가 "거의 아이처럼 보이는 너무나도 젊은 사람"일 줄은 생각도 못했다. "처음 보았을 땐 아주 못생겼다고 생각했지만 그러나 동시에 매우 호감이 가는 인물이었다."[10] 그녀는 그에게 "세라피코 선생 Dottore Serafico"이라는 이름을 붙여주었고, 그는 그녀를 언제

나 정중하게 "친애하는 후작부인"이라고 불렀다. 릴케의 삶에서 그녀는 10년 이상의 세월 동안 가장 중요한 인물이었다. 그녀는 어머니 같은 친구이자 손이 큰 후견인이었으며, 자신이 소유한 두이노 성과 베네치아로 그를 초대해준 자애로운 사람이었다. 베네치아에서 지낸 날들의 대부분을 그는 카날 그란데(Canal Grande)에 인접한 "전형적인 베네치아식 메자닌(역주: Mezzanin. 중2층[中二層]. 고미다락)"에서 묵었다. 베네치아 태생인 부인은 유서 깊은 귀족 가문 출신이었고, 오스트리아에서 가장 부유한 여성 중의 한 명이었다. 더군다나 그녀는 음악, 회화, 문학 등에 지대한 관심을 가지고 있었으며, 심지어 릴케와 함께 단테를 번역하기도 했다. 후작부인은 작은 사교 모임에 예술가들과 학자들을 초대하는 것을 즐겼다. 그녀가 소유한 두이노 성은 유럽 문화의 엘리트들이 모이는 중심지였다. 제1차 세계대전 전까지는 그곳에서 이탈리아 출신의 세계적인 스타 엘레오노라 두제를 비롯해 베를린의 박물관장 빌헬름 폰 보데에 이르기까지, 그리고 후작부인의 남편을 포함하여 유럽 전역의 명문 귀족들을 모두 만날 수 있었다. 마리 폰 투른 운트 탁시스는 교양 있고, 너그럽고, 견문이 넓은 진정한 귀부인이었다. 그녀는 가능한 한 언제나 시인을 도와주었다. 예를 들자면, (이러한 문제는 상당히 자주 일어났는데) 시인이 여성들과의 관계에서 문제가 생기면 그녀는 적절하면서도 분명한 말로 조언해주었다.

후작부인과 시인은 교회나 전시회 그리고 카페를 함께 방문했다. 베네치아에서 보낸 나날들은 이런 식으로 흘러갔다. "전형적인 베네치아 분위기의 '페니체'에서 간단하게 아침식사를 한 다음" 프라리Frari 교회나 퀘리니-스탐팔리아 Querini-Stampalia 미술관이나 주데카Giudecca 섬에 있는 매혹적인 에덴 정원Giardino Eden으로 갔다. 거기에서는 예정에도 없이 "눈에 띄는 골동품점에 들렀다. 전시된 물건들은 믿기지 않을 정도로 꽃만큼이나 화려했다. 릴케는 아름다운 물건들을 아주 좋아했다."[11]

릴케는 어디를 가보고 싶다는 생각이 들면, 당시 사유지였던 카 레초니코Ca´ Rezzonico를 예로 들자면, 인맥을 동원하고, 편지를 쓰고, 끈기 있게 기다리는 등의 수고를 마다하지 않았다.

산책을 할 때면 릴케는 모든 것을 눈여겨보았으며, 아주 사소한 것이라도 허투루 보고 그냥 지나치는 법이 없었다. 어떤 묘비명이라도 그냥 지나치지 않고 멈춰 서서 소리 내어 읽기를 좋아했다. 때로는 자신이 쓴 시를 낭송하기도 했다―물론 "품위 있는 자리에서"만. 그는 길을 나설 때마다 "목까지 단추를 잠근 검은 공단 조끼의 주머니에" 메모장

카 레초니코의 연회장. 릴케는 1903년 아내 클라라와 함께 이 궁전을 방문했다.

을 항상 휴대했는데, 이것은 "덧붙여 말하자면 그가 오랫동안 지녀온 독특한 습관이었다."[12]

시인은 베네치아 화가들이 그린 온화한 마돈나 상을 특히 애호했다. 릴케와 함께 베네치아를 산책한다는 말은 언제 어디서나 그림을 본다는 말이나 다름없다. "그럴 것이 베네치아가 개별 사물에, 안내시에, 빈엉에 들어 있다면, 그림에는 베네치아가 수천 배나 더 들어 있기 때문이지요. 베네치아의 정수는 그림 속에 있습니다."[13] 베네치아에 있는 박물관이나 미술관 가운데 릴케가 모르는 곳은 없었으며, 심지어 그는 개인 소장품들과 당대의 비엔날레도 정기적으로 방문했다. 걸작에 대한 감탄, 양식사, 시대 구분 등의 고전적인 예술사적인 질문들은 그의 관심사가 아니었다. 모든 것은 그와 개인적으로 관련되었다. 예를 들자면 시적 감흥을 자극한 코레르 박물관Museo Correr에 있는 카르파초의 그림이나 또는 외진 곳에 있는 마돈나 델로르토Madonna dell' Orto 성당에 있는 틴토레토의 그림 〈마리아의 성전 봉헌Die Darstellung Mariae im Tempel〉을 들 수 있다. 틴토레토의 그림은 릴케가 같은 제목의 시를 쓰는 데 영감을 주었다. 이것은 곱절의 횡재다. 우리는 릴케의 시를 읽으면서 틴토레토의 그림을, 그림의 색감과 이미지의 배치 그리고 전체 구성을 보는 듯 알게 된다. 이를 통해 우리는 릴케의 창작활동에 대한 좀처럼 보기 어려운 명확한 통찰을 얻게 되는 것이다.

후작부인으로서는 릴케와 함께하는 대화나 여행 또는 산책은 대단한 체험이었다. "릴케와 길을 떠나는 행운보다 더 큰 즐거움을 준 여행은 없었다. 모든 것을 보고 느꼈기 때문만이 아니라, 그는 모든 것을 다르게, 보통사람들과는 다른 식으로 받아들였기 때문이다. 사물을 보는 그의 시각 또는 내면을 뚫고 들어가 '우리에게 더 많은 것을 보여주는 거울', 그것은 정말이지 숨이 멎을 정도였다. 그에 대해 얼마나 더 경탄을 해야 할지 모를 지경이었다."[14] 릴케도 또한 그녀와 함께했던 여행을 그만의 방식으로 즐겁게 회상하곤 했다. 『두이노의 비가』 중 첫 번째 비가에는 "혹은 최근에 산타 마리아 포르모자 성당에서 보았던 것처럼, 비문 하나가 네게 장엄하게 그것을 부탁하지 않았던가?"라는 구절이 있는데, 여기에서 "최근에"란 릴케가 후작부인과 함께 그 성당을 방문했던 1911년 4월 3일을 가리킨다.

후작부인이 일기에 쓴 대로 어느 멋진 날 아침이었다. 그녀는 릴케의 작품에 등장하지 않은 많은 색다른 체험들도 기록해두었다. 이를테면 릴케는 여인들을 뒤에서 바라보기를 좋아한다는 따위이다. "릴케는 여인들의 뒤태에 열광했다. 프리울리 지방(역주: Friuli. 이탈리아의 북동쪽, 아드리아 해의 가장 북쪽 지역)에서 그런 멋진 몸매를 만나는 일이 흔하긴 하지만 말이다. '세라피코, 이 여자도 구원하겠다는 생각은 마시게'라고 내가 말하자 그는 웃음을 터뜨렸다."[15]

베네치아에 체류하는 동안 릴케는 대개 카날 그란데에 바로 인접한 후작부인 소유의 안락한 집에 머물렀다. 릴케가 이곳에서 어떻게 생활했으며, 고상한 가재도구들을 어떤 방식으로 비치했으며, 하녀 기지아와는 어떻게 지냈는지 등을 우리는 릴케와 후작부인이 주고받은 편지에서 알 수 있다. 릴케는 후작부인에게 리도 해변에서의 해수욕에서부터 저녁때 베네치아 시내에 있는 모체니고 백작부인의 아주 매력적인 문학살롱에 가기까지, 그리고 창작의 위기, 시로코(역주: 북아프리카에서 남유럽에까지 부는 토사가 섞인 고온다습한 열풍), 엘레오노라 두제Eleonora Duse(역주: 당대 유럽 최고의 여배우)와의 잘 풀리지 않는 관계 등에 관해 편지로 썼다. 후작부인의 덕분으로 그는 베네치아 최고의 귀족 사교클럽에 첫발을 내디딜 수 있었다.

릴케가 후작부인과 함께 거주하지는 않았으나 그는 귀족 신분에 어울리는 호사를 즐겼다. 경제적 압박을 받았음에도 불구하고 그는 대개 카날 그란데 근처의 호화로운 호텔에 숙박했다. 여담이지만, 그는 이미 1897년 아직 학생 신분으로 베네치아에 처음 체류했을 때도 고급 숙소를 이용했다. 그 여행의 경비는 릴케가 뮌헨에서 알게 된 미국인 나탄 슐츠베르거가 지원했다. 두 젊은이는 당시 베네치아에서 가장 좋은 세 호텔 가운데 하나였던 브리타니아 호텔에 투숙했는데, 엘리베이터와 중앙난방 시설을 갖추고 있었고 카날 그란데를 조망할 수 있는 곳이었다. 초대를 받지 못했거나 또는 가진 돈도 없을 때는 매우 절약하는 생활을 했다. 1907년 가을이 그러한 상황이었다. 그는 베네치아로 꼭 가고 싶었지만 돈이 한 푼도 없었다. 그래서 그는 파리에 있는 모든 지인들에게 저렴한 방을 알아봐달라고 부탁했다. 베네치아의 미술상 피에트로 로마넬리가 마침내 해결책을 마련해주었다. 차테레 구역에 살고 있던 그의 두 누이가 가난한 시인에게 그것도 특별 할인 가격으로 방을 빌려준 것이었다. 릴케로서는 여러 모로 행운이었다. 그곳에서 릴케는 미미 로마넬리를 만나게 되었기 때문이다. 여러 연구자들이 오랫동안 궁금해했던 '미지의 베네치아 연인'이 바로 그녀였다. 릴케의 문학에도 그 여행은 행운이었다. 릴케의 가장 유명한 베네치아 시들이 1907년 11월 바로 이 베네치아 여행 직후에 창작되었기 때문이다.

릴케는 세계내공간Weltinnenraum의 시인이라 간주된다. 『두이노의 비가』에서 드러나듯, 단지 몇 개의 단어로 해독하

기 어려운 내면의 공간을 만들어낸 시인은 릴케를 제외하고는 어느 누구도 없었다. 릴케는 외적인 등 가물 없이 내면 풍경을 그려내는 대가라고 릴케 전문가들은 말한다. 외적인 모든 것은 언어의 내면 속으로 전이된다. 그럼에도

젊은 시절의 라이너 마리아 릴케.

불구하고 현실과의 연관성이 완전히 사라지진 않는다. 적어도 그의 베네치아 시들에서는 그렇지 않다. 시를 읽는 독자는 실제의 장소를 알 수 있다. 얼마나 많은 현실이, 여러 장소와 역사에 대한 얼마나 많은 지식이 그의 시 속으로 흘러들었는지 알 수 있다. 릴케는 자기만의 감정에 도취된 몽상가는 아니었다. 베네치아 시에서 볼 수 있듯이 그는 언어적 양태를 항상 현실과 '접지시킨' 극도로 엄밀한 언어 탐구가였다. 편지글에서처럼 그는 연관점을 현실에서 가져와서 수용했다. "환경이 저에게 얼마나 많은 영향을 주었는지 당신은 충분히 짐작하실 수 있을 것입니다. 저는 운명적인 거듭된 인내심과 극기로 여행자로서 여행지에 체류했을 뿐만 아니라, 실제로 그곳의 현재와 과거에 매우 생생

하게 접속하면서 살 수 있었습니다."[16] 릴케의 주목을 끈 것은 어떤 도시가 가지고 있는 고유한 모습만이 아니었다. 그는 항상 베네치아와 같은 어떤 도시의 배후에 있는 본질을 탐구하려 했다. 유명한 시 「베네치아의 늦가을Spätherbst in Venedig」은 몰락해가는 궁전의 퇴락을 다루고 있을 뿐만 아니라(물론 이것도 다루고 있지만), 황폐화된 공업지대를, 즉 베네치아의 거대한 조선소이자 한때는 이 도시의 경제적 심장이었던 곳인 아르세날레를 전면에 내세우고 있다. 아르세날레가 없었더라면, 그리고 농업이나 노동 또는 수공업이 없었더라면, 릴케에게는 베네치아의 궁전도, 예술도 의미가 없었을 것이다. 릴케는 예술의 토대에 대한 의문에서 시작하여 경제에까지 이르렀는데, 이것은 브레히트식의 접근방식을 떠올리게 한다. 하지만 릴케는 이것을 반짝이는 언어예술로 포장했다.

릴케의 베네치아 시들은 역사적으로 예술적으로 권력의 중심으로 안내한다. 이를테면 베네치아의 웅대한 성당 산 마르코San Marco를 동명의 시에서, 두칼레 궁전Dogenpalast을 시 「통령」에서 표현하고 있다. 하지만 릴케는 중요한 역사나 국가의 역사에만 관심을 기울인 것은 아니었다. 그는 베네치아의 뒷골목 순례도 즐겼다. 수백 년 동안 베네치아의 의식에 떠오르지 않았던 장소, 즉 게토를 그는 최초로

1900년에 언급했다. 우리는 단편「베네치아 게토의 한 장면Eine Szene aus dem Getto in Venedig」을 손에 들고 이 구역을, 이 구역의 역사와 건축의 특징 등을 발견할 수 있다.

릴케가 '현실'을 언급할 때, 이것은 사진 같은 모사나 리얼리즘의 어떤 양식을 의미하는 것이 아니다. 릴케는 시인이었으며, 그래서 그는 인식, 역사, 신화, 체험, 읽은 것, 본 것, 들은 것 등을 지극히 엄밀한 언어로 농축했다. 그것이 그의 예술이었다. 아내 클라라에게 보낸 편지에서도 드러나듯이, 편지글에서도 언어적 엄밀성이 나타난다. "베니제(역주: Venise. 베네치아의 프랑스어). 이 놀랍고도 빛바랜 이름, 이 이름으로 인해 비약이 일어나는 듯하며, 이 이름은 오직 기적 같은 것을 통해서만 지금까지 유지되고 있소—옛날의 베네치아Venezia가 강력한 국가와, 그 행위나 광휘와 어울리는 것과 마찬가지로 기이하게도 베니제라는 이름은 저 제국의 오늘날 모습과 어울리는구려. (……) 한편 베네디히(역주: Venedig. 베네치아의 독일어)라는 이름은 지나치게 정중하고 현학적인 느낌을 주는데, 오스트리아가 지배했던 짧고 불운했던 시기에만 해당하는 이름이자 관료들이 악의적으로 무수한 서류뭉치에다 쓴 서류상의 이름으로 우울하게 채색되어 들리는구려.[17] 이것은 릴케가 연도를 언급하거나 또는 역사가의 지루한 어투를 사용하지 않으면서, 다만 도시의 이름을 변주하는 것만으로도 베네치아의 다사다난한 역사를 설명하고 있는 예술작품이다.

편지는 베네치아에서 체류하던 릴케에게 중요한 자원이었다. 편지는 시인에게 항상 '작업수단'이었으며, 편지에서 그는 나중에 시에서 사용하게 될 생각과 표현을 시험했다. 루돌프 카스너는 언젠가 이렇게 썼다. "작품과 편지는 여기에서 재킷과 안감의 관계나 마찬가지다. 그러나 편지는 나중에 재킷에 안감을 대어 밖으로 입고 다닐 수 있도록 하는 착상을 떠오르게 하는 아주 귀한 재료이다."[18] 릴케의 베네치아 편지는 곱절로 가치가 있다. 이것은 한편으로 매우 아름답고 명징한 구절들을 포함하고 있고, 다른 한편으로 매우 시적이기 때문이다.

릴케가 베네치아에 관해 남긴 첫 번째 기록물은 편지글에서 발견된다. 그는 1897년 3월 말경 뮌헨의 여자친구 노라 가우트슈티커(역주: 여성운동가인 언니 소피아와 함께 뮌헨의 슈바빙에서 사진관 '엘비라'를 경영했는데, 릴케는 여기서 사진을 찍으면서 노라와 가까워지게 되었다)에게 다음과 같이 썼다. "전 베네치아를 봐야겠어요—그럴 수 있기를 한층 더 고대합니다—당신에게 베네치아에 관해 이야기할 수 있게 되면 좋겠네요."[19] 여러 쪽에 걸쳐 그는 들떠서 그 아가씨를 베네치아 산책에 처음 데리고 간 일을 썼다. 릴케가 그토록 혼란스런 모습을 보인 것도 드문 일이거니와 그토록 생생하면서도 직접적으로 기술한 경우도 흔하지 않은 일이었다. 덧붙이자면 노라 가우트슈티커는 뮌헨 최초의 신여성들 가운데 한 사람이었으며, 여동생과 함께 유명한 사진관 '엘비라'를 운영하고 있었다.

1907년 가을 아내 클라라에게 보낸 편지와 같은 후일의 편지들은 그야말로 작은 예술작품이다. 아내에게 보낸 편지는 세잔에 관한 편지에서 그랬던 것처럼 베네치아 문학을 아주 독특하게 묘사하고 있다. 시인은 많은 표현들을 여러 차례에 걸쳐 다양한 수신인들에게도 시험했다. 여러 편지들은 그의 시를 조명하는 데 도움을 준다. 릴케 연구자들이 자주 인용하는 편지 중의 하나는 지도니 나트헤르니 폰 보루틴 남작부인에게 보낸 편지인데, 이 편지는 마치 시 「베네치아의 늦가을」의 산문판처럼 읽힌다.

릴케가 베네치아에 관해 '의무적으로 쓴 편지들'조차 유용하다. 기젤라 폰 데어 하이트가 베네치아로 신혼여행을 떠나기 위해 릴케에게 조언을 구했을 때, 시인은 처음에는 마음이 내키지 않아 답장을 내내 미루어놓았다. 그러나 기젤라의 아버지 카를 폰 데어 하이트 씨는 당시 릴케의 가장 중요한 후원자였다. 그래서 그는 마침내 엉덩이를 붙이고 16쪽에 이르는 편지(게다가 각주까지도 달아서!)를 써내

려갔는데, 물론 신부에 대한 조롱도 없진 않았다. "(생각건대) 저는 정말이지 몇 가지 사소한 '암시'를 하지 않을 수 없습니다. 그리고 그밖에는 당신이 『배데커』 여행안내서를, 아, 아닙니다, 차라리 당신의 기분과 내면적 끌림에 내 맡겨서 이 즐거운 여행을 마음이 내키는 대로 하시는 편이 더 좋겠습니다. (부군께서 어디에서도 안내 받기를 원하지 않는 경우는 제외하고 말입니다. 그 때문에 당신이 괴로워할 일은 없을 것입니다.)"[20] 기젤라 양이 누구에게 속을 털어놓았는지, 또는 어쨌되었든 릴케를 안내자로 삼아 베네치아의 많은 것을 보고 이해했는지 우리는 알 수 없다. 그가 해주었던—예를 들자면 떠나가면서 베네치아를 마지막으로 보기에 가장 멋진 장소는 어디인가—많은 조언들은 오늘날에도 여전히 유용하다.

릴케는 새로운 베네치아 신화를 창조하지도 않았고 그렇다고 데카당스라는 낡은 신화를 계속해서 기록해 나가지도 않았다. 그는 간결하고 통일적인 그 어떤 베네치아 문학을 남겨놓지도 않았지만 대신 현대문학을 남겨놓았다. 여기저기 산재된 시들, 편지들, 소설들 그리고 『두이노의 비가』의 난해한 지시 등은 베네치아를 새롭게 배열했으며 더욱 개인적으로 만들었다. 릴케의 작품에서 산 마르코 성당과 카르파초는 게토 옆자리를 차지하고 있으며, 그의 관점에서 볼 때 베네치아의 해상권 장악 시기는 쇠망기만큼이나 중요하고, 국가적 행위는 사소한 사건들과, 성모상은 일상의 체험과 공존하고 있다.

릴케는 베네치아를 새롭게 그리고 그만의 방식으로 보여주고 있지만, 애호가가 그러하듯 체계적이지는 않다. 성모상에 대한 그의 편애와 시민적인 긴 역사당에 대한 그의 혐오를 구분할 필요는 없다. 하지만 우리는 릴케와 여행에 대한 그의 태도를 배울 수 있다. 그는 이것을 다음과 같이 말한 적이 있다. "다른 나라를 여행하면서 대부분의 사람들이 이성적으로 행동한다는 것은 끔찍한 일이다. 여행자들은 종종 우연의 안내를 받을 수도 있고, 아름답고 놀랄 만한 것들을 발견하기도 하며, 충만한 즐거움이 품속으로 떨어져 그들을 풍요롭고 성숙하게 만들어주기도 한다. 이탈리아에서 그들은 수천 개의 소소한 아름다움을 그냥 스쳐지나서 널리 알려진 관광명소로만 맹목적으로 몰려간다. 하지만 그들은 대개 실망만 할 뿐이다. 왜냐하면 그들이 얻는 것이라고는 그 명소에 대한 어떤 관계 대신에, 조급함으로 인한 짜증과 예술사 교수의 격식을 차린, 쓸데없이 현학적인 설명 사이에서 느끼는 거리감뿐이기 때문이다. 교수는 『배데커』 안내서가 경외심을 자아낸다고 표시해놓은 것을 해설한다. 그럴 바에는 차라리 베네치아에 대한 훨씬 더 큰 첫 추억으로 그뤼발트 운트 바우어 호텔에서 먹은 맛있는 커틀릿을 가져가라고 말하고 싶다. 그렇게 한다면 그들은 적어도 생생한 것, 독특한 것, 친밀한 것, 다시 말하자면 진정한 즐거움을 가져갈 수 있기 때문이다."[21]

◇

첫 번째 산책

차테레 선창길과
팔라초 발마라나에서
살며 사랑하며 시 쓰기

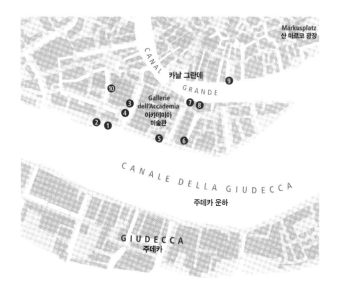

❶ 펜션 로마넬리 ❷ 루이지 노노 생가 ❸ 캄포 산 트로바소 ❹ '스쿠에로 산 트로바소' 조선소
❺ 이 제수아티(=산타 마리아 델 로자리오) 성당 ❻ '라 칼치나' 펜션 ❼ 팔라초 발마라나 ❽ 캄
포 산 비오 ❾ 팔라초 코르네르(카 그란데) ❿ 로칸다 몬틴

차테레, 폰테 룽고 1471번지

1907년 11월 19일 야간열차를 타고 와서 지친 상태로 처음으로 차테레의 폰테 룽고 1471번지Zattere, Ponte Lungo Nr. 1471 앞에 섰을 때 릴케는 베네치아의 첫인상에 실망했다. "베네치아는 차갑게 느껴져서 감탄할 마음이 생기질 않습니다. 처음 든 느낌은 몸을 녹이고 싶은데 방에서는 한기가 느껴지는 암담함 같은 것이었습니다."[22] 게다가 로마넬리 호텔의 위치도 좋지 않았다. 그 수수하면서도 작은 이층 건물은 당시 푸르게 칠해져 있었지만 오늘날엔 퇴색한 고동색을 띠고 있으며, 카날 그란데 남쪽 끝단 가장자리에 있는 소위 *차테레Zattere* 구역에 있다. 차테레는 16세기에 선창으로 건설되었다. 중요한 접안시설은 배를 만드는 가장 중요한 재료인 나무로 되어 있다. 여기에서 이름이 유래되었는데, 차테레는 원래 뗏목을 의미한다. 넓은 해변길은 옛날 해양세관이었던 도가다 다 마르에서 2킬로미터 남짓한 거리에 있는 19세기에 건설된 연안 여객터미널 스타치오네 마리티마까지 이어져 있다. 그 건너편에 로마넬리의 집이 있다. 로마넬리 집안의 두 자매 안나와 아델미나는, 차테레의 다른 숙소들처럼, 방을 싸게 세놓았다. 『배데커』 여행안내서조차도 이곳의 숙소들이 조금 외지기는 하지만 저렴하고 조용하다고 추천하고 있다. 릴케는

예술 명품들이 있는 중심가 대신 항구 지역에 짐을 풀었다. "밖은 이제 어두워졌습니다. 차테레의 돌을 깐 해안로를 따라 큰 요트들이 정박해 있습니다. 사방이 너무나도 고요해서 좀 떨어진 곳에서 이슬방울이 떨어지더라도 들릴 지경입니다. 짬짬이 지나가는 발소리가 들리는데 마치 한밤중에 듣는 소리 같습니다. 이제 겨우 여덟시가 지났을 뿐인데도 말입니다."[23] 릴케는 파리의 지인 피에트로 로마넬리로부터 누이들이 "매우 친절한 답장"을 보냈으니 언제든지 와도 좋다는 연락을 받았다. 하지만 시인이 그 집 문 앞에 섰을 때 로마넬리의 누이들은 뜨악한 표정이었다. 그녀들은 함께 생활하게 될 사람이 마리아라는 두 번째 이름 때문에 젊은 아가씨일 것이라고 기대했었는데, 지금 면전에 서 있는 사람은 남자였기 때문이다. 동생인 아델미나는 이내 마음을 추스르고 식사를, 더군다나 채식을 준비했다. 그들은 사전에 저렴한 가격으로 그렇게 하기로 약속했었다. 릴케는 그 집에서 가장 아름다운 방을 배정받았다. 남향인 그 방은 폭이 거의 3백

미터에 달하는 *주데카 운하*Canale della Giudecca 너머로 주데카 섬이 보이는 멋진 전망을 품고 있었다. 오늘날 이 섬에는 베네치아에서 가장 아름다운 산책로 하나가 있는데, 베네치아 사람들은 이 산책로를 여름날의 특히 저녁 무렵에 가장 선호한다. 찌는 듯이 무더운 날에도 이곳에는 바람이, 신선한 산들바람이 분다. 비록 항구 분위기는 전혀 나지 않지만 오늘날에도 여전히 바닷가 느낌이 풍긴다.

릴케로서는 이 펜션을 구한 것이 행운이었다. 금세 이곳은 자기 집처럼 편안하게 느껴졌다. 그가 아내 클라라에게 열광적으로 이야기했듯이, 베네치아 생활은 "호텔이 아니라, 예스러운 물건들과 더불어 두 자매와 한 명의 가정부가 있는 작은 집에서"[24] 시작되었다. 이것은 매우 사색적이고 검소하게 들린다―그리고 또한 따분하게도 들린다. 그 집은 매우 오래되었고 가정부도 아마 그러했을 것이다. 그러나 적어도 두 자매 가운데 한 명은, 즉 미미라는 애칭으로 불린 아델미나는 젊고 활기차고 매우 아름다웠다. 그녀는 즉각 손님을 맞아들였다. 저녁이면 그녀는 그를 위해 피아노를 연주해주었고(그녀는 부소니[역주: 페루초 부소니 1866~1924, 세계적인 피아니스트, 작곡가, 지휘자]의 제자로서 걸출한 피아니스트였다), 낮에는 그와 함께 11월의 베네치아를 몇 시간이고 돌아다녔다. 릴케가 도착한 지 이틀째 되던

날 그녀는 자신의 사진을 그에게 선물했다. 약효가 없진 않았다. 시인은 그녀에게 프랑스어로 편지를 써 보냈다. "아름다운 이야기를 듣는 아이처럼 저는 당신의 아름다움을 체험했습니다."[25] 며칠 지나지 않아 그는 벌써 그녀에게—시뇨라 로마넬리가 후일 회상했듯이—곤돌라에서 무릎을 꿇고 사랑을 고백했다. 그리고 편지가 계속해서 오갔다. "내 마음은 계속해서 무릎을 꿇은 채로 당신을 들여다보고 있습니다. 당신을 사랑합니다."[26]

여담: 루이지 노노 생가

1471번지에서 왼쪽의 네 번째 집은 베네치아의 작곡가 루이지 노노(1924~1990)가 태어나고 죽은 집이다. 그는 비범한 릴케 작곡가였다. 현대 작곡가들이 릴케의 시를 작곡하는 경우는 상당히 드물다는 점

에서(가장 유명한 곡은 힌데미트가 작곡한 「마리아의 생애Marienleben」이다) 그는 비범하다. 무엇보다 비범한 것

릴케는 1907년 로마넬리 자매의 집에서 저렴한 방과 따뜻한 환대를 받았다.

은 작품 자체이다. 「발산되는 명징성Das atmende Klarsein」(『두이노의 비가』 중 제7비가에서 인용한 구절)은 엄밀히 말하자면 시에 곡을 붙인 것이라고는 볼 수 없다. 1980년에서 1983년까지 노노는 베네치아의 철학자 마시모 카차리(역주: Massimo Cacciari. 1944년생. 이탈리아의 좌파 철학자이자 정치가)와 긴밀하게 공동 작업을 했다. 릴케에 대해 해박한 지식을 지닌 카차리(이느 텔레비전 인디뷰에서 그는 즉석에서 릴케의 베네치아 시를 독일어로 인용하기도 했다)는 『두이노의 비가』에서 따온 구절을 고대 오르페우스 문학과 연결시켰다. 루이지 노노는 거기에다 합창과 플루트를 위한 음악을 작곡했다. 그 텍스트는 대부분 이해하기 어렵고, 말은 바람 속에서처럼 점점 사라지며, 문장의 일부만이 부분적으로 이해될 뿐이다—우리가 『두이노의 비가』를 읽을 때 종종 그렇게 느끼듯이 말이다. 가장 어려운 릴케의 시와 상통하는 작곡이다. 마시모 카차리는 나중에 베네치아의 시장을 역임했다(역주: 1993~2000년과 2005~2010년 두 차례).

여담: 캄포 산 트로바소

　　　　　　몇 걸음 되돌아와서 로마넬리의 집을 지나면 모퉁이에 캄포 산 트로바소Campo San Trovaso가 있다. 이곳은 아직도 릴케가 생활했던 시대처럼 보인다. 차테레 뒤쪽 구역은 노동자와 수공업자가 생활하는 곳이었다. 어부, 조선소 노동자 그리고 대개 나무를 전문으로 다루는 수공업자들이 이곳에 있는 창고나 수리공장 또는 작은 조선소에서 일했다. 이곳의 조선소 가운데 가장 오래된 스쿠에로 디 산 트로바소*Squero di San Trovaso*는 17세기에 설립되었는데 오늘날까지도 운영되고 있다. 이런 형태의 작은 조선소들은 모두 물가에 위치하고 있으며 작업도구를 보관하거나 겨울에도 작업할 수 있도록 목조 가건물이 딸려 있다. 여름에는 앞마당에서 작업한다. 배를 만드는 일은 매우 어렵고도 기술을 필요로 하는 작업이다. 최소한 8가지 종류의 나무로 만든 224가지의 부품들이 조립되어 곤돌라가 완성된다. 여기에는 참나무, 벚나무, 호두나무가 항상 포함된다. 곤돌라 제작 전문가가 되기 위해서는 최소 8년 동안 곤돌라를 만드는 기술을 익혀야만 한다. 곤돌라 건조 기술은 엄격히 비밀에 부쳐지고 있다. 옛날에는 이러한 스쿠에리*Squeri*(베네치아 사투리로 '조선소'라는 뜻)가 수백 개 있었으나, 이제 스쿠에로 디 산 트로바소는 몇 남지 않은 조선소 중 하나이다.

곤돌라가 이미 중요한 교통수단으로서의 의미를 상실했던 1920년, 릴케는 그러한 수공 기술의 성과를 아무나 흉내

낼 수 없는 특유한 방식으로 기술했다. "7년 전, 그러니까 곤돌라가 아직 그리 비싸지 않은 운송수단이었을 적에, 사람들은 어둠의 장막이 드리워지는 하늘을 맞이하러 매번 운하와 운하를 통과하여 석호(潟湖)로 나갔습니다. 앞으로 나아가는데도 불구하고 밤에 한 줄기 균열도 생기게 하지 않는 유일한 탈것, 이 기분 좋게 해주는 배의 검은 가죽 쿠션에 묻혀, 거의 눕다시피 해서, 밤이라는 매체 속으로 들어갈 수 있는 것은 아마도 이것 외에는 없을 것입니다. 곤돌라에 대해 잘 알고 있을지라도 이것의 완벽함에 대해서는 거듭 놀라게 될 뿐이지요. 평범하지 않은 길이를 비롯하여 많은 특징들은 주어진 조건들과 모순되는 듯 보이지만 그럼에도 매우 확고한 체험과 통찰로 나타납니다. 가늘고 길쭉한 이 검은 배가 베네치아의 가장 내면적인 본성을 끄집어내듯이, 사물들 가운데서 아직도 악기와 비교되는 창조물, 실체— 그것의 몸체는 전부 멀리 비가시적이고 불가해한 것에서부터 이쪽으로 이양된 조건들에 따라 만들어졌습니다. 곤돌라는 아마도 고요의 악기일 것이며, 곤돌라 사공은 높은음자리표와도 같은 '기호'처럼, 소리 없는 음악과 침묵의 음악이 끊임없이 변화하고 상승하는 가운데 존재하는 운동의 첫머리에 서 있습니다."[27]

다른 이유에서도 산 트로바소는 릴케의 산책에서 중요한 곳이다. 이곳에서 1554년 4월 가스파라 스탐파Gaspara Stampa가 죽었다. 그녀는 당시 베네치아에서 가장 중요한 여류시인이었으며 릴케의 "수호성인들" 중 한 명이었다. 그녀는 불행한 사랑 때문에 예술가가 되었기 때문에 릴케는 그녀의 삶과 사랑에 대한 이력을 귀감으로 삼았다. 1523년 파도바에서 태어난 그녀는 베네치아에서 고급 매춘부(역주: Kustisane. 궁정 출입을 하면서 상류층 남성을 상대한 교양과 기예를 겸비한 기생) 생활을 하다가 콜라티노 디 콜랄토 백작과 사랑에 빠지게 되었다. 얼마 지나지 않아 백작은 그녀를 떠나버렸지만 가스파라 스탐파는 그를 잊지 못했다. 그녀는 자신의 고뇌를 시로 옮기면서야 절망과 체념에서 벗어날 수 있었다. 그녀는 편지와 소네트를 쓰기 시작했고 그녀의 모든 열정은 이제 예술로 간주되었다. 31세를 일기로 그녀는 세상을 떠났다. 불행한 사랑에서 비롯된 그러한 예술가를 릴케는 대단히 편애했다. 두 편의 위대한 작품에서 그는 가스파라 스탐파에게 기념비를 세워주었다. 소설 『말테의 수기』에서 그는 이 여류시인을 "대단한 연인들gewaltige Liebenden" 중의 한 사람으로 찬미했고, 『두이노의 비가』에서 가스파라 스탐파는 심지어 시인 릴케의 안내자와 같은 존재로 그려진다. 제1비가의 한 구절을 보기로 하자.

너는 가스파라 스탐파를

충분히 생각해보기라도 했는가, 연인에게 버림받은

어떤 소녀가 사랑에 빠진 이 여인을 귀감으로 삼아

나도 그녀처럼 될 거야라고 느끼는 것을?

이처럼 아주 오래된 고통들이 결국에는 우리에게

더 많은 결실을 가져오지 않겠는가? 때가 되지 않았는가, 우리가

사랑하면서도 연인에게서 벗어나 떨면서 견뎌낼 때가?

더 나은 자신이 되기 위해 화살이 쏘는 순간 힘을 그러모아

시위를 견디듯이. 머무름은 어디에도 없기에.[29]

시인은 소유하지 않는 사랑의 이상을 자기 자신을 위해 해석했다. 그는 그것을 다르게 명명했는데, 미미 로마넬리 Mimi Romanelli의 경우가 그러했다. 열흘간의 사랑과 열정과 편지만을 남겨놓고서 그는 떠나갔다. 그녀는 수 년 동안 그에 대한 치유할 길 없는 사랑에 빠져 지냈지만, 그는 이내 그녀와 거리를 두었다. 그는 어떤 때는 성실한 남편("언젠가 제 아내는 저와 함께 감탄하면서 당신의 멋진 초상화 앞에서 몇 시간을 보냈지요."[30]) 역할을 했고, 어떤 때는 그녀를 방문하기 어려울 정도로 아팠다—그는 그녀의 열정을 회피하기 위해 항상 핑곗거리를 고안했다. 그는 베네치아에 살고 있는 그 옛 애인에게 다음과 같이 썼다. "저를 사랑하는 모든

고도의 수공 기술을 보존하고 있는 스쿠에로 폰 산 트로바소,
베네치아의 몇 개 남지 않은 곤돌라 조선소 중 하나

사람들에게 부탁하거니와, 저의 고독도 사랑해주시기 바랍니다. 그렇지 않으면 자신을 뒤쫓는 적들 앞에 선 야생동물처럼 저는 당신들의 눈과 손으로부터 제 몸을 숨길 수밖에 없으니까요."[31] 그녀와 시인은 수 년 동안 편지를 주고받았다. 릴케는 그녀에게 신경을 써주었고, 미미가 돈에 매우 쪼들렸을 때는 투른 운트 탁시스 부인에게 그림 파는 것을 주선해주기도 했다. 그러나 이 모든 것은 멀리 떨어져 있을 때의 일이었다. 베네치아에 머무는 동안 그는 그녀를 거의 만나지 않았으며, 마지못해 산책길에 따라나섰을 뿐이었다. 그는 결코 그녀와 한 집에 머물기를 원하지 않았다.

1907년 11월 미미 로마넬리와 함께했던 열흘간은 릴케가 베네치아에서 보낸 동안 가장 생산적인 시간이었다. 그 여행을 마친 다음 릴케는 「산 마르코」, 「베네치아의 늦가을」, 「통령」, 「베네치아의 아침」 등의 시를 썼다. 이러한 작품들은 베네치아 문학의 독보적인 보석이다. 하지만 이 모든 시들을 그는 베네치아나 미미와 적당한 거리를 두고서 몇 달 뒤인 1908년 봄과 여름에 카프리와 파리에서 완성했다.

차테레, 폰테 칼치나 775번지

　　　　　　　　릴케가 베네치아에 가장 오랫동

안 체류한 때는 1912년 5월부터 9월까지였다. 릴케는 다시금 *차테레*에 숙소를 구했는데, 물론 로마넬리의 집과는 동쪽으로 한 블록 떨어진 곳이었다. 5년 전인 1907년 11월엔 그는 돈도 없었고 심각한 창작의 위기에 빠진 때였다. 그러나 이번에는 『말테의 수기』를 한창 쓰던 시기는 아니었다. 그 위대한 작품을 끝낸 후였고, 『두이노의 비가』의 첫 부분을 작업하고 있었다. 그는 당시 석호(潟湖) 도시로부터 영감을 얻을 수 있기를 바랐다. 마리 폰 투른 운트 탁시스 부인은 시인에게 베네치아에 있는 자기 소유의 집에 머물라고 제안했으나 그는 그것을 처음에는 거절했다. 그는 두이노 성에서 너무나 오랫동안 그녀의 호의를 누렸기 때문이다. 하지만 방 구하는 일은 쉽지 않았다. "큰 저택에 딸린 묵을 만한 방 하나를 찾겠다는 제 희망은 날마다 줄어들었습니다. 미국인들이 도입한 가격 기준에 도달하는 것은 가격 그 자체 말고는 아무것도 없었지요."[32] 결국 그는 다시 *차테레, 폰테 칼치나 775번지*Zattere, Ponte Calcina 775의 싸구려 방 하나를 얻었다. 그곳에서 그는 1912년 5월 9일부터 6월 1일까지 "저를 경계의 눈초리로 바라보는" 집안사람들과 한 지붕 아래 거주했다. 그가 얻은 방은 "전망만큼은 확실한, 가구가 갖춰진 방"[33]이었다. 그는 후작부인에게 그 방을 미화하여 말했다. "저는 아마도 이 방을 아주 마음에 들어 하게 될 것 같습니다. 저는, 특히 이른 아침이면, 질서정연하고 탁 트인 전망을 만끽하며 생활하고 있습니다."[34] 오늘날에도 과거와 동일한 주소를 가지고 있는 이 펜션 칼치나는 릴케가 여기에서 많은 편지를 썼노라고 광고하고 있다.

여담: 제수아티 성당

가구가 비치된 작은 방에서 천장이 머리를 짓누르는 느낌이 들면 릴케는 이따금씩 바로 근처 *차테레*에 있는 *제수아티 성당*Kirche Gesuati(역주: 산타 마리아 델 로자리오 성당의 다른 이름)으로 도피했다. 18세기에 세워진 도미니크 수도회 소속의 이 성당은 무엇보다도 진귀한 로코코 양식의 실내장식으로 유명하다. 릴케가 관심을 가진 것은 로코코 양식뿐만이 아니었다. "저는 어떤 안식을 그리워하고 있는데, 어제 저녁에는 그것을 약간 맛볼 수 있었지요. 제수아티 성당에서 어떤 신부님이 성 안드레아 코르시니에 관해 이야기하고 있었습니다. 제 주변의 장의자에는 이웃에 살고 있는 소녀들과 아낙네들이 앉아서 경청했고, 저도 같이 들었습니다. —이 광경은 왠지 질서정연한 느낌이 들었습니다."[35] 후작부인에게 그는 몇 안 되는 그림엽서 가운데 하나(릴케는 우편엽서를 싫어했다. 그래서 우편엽서를 이용할 바에야 차라리 자기가 가지고 있던 종이나 또는 고급스런 호텔 편지지를 사용했다)를 보냈다. 글씨와 그림은 릴케의 분위기를 재현하고 있다. 그 엽서의 그림은 잠바티스타 티에폴로(역주: 지오바니 바티스타 티에폴로Giovanni Battista Tiepolo{1696~1770}의 약칭. 바로크 말기와 로코코 시대에 활동한 베네치아의 중요한 화가)가 1748년에 그린 제수아티 성당 제단화의 일부분이다(역주: The Virgin Appearing to Dominican Saints（detail）1747~1748). 그림에는 도미니크 교단의 수호 성인인 시에나의 성녀 카타리나와 아기 예수를 안고 있는 리마의 성녀 로자가 표현되어 있다. 한 아기를 돌보고 있는 두 여인. 릴케는 "전 지금 이 순간 꽤나 슬프고 혼란스럽습니다"[36]라는 말로 편지를 마무리하고 있다.

팔라초 발마라나

　　　　　　　　　몇 주 동안을 그는 자신이 선택한 소박한 숙소에서 잘 견뎌냈다. 하지만 곧 더워지고 일기가 고르지 않게 되자 그는 마침내 후작부인에게 그녀 소유의 집으로 옮겨도 되겠느냐는 제안을 하기에 이르렀다. "제가 6월에도 이곳에 머물게 된다면 당신의 *메자닌*으로 가서

팔라초 발마라나. 시인이 1912년과 1920년 여름에 머물렀던 고상한 숙소

머물러도 되겠는지요. 그렇게 해주신다면 저는 그 큰 침대를 타이아멘토(역주: 이탈리아 북동쪽 지역에 있는 강)풍으로 꾸미고 싶습니다. 그러면 지금 묵고 있는 이 방보다 더 시원해지리라 생각됩니다."[37]

후작부인은 그 제안을 흔쾌히 승낙했다. 세상물정에 밝은 그녀는 릴케가 자신이 얻은 방을 미화하여 말했음에도 불구하고 처음부터 그 방이 "쾌적하지 못하다"고 짐작했었다. "다행스럽게도 나는 그가 편히 지내는 데 한몫할 수 있었다. 그가 내 작은 집을 사용할 수 있도록 하려고 나는 서둘렀다. 그 집은 전망이 매우 좋아서 카날 그란데로 흘러드는 운하는 물론이고, 팔라초(역주: '궁전' 또는 '저택'이란 의미) 코르너와 산타 마리아 델 살루테도 보였다. (……) 그는 제대로 된 베네치아식 메자닌에 매우 기뻐했다. 비록 좀 좁긴 하지만, 그 방은 정말 예쁘고 아늑했다."[38]

팔라초 발마라나(Palazzo Valmarana, 오늘날 치니 – 발마라나)엔 금방이면 도착할 수 있다. 리오 산 비오Rio San Vio 운하를 따라 3백 미터만 가면 아주 멋진 그 저택이 보인다. 그 저택은 차테레와 마찬가지로 같은 구역인 도르소두로Dorsoduro 지구에 속하지만 대운하로 향하는 화려한 지역이다. 이 지역에는 고상하고 규모가 큰 저택들이 많이 있는

데, 19세기에는 부유한 외국인들, 특히 영국인들이 선호한 주택가였다. 아카데미 다리 바로 곁에는 베네치아에서 가장 유명한 박물관인 *아카데미아 미술관*Gallerie dell'Accademia 이 자리하고 있다. 이 박물관은 여기에서부터 발마라나 저택을 찾을 수 있는 좋은 이정표가 된다. 아무튼 릴케도 이런 식으로 앙드레 지드를 비롯한 많은 방문객들에게 길을 알려주었다. "발마리니 저택은 (대운하에 인접한 같은 이름의 저택과 혼동하지 마시기 바랍니다) 산 비오 운하에 인접한 저택입니다. '아카데미' 다리에서 걸어서 오실 수 있습니다. 아카데미아 박물관에서 왼쪽 방향으로 이 건물을 지나서 첫 번째 샛길로 접어들어서 다시 왼쪽으로 방향을 바꾸면 됩니다. 이 거리가 끝날 무렵 (산 비오) '광장' 앞에서 거리의 왼편에 문이 있는데, 이 문이 발마라나 저택의 입구입니다."[39] 이 묘사는 오늘날에도 유효하다. 르네상스 건축물의 본관 정면은 산 비오 광장Campo San Vio을 향하고 있는데, 이 광장은 발마라나 저택을 구경하기에 가장 좋은 명당이다.

이 저택 자체가 투른 운트 탁시스 가문의 소유는 아니었다 (역주: 사업가 비토리오 치니Vittorio Cini[1885~1977] 소유의 저택. 1984년부터 그의 소장품들을 전시하는 치니 박물관Galleria Cini으로 바뀌었다). 후작부인은 이 저택에서 메자닌이라고

하는 작은 방을 세를 주고 얻은 것이었다. 베네치아의 저택들은 대개 주거와 사업장이 통합된 형태였다. 건물 중앙에는 천장이 높은 현관홀인 포르테고Portego가 있고, 그 위에는 마찬가지로 천장이 높은 피아노 노빌레Piano nobile(역주: '고귀한 층' 또는 '귀족 층'이란 의미로 이탈리아의 대저택에서 가장 중요한 층인 2층을 지칭한다)가 있는데, 이곳은 귀족의 주거공간이자 대표적인 살롱이다. 측면은 층이 분리되어 건물의 중앙부보다 층이 더 많다. 그러한 중간층을 메자닌Mezzanin('mezzo=절반'에서 유래)이라고 한다. 메자닌은 1층과 2층 사이에 또는 꼭대기 층, 즉 경사가 없는 지붕의 아래에 위치한다. 두 경우 모두 중심이 되는 피아노 노빌레의 홀보다 천장이 낮다. 하지만 릴케는 메자닌을 매우 매력적이라고 평가했다. "이 매력적인 베네치아식의 메자닌. 비율상 어디에서도 낮은 공간이 그토록 크고, 넓고, 조화로울 수가 없습니다(그도 그럴 것이 넓다는 것은 전부가 결국에는 비율의 문제이기 때문이지요. 삶에서도 내면적인 것에서도 마찬가지입니다). 이 공간은 마치 낮다는 제약이 스스로 초래한 풍요로움과도 같습니다."[40] 아래쪽의 메자닌에는 대개 은행, 저장소, 사무실 등 작업공간이 자리를 차지했고, 지붕 아래의 메자닌에는 옛날에는 하인들이 거주했다. 외부에서 보아 메자닌임을 알 수 있는 표식은 작은 창이다. 창의 형태는 정방형, 장방형, 원형, 타원형 등으로 다양하다. 후작부인의 말을 빌리자면, 그 방에서는 건너편의 카날 그란데 쪽에 있는 팔라초 코르너*Palazzo Corner*는 물론이고 같은 쪽에 있는 산타 마리아 델라 살루테*Santa Maria della Salute* 성당도 보인다고 했는데, 그 말은 위쪽 메자닌에만 해당된다. 그럴 것이 아래쪽에서는 살루테 성당이 보이지 않기 때문이다.

1912년 6월 1일 릴케는 그리로 숙소를 옮겼다. "토요일, 심장이 두근거립니다. 너무 기쁘면 그런 경우가 있듯이 말이지요."[41]—이런 식으로 시인은 후작부인에게 감사를 표했다. 후작부인은 그 방을 손수 꾸몄다. "가구 하나하나를 내가 직접 골랐다. 우리 두 사람이 모두 좋아하는 수채화, 파스텔화, 동판화도 상당수 비치했다. 작은 도서관—18세기 말경에 발간된 약 60권짜리 하얀 가죽 양장본 『이탈리아 문학 선집 *Antologia di letteratura italiana*』—은 시인에게 충분한 관심거리가 되었는데, 이것들 중 대부분은 그가 모르는 작품이었다."[42]

이사를 할 때 릴케는 집 안을 많이 바꾸진 않았지만 결정적인 것이 있었다. 그것은 무엇보다도 장식이었다. 그는 아낀 집세를 꽃을 사는 데 사용했다. "시계의 추는 흔들리고 장미는 이미 익숙해졌습니다. 현관홀의 작은 발코니에는 수국을 올려놓았고, 돌림띠에는 담쟁이덩굴을 달아 내려뜨렸습니다."[43] 그는 집 안도 장식했다. "아주 작은 물건들이 항상 그의 주변에 있었다. 하지만 꽃병이나 볼에 담긴 꽃도 언제나 빛나고 있었다. 아마도 여인네들이 선물한 것이거나, 아니면 그가 손수 사들고 온 것이리라."[44] 베네치아에는 장미가 여름 내내 "은색 볼에 담겨 있습니다. 저는 한 번도 장미가 시들어버리도록 내버려둔 적이 없습니다. (……)―설령 아무도 장미를 가지고 있지 않다 하더라도 (베네치아의 여름날엔 장미가 드물지요) 제 방엔 있습니다, 장미가 그런 경우를 용납하지 않기라도 하듯 말입니다."[45] (역주: 베네치아의 피아니스트 벤베누타〔Benvenuta. 환영받는 사람이란 의미〕에게 보낸 편지의 한 구절. 그녀의 본명은 마그다 폰 하팅베르크Magda von Hattingberg인데, 1914년 그녀가 먼저 릴케에게 편지를 보내면서 이후 3개월 동안 열렬한 서신교환이 시작되었다. 릴케는 벤베누타를 한 번도 만난 적이 없음에도 편지로 고민거리나 속마음을 다 털어놓는 사이가 되었다. 이들의 과열된 서신교환은 두 사람이 만나면서 끝났다.) 꽃의 대부분은 베네치아에서 가장 유명한 궁전 중의 하나인 팔라초 벰보 Palazzo Bembo에 살고 있던 티티Titi 공주의 오래된 정원에서 가져왔다.[46]

릴케는 방을 치장했을 뿐 아니라 가구도 옮겼다. 이러한 변

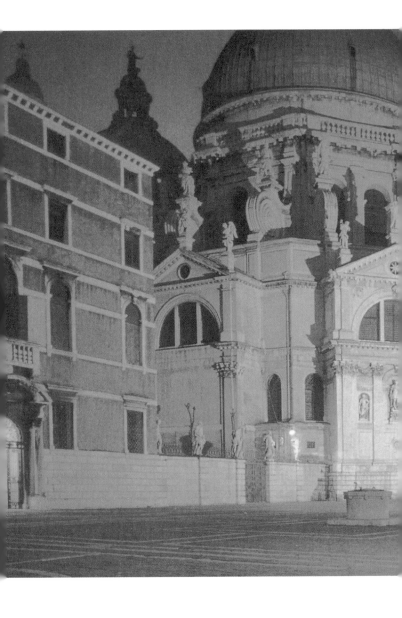

산타 마리아 델라 살루테, 베네치아에서 가장 중요한 바로크 성당.
릴케는 베네치아를 방문할 때마다 이곳에 들렀다.

화를 릴케는 원칙주의자인 후작부인에게 우아하면서도 재치 있게 설명했다. "저는 아무것도 옮기지 않았습니다. 단지 작은 접이식 책상만 침실로 옮겼을 뿐입니다. 끈기 있게 쓰려면 책상을 손쉽게 이용할 수 있어야 하기 때문입니다. 그래서 구석에 있는 두 개의 창문 앞을 글 쓰는 공간으로 만들었습니다."[47] 그 과정은 후일 베네치아를 다시 방문했을 때도 마찬가지로 반복되었다. 1920년 그는 발마라나 저택에서 다시 편지를 썼다. "후작부인께선 아주 작고 매력적인 책상을 여기다 두셨는데, 이것이 교태를 부리는 통에 펜을 든 팔을 둘 곳이 없습니다. 그래서 마음이 상한 이 작은 가구를 저는 이 집에 들어오자마자 지지아(역주: Gigia. 가정부의 이름)와 함께 밖으로 들어냈습니다."[48] 결정적인 행동은 릴케가 장식적인(그러나 쓸모없는) 귀족의 집을 작업 공간으로, 시인의 작업실로 변모시킨 점이었다. 그는 후작부인의 접이식 책상을 품위 있게 처리한 다음 역시나 우아한 루이 16세풍(역주: 루이 16세가 통치하던 18세기 후반 프랑스에서 유행했던 신고전주의 양식의 가구나 건축물)의 책상을 중고로 구입했다. "게토에서 저는 낡고 작긴 하지만 적당한 책상을 하나 발견해서, 부인의 작은 책상이 놓여 있던 그 자리에 두었습니다. 다만 방향을 조금 바꿔 남쪽 창이 보이도록 했습니다. *카제타 로사*Casetta rossa의 목수는 저에게 걸리적거리지 않는 근사한 스탠딩데스크를 나무로 짜주었습니다. 덧붙이자면 제가 가졌던 모든 유럽풍 스탠딩데스크 가운데서도 가장 멋진 책상입니다.”[49] 달래는 듯한 표현(“걸리적거리지 않는”)에도 불구하고 시인의 요구는 분명하게 드러난다. 이곳에서 글을 쓰겠다는 의미이다. 진지하게. 여러 가지 목공에 관한 어휘들은 이러한 인상을 강조해준다.

릴케는(보릅스베데에서 결혼할 때 하인리히 포겔러와 집안 가구에 대해 의논했던 것을 제외한다면) 자기 소유의 가구를 가진 적이 없었다. 그는 침대도 조리기도 옷장도 소유하지 않았다. 단지 책, 책상, 스탠딩데스크 등 창작활동에 필요한 것들만 구입했다. 작업공간은 그의 중심이고 성역이었다. 슈테판 츠바이크는 “벽에는 아름다운 양장본이나 종이로 꼼꼼하게 표지를 입힌 책들이 항상 빛을 발하고 있었다. 그가 말 못하는 짐승을 사랑하듯 책을 사랑했기 때문이었다. 책상 위에는 연필과 펜들이 세로로 놓여 있었고, 아직 쓰지 않은 종이들은 우측 구석에 가지런히 배열되어 있었다. 내가 생각하기에 여행할 때마다 가지고 다녔으리라 짐작되는 러시아제 성상(聖像)과 가톨릭의 십자가는 작업공간에 약간의 종교적 색채를 가미했다. 그가 비록 어떤 특정한 종교적 가르침에 구속받진 않지만 말이다.”[50]

그는 새로운 제2의 고향에서 편안함을 느끼기 위해 더 많은 것들이 필요했다. 그는 처음부터 이웃과 좋은 관계를 맺으려고 노력했다. 그 사람은 저택의 소유주이자 유서 깊은 귀족인 주스티나 발마라나 백작부인과 그녀의 딸, 애칭으로는 피아라고 불린 아가피아 아르팔리체였다. 이들은 이 저택의 *피아노 노빌레*에 살고 있었다. 거의 매일 저녁 그는 "발마라나 저택의 높은 중앙홀"로 초대를 빌아 "세 개의 활짝 열린 아치창 앞에서 밤"을 내다보았다.[51] 백작의 딸 피아는, 후작부인도 언급했다시피, "매우 아름다웠지만" 어쩐 일인지 릴케는 예외적으로 그녀와는 사랑에 빠지지 않았다. 그는 다른 역할이 마음에 들었다. "베네치아에서의 어느 여름이었어요(저는 거기서 자주, 베네치아의 어느 유서 깊은 가문의, 식구의 한 사람으로 살았습니다. 때때로 저는 그 집의 작은 아이였지요)."[52] 이들 사이에는 수십 년 이상 동안이나 여러 가지 사소한 의식을 함께하는 지속적인 우정관계가 발전했다. 해가 바뀔 때마다 백작의 딸은 릴케에게 달력을 보내주었고, 그는 두 여성에게 읽을거리를 보내주었다. 이들 사이에는 릴케가 '책의 전통'이라 부른 관계가 형성되었다. 그는 이 모녀에게 자신이 쓴 책을 선물했을 뿐 아니라 가스파라 스탐파의 소네트가 실린 아름다운 책을 포함하여 자신이 아끼는 책들도 빌려주었다. 1921

카날 그란데의 멋진 광경. 우측 앞쪽이 발마라나 저택이고
불이 환하게 비치는 그 뒤쪽이 산 비오 광장이다.

년 이 소네트를 번역하려고 마음을 굳혔을 때 릴케는 피아에게 책을 돌려달라고 말했다. 1923년과 1924년에 돌려받지 못한 그 책을 되돌려달라고 그는 거듭 부탁했는데 이것은 이들 관계에서 유일한 오점이었다. 릴케가 가스파르 스탐파의 시를 결국 번역하지 못한 이유가 바로 이 때문이었을까?

이러한 귀족적이고 낙원 같은 생활에도 장애물은 있었다. 저택 앞에 있는 작은 산 비오 광장에서 들려오는 '극심한' 소음이 그것이었다. 광장의 소음 때문에 예민한 릴케는 집중할 수 없었다. 시인은 이 소음 때문에 정말 짜증이 나서 다음과 같이 썼다. "저녁 무렵부터 밤까지 저는 메자닌에서 유쾌하지 못한 경험을 했습니다. 이 집이 가진 애로 사항인, 바로 앞 광장에서 들려오는 아이들이 떠드는 소리 때문입니다. 저녁 무렵부터 들려오는 이 소음은 점점 커져서 비길 데 없는 고통이 됩니다. 더운 날엔 밤늦게까지 계속됩니다. 베네치아에서 조용하게 지내기 위해서는 주변에 '광장'이 없어야 합니다. 광장에는 많은 아이들과 장사꾼들이 있습니다. 거기에 있는 사람들은 모두가 동시에 소리를 내지르면서 아이들을 흉내 내려 합니다."[53] 기분이 좋을 때 릴케는 동일한 상황을 분위기에 젖어 다음과 같이 문학적으로 표현했다. "밖에는 투명한 화음들이 흔들리고 있습니다. 새소리와 아이들의 목소리와 노랫소리들 말입니다. 이런 소리들이 느닷없이 들리면서 한계점에 이르는가 싶더니 갑자기 쇠를 두드리는 망치소리, 양탄자를 터는 소리 그리고 대리석 계선주(繫船柱)에 마른 생선을 가볍게 두드릴 때 나는 건조한 소리들이 들려옵니다. 그 사이사이에 우물에서 물을 긷는 소리, 산 비오 다리를 건너는 발소리도 섞여 있습니다. 한시도, 정말 단 한순간도 조용할 틈이 없습니다. 순수한 패턴이 귀에 들어옵니다."[54]

베네치아에서 후작부인의 메자닌에 머무는 동안 릴케는 항시 바라마지 않던 것과 완전히 똑같은 아주 길고도 매우 안락한 생활을 했다. 그는 거기에서 편안하게 지냈고 작업공간도 소유했으니, 그곳은 마치 고향과도 같았다. 그곳에서 그는 1912년 6월 1일부터 9월 11일까지, 1914년에도 며칠 동안, 그리고 마지막으로 1920년 6월 22일부터 7월 13일까지 머물렀다. 기껏해야 가정부 지지아가 그들 돌봐줄 뿐이었다. 그녀는 그를 항상 "포에타 마리아"(역주: 마리아 시인)라고 반어적이면서도 사랑스럽게 불렀다. 그녀는 그가 원하는 것이라면 무엇이든 해주었다. 발마라나 모녀와 후작부인은 그를 어여삐 여겨 베네치아의 사교계에 데리고 갔다—이것이 시인에게 이상적인 상황이었을까? 결코 그렇지 않았다. 릴케가 베네치아에서 보냈던 1912년 여름의 예술적 성과는 씁쓸했다. "한때 두이노에서도 그랬듯이 연이어 베네치아에서도 훌륭하고 고귀한 도피는 저를 크게 도와주지 않았습니다"라고 그는 안드레아스 살로메에게 편지를 보냈다. 이어서, "그토록 특별하게 형성된 환경에 적응하는 데는 매번 많은 노력이 필요했습니다. 도피는 그토록 다양하고 낯선 조건들 속에 존재하고 있습니다. 그래서 마침내 거기에 속할 정도에 이르게 될 때야 비로소 거기에 속해 있다는 착각이 완성됩니다. 가을이 되기까지 저는 베네치아에 머물렀고, 친절하고 호의적인 관계들로 인해 즐겁게 지냈습니다. 하지만 실제로는 하루하루, 일주일 일주일을 뜨내기처럼 머물렀습니다. 어디로 가야 할지 몰랐으니까요."[55]

릴케는 순수 실용적으로 꾸민 이 아름다운 집에서 내세울 만한 성과를 거두지 못했다. 1910년 『말테의 수기』를 탈고한 다음에 찾아온 창작의 위기와 삶의 위기에 훌륭한 외적인 조건들은 도움이 되지 못했다. 대신 시인은 이곳에서 매우 시적인 베네치아 편지를 몇 통 썼다. 이 편지들 덕분에 우리는 베네치아의 일상이나 지난 세기 초반의 베네치아라는 도시와 예술가들에 쉽게 접근할 수 있다.

하지만 릴케로서는 그러한 편지들로 만족할 수는 없었다. 1920년 후작부인에게 보낸 편지에서 드러나듯이, 그 당시에 대한 회상을 하면서 명백한 오류를 범하는 것으로 보아 당시 위기로 인한 그의 낙담이 이만저만한 것이 아니었음을 짐작할 수 있다. "이 집에 오랫동안 체류했던 13년 당시 저는 운 좋게도 몇 가지 사소한 기여를 했었지요. 몇 개의 유리잔, 동일하게 장정된 18권의 작은 이탈리아 장서, 그리고 제가 당신께 편지를 쓰곤 했던 그 책상도 말이지요."[56] 연도(당시는 1912년이었음)와 장서를 제외한다면 옳은 말이다. 그 장서는 릴케가 후작부인에게 선물한 것이 아니라 그녀가 이미 소유하고 있었던 책들이었다. 릴케가 의도했던 바는 아무튼 일관성 있게 제본된 책 60권 가운데 '사소한' 일부를 선물했다는 것인데, 이러한 발언은 후작부인에게 큰 장서를, 즉 그 전집에 속해 있지만 누락된 나머지 책들도 모두 선물하고 싶다는 릴케의 소망이 드러나 있다고 추측할 수 있다. 엄밀하게 말하자면 그것은 베네치아에 있던 그가 그의 후견인에게 줄 수 없는 것이었다.

기타: 안티카 로칸다 몬틴

관광객들처럼 일반적인 먹을거리

에 만족하는 대신, 베네치아에서 제대로 식사를 하려면 어디로 가야 할까? 집 밖에서 식사를 할 때면 릴케도 이 문제로 이미 많은 고민을 했다. 그는 1912년 5월 마리 폰 투른 운트 탁시스 부인에게 다음과 같이 썼다. "처음에는 너무 많이 돌아다니는 어리석은 짓을 했지요, 항상 낯선 사람들 틈에 끼어서요. 이런 행위는 일종의 절망감을 초래했습니다. 그렇다고 제게 맞게 식사를 할 수 있는 곳을 발견한 것도 아닙니다. 어디에서도 채소를 먹을 수 없었습니다. 더군다나 옆 테이블도 제 식욕에 영향을 주었는데, 들려오는 몇 마디 독일어는 제 입맛을 사라지게 만들었습니다."[57] (슈테판 츠바이크의 말처럼) "시끄러운 식당에 앉아 있는 동안"[58] 릴케는 몇 시간이고 당혹스러워했다. 그러한 릴케가 맘에 드는 식당을 찾기란 곱절이나 더 어려운 일이었다. 그럴 것이 릴케는 채식주의자였기 때문이다. 채식주의자가 이탈리아에서 생활하기란 만만하지 않은 일이었다. 그러나 그는 루 안드레아스-살로메를 만나게 된 이후 가지게 된 이런 형태의 식습관을 굳건하게 유지했다. 그들이 처음 함께 지냈던 때는 1897년 여름, 뮌헨 근처의 볼프라츠하우젠에서였다. 릴케는 루의 조언을 받아들여 인생에서 많은 것들을 변화시켰다. 그는—르네에서 라이너로—이름을 바꾸었을 뿐만 아니라 필체도 바꾸었으며(루는 릴케와 함께 그의 어린애처럼 조악한 글씨체가 잘 다듬어진 미려한 글씨체가 될 때까지 오랫동안 연습했다), 나아가 생활양식도 모조리 바꾸어버렸다. 그는 소박하고 자연적인 생활방식으로 살아가고자 했는데, 이것은 당시 예술가들과 지식인들 사이에서 유행했던 생활개혁운동Lebensreformbewegung과 완전히 일치하는 것이었다. 이 운동에는 무엇보다도 식생활 방식이 포함되어 있었다. 물론 다른 먹을거리가 없는 경우는 예외이지만, 릴케는 어류와 육류를 먹지 않았다. 술도 마시지 않았다. 그는 채식주의를 매우 철저하게 고수했다. 예를 들자면, 상당 기간 동안 로마에 체류했을 때, 그는 "거칠게 빻은 곡물, 달걀, 야채 통조림, 우유"[59] 등의 재료를 이용하여 직접 요리를 해먹었다. 심지어 그는 통조림을 하노버에 있는 생활개혁운동 공장에다 주문해서 먹었다.

귀족 가정에 손님으로 초대받아 머물렀을 때 릴케는 당시로서는 도를 넘는 부탁을 하곤 해서 하인들을 짜증나게 만들었다. 그가 두이노 성을 방문했을 때의 상황을 후작부인은 다음과 같이 말하고 있다. "릴케는 철저한 채식주의 식사를 원했다. 채식을 함으로써 그의 존재 전체가 고양될 것이라고 하는 기이한 기대를 하고 있었다. 하지만 그가 생선을 거절하기에 나로서는 영양이 부족하지나 않을까 적이 걱정스러웠다. 그린햄 양(孃)은 낙담했다."[60] 그러나 릴케는 그녀를 안심시킬 수 있었다. "요리사는 첫날엔 나의 채식주의 식단 때문에 당혹스러워했으나, 곧 우리는 서로 조금씩 양보했습니다. 그랬더니 그녀는 대번에 원기를 회복하여 솜씨를 발휘했지요. 오늘 그녀는 정말이지 독창적인 요리를 내놓았습니다."[61]

베네치아에서 그는 혼자일 때면 "예전의 습관대로 종종 그랜드 호텔로 가서 점심식사를 했습니다. 그곳의 음식은 풍미가 강한 작은 식당의 음식보다는 담백합니다. 게다가 조용해서 휴식을 취할 수 있지요."[62] 그러나 후작부인과 함께할 경우 그는 소박한 음식점에 자주 갔다. 그녀가 토속적인 음식을 좋아하는 듯 보였기 때문이다. 당시 그러한 소박한 간이음식점 가운데 하나는 발마라나 저택에 바로 인접해 있었다. 안티카 로칸다 몬틴*Antica Locanda Montin*, 오늘날처럼 당시에도 초록색의 페르골라(역주: Pergola. 정원에 덩굴식물이 타고 올라가도록 만들어놓은 아치형 구조물)가 있어서 사람들이 좋아한 식당인데, 여름이면 그 아래 자리 잡고 앉을 수 있었다. 다눈치오는 이 정원에 열광했고, 모딜리아니도 이곳에 왔었으며, 에즈라 파운드는 단골에 가까운 고객이었고, 루이지 노노도 마찬가지였다. 그렇다면 릴케는 어떠했을까?

1920년 6월 23일, 메자닌에 여장을 푼 바로 그날 그는 이

양념 맛이 강한 음식 때문에 독일인들이 좋아한 왼쪽의 '바우어-그륀발트' 호텔.
릴케는 더 귀족적인 오른쪽의 '그랜드 호텔 유럽'을 선호했다.

곳에 홀로 앉아 있었다. "혼자서 몬틴 식당의 긴 의자에 앉아 있으니 슬플 뿐입니다……."[63] 어머니와도 같은 여자 친구가 곁에 자리하고 있지 않기 때문인지, 또는 음식이 마음에 들지 않아서였는지, 유감스럽게도 슬퍼한 이유에 대해서는 알려진 바가 없다. 오늘날에도 이 식당은 여전히 베네치아의 예술가들과 지식인들이 매우 자주 찾는 곳이다. 가격이 저렴하지는 않다. 그리고 예약도 필수이다.

베네치아의 풍성한 그림 구경:
아카데미아 미술관

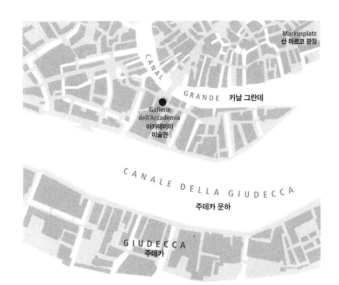

릴케와 더불어 미술작품을 감상하기에 가장 좋은 출발점은 *아카데미아 미술관*Gallerie dell'Accademia이다. 이 미술관이 소장하고 있는 베네치아 회화 작품들은 세계적으로 정평이 나 있다. 릴케는 이 미술관을 자주 방문했다. 1897년 베네치아에 처음 갔을 때도 그는 이 미술관을 반드시 보아야 할 곳이라고 손꼽았다. 당시 그는 철학과 독어독문학, 그리고 미술사를 전공하고 있었다. 그럼에도 불구하고 그는 많은 다른 관광객들과 마찬가지로 (3백여 점이 넘는) 많은 전시작품들을 서둘러 훑어보기에 여념이 없었다. 그는 이것을 우아하게 "아카데미아 미술관에 대해서도 (······) 개별 전시 작품에 대해서도 기억이라는 가장 밝은 빛 속에 의미심장하게 남아 있는 것이 거의 없습니다"[64]라고 표현했다. 릴케는 일평생 미술에 열정적인 관심을 표명했으나, 교양시민들이 미술을 감상하는 방식과는 달랐다. 전통에 의거한 비개성적인 미술 접근방식은 이미 대학 시절부터 그에게는 불가능한 것이었다. 릴케는 처음에는 프라하에서, 다음에는 뮌헨에서, 마지막에는 베를린에서, 아무튼 6학기 동안 미술사를 공부했으며, 당시 명망 높은 미술사가인 리하르트 무터 교수에게서 박사학위 논문을 쓸 생각을 했다. 하지만 그는 공부를 끝마치지 못했다. "지금까지 내가 대학에서 배운 것이라고는 매번 보잘것없었습니다. 나의 감정은 대학의 공부 방식에 거세게 저항하고 있습니다. 그러나 결코 그리고 어디에서도 받아들여질 수 없는 나의 미숙함에서도 그 원인을 찾을 수 있겠지요. (……)"[65] 릴케가 미술사 공부를 포기한 것은 사실이지만, 미술에 대한 관심까지 포기한 것은 아니었다. 오히려 그 반대였다. 릴케처럼 조형예술에 몰두한 작가는 거의 없었다. 그는 고대의 관에 새겨진 부조, 일본의 목판화, 조반니 벨리니의 마돈나, 피카소의 작품이나 로댕의 조각 등에 열광했으며, 특히 로댕에 대해서는 전기를 쓰기도 했다. 그는 동시대 미술에 특별한 관심을 표명했는데, 예를 들자면 세잔의 현대성을 다른 누구보다도 먼저 높이 평가하고 이에 대해 감탄을 금치 못했던 인물이 바로 릴케였다. 수중에 들어온 모든 예술사에 관한 전문서적과 최신 자료들을 섭렵한 그는 당대 최고 전문가 수준이었다. 릴케는 학술적인 소양뿐 아니라 비인습적인 시각도 겸비한 미술 전문가였다. 그는 언제나 처음처럼, 선입견이나 편견 없이 '보는 법 배우기'를 습득하고자 했다. 베네치아에서 본 그림에 대해 그가 쓴 글들은 상세한 해석이라기보다는 오히려 암시에 가깝다. 그림의 창작 연도, 양식의 유형, "그 작품이 그 예술가의 후기 작품인지 아닌지 또는 '그 대가의 일반적인 화풍'이 드러나 있는지 등의 질문에 대한 답변"은 릴케의 글에서 나타나지 않는다.[66] 릴케는 *아카데미아 미술관에서* 그림을 둘러본 느낌을 우리에게 체계적이고 상세하게 전달하고 있지는 않다. 릴케 자신도 그러한 보고를 의도하지 않았다. 릴케는 언젠가 아내 클라라에게 다음과 같이 쓴 적이 있다. "미술전시장에서 내가 언제나 그림보다 그림을 둘러보는 사람들을 얼마나 더 진기하게 바라보는지 당신도 잘 알 것이오."[67]

어떤 그림이 개인적인 관심을 야기하거나 그의 예술에 영감을 불러일으키면 릴케는 그것에 열광했다. 그는 그림에 대한 시를 지속적으로 썼다. *아카데미아 미술관에서* 누구나 주목하게 되는 티치아노의 그림 〈성모 마리아의 봉헌 Mariae Tempelgang〉을 예로 들어보자. *마돈나 델로르토 성당 Kirche Madonna dell'Orto* 에 있는 같은 주제를 다룬 틴토레토의 그림과 함께 이 그림은 릴케의 연작시 『마리아의 생애 Marienleben』(여섯 번째 산책 참고)에 영감을 준 작품이다.

우리는 또한 릴케를 통해 미술관에 있는 여러 작품들에 대한 일반적이고 아주 유용한 실마리를 제공받을 수 있다. 그림들은 베네치아에 관해 무슨 말을 하고 있는가? 이것이 베네치아 미술에 대해 릴케가 가졌던 중요한 물음이었다. 릴케는 그림에서, 색채에서, 대상에서, 구성에서 그리고 추억에서 베네치아라는 도시가 어떻게 표현되어 있는지에 주목했다. 우리는 릴케와 더불어 그림 속에 표현된 베네치아의 역사를 '읽을' 수 있으며, 그리하여 소장된 그림을 석호 위에 세워진 도시의 역사를 보여주는 그림책으로 관찰할 수 있다. 시인은 기젤라 양을 위해 베네치아의 미술에 관한 지침을 만들었다. *아카데미아* 미술관을 순회하는 것으로 시작하는 일종의 이 가이드라인은 지금 보더라도 도움이 된다.

"개인적으로 되기, 다시 말하자면 이 화가들 중 어떤 사람에게는 베네치아적으로 되기라고 할 수 있습니다. 그에게 베네치아적이다라는 말은 자신을 발견했다는 의미입니다. *아카데미아* 미술관의 첫 번째 홀에 있는 초기 그림들에는 이미 그것이 나타나 있고, 이러한 발전은 계속되어 카르파초Carpaccio(학문과 교회: 스키아보니의 성 게오르기우스 San Georgio degli Schiavoni)에 이르게 됩니다. 그리고 내면 깊은 곳에서 다 타버린 수수께끼 같은 조르조네Giorgione(그는 매우 개인적이라 생각됩니다)는 제거할 수 있는 개별적 형상 이상으로 베네치아 이미지를 발전시켰습니다. 그러나 틴토레토Tintoretto는 이 도시의 가장 극단적인 것, 이 도시의 명성, 이 도시의 잉여입니다. 다시 말하자면 그는 그림 속에서 정신을 차려 모든 사건을 자신과 연관시키고 억지로 자신 속에 이끌어 들여서 베네치아의 역사를 만든, 베네치아의 가장 위대한 자의식입니다. 이를테면 십자가에 못 박힌 그리스도(성 카시아노 성당), 마돈나 델로르토 성당의 프레스코화에서 성대한 국가 행사가 된 성모 마리아의 봉헌, 두칼레 궁전에 있는 〈최후의 심판〉 등에서 말이지요. 이러한 도정에서 티치아노Tiziano만이 유일하게 베네치아를 넘어 고독하고 거대한 자기 자신을 향해 나아갔습니다, 연륜이 그렇게 만든 것이지요. 하지만 사람들은 순진하게도 이러한 그의 거인적인 면모의 한 부분만을 그리고 베네치아적 본질의 발산만을 보는 데 익숙해져 있습니다. 그는 그림(산 살바토레 성당에 있는 격렬한 화풍의 성 수태고지)과 더불어 국가의 영혼을 넘어 자신의 고유한 비극적인 영혼 속으로 들어갔습니다. 그런데도 사람들은 그의 그림을 인정하려 들지 않았습니다. 그럼에도 불구하고 그가 (그 여든아홉의 노인이[역주: 이 그림은 1560년경의 그림으로 티치아노가 여든 아홉이 아니라 일흔 살 무렵에 그린 작품임]) 그림 아래쪽에 「티치아누스 페치트, 페치트」(역주: fecit, 라틴어로 '완성했다'라는 의미로 조형예술작품에서 제작자가 자신의 이름 다음에 덧붙여 쓴 사인의 일부. 그림의 경우 '그렸다'라는 의미의 '핑크시트pinxit'도 자주 쓰인다)라고 두 번이나 쓸 때까지도 말입니다.

아카데미아 미술관 소장품 중 릴케가 좋아했던 그림 중의 하나:
티치아노의 〈성모 마리아의 봉헌〉(1534~1538)

그러나 이미 다음 시대의 화가들과 특히 18세기의 화가들은 또다시 그 화가들이 얼마나 베네치아적인가라는 잣대 하나만으로 평가될 수 있습니다. 그리하여 티에폴로Tiepolo (특히 라비아 궁전의 벽화), 구아르디Guardi(코레르 박물관과 아름다운 산타 마리아 포르모자 성당 뒤쪽에 있는 퀘리니-스탐팔리아 저택의 미술관), 그리고 마지막으로 롱기Longhi(같은 곳)의 그림들은 다시 한 번 베네치이의 모든 비밀을 담을 정도로 이 화가들은 베네치아적이었습니다. 그래서 그 비밀은 마지막으로 사용되었던 그 시대에 나타나 있고 삶 속에 용해되어 움직이고 있지요.

그렇기 때문에 바로 이 그림들(이를테면 토착적인 특색, 유희, 풍습 등을 묘사하고 있는 팔라초 퀘리니의 어떤 방에 있는 그림들은 미술사적으로 별로 중요하지 않습니다)은 이 세계의 본질을 이성적으로 통찰하는 데 도움을 줍니다. 왜냐하면 이 그림들은 여전히 생동하는 것으로 제시되고 있기 때문입니다. 생동하는 것을 우리는 내면적으로 다시 소생시켜야만 합니다. 그것이 해체된 배후에 있는 존재와 법칙을 발견하고 파악하기 위해서 말이지요.

구아르디의 몇몇 작품을 본다거나 이곳 혹은 저곳에서 롱기의 스케치나 작은 그림을 보게 되면, 곤돌라를 타는 경우에도 다르게 탈 것이고, 승선해서도 다르게 휴식할 것이고, 또한 아마도 이따금씩은 호사스런 탈것을 거부하게 될 것입니다. 기이한 작은 골목길들을 알아보기 위해서 말이지요. 어떤 골목길을 따라가다 보면 예기치 않게 '캄포'(역주: Campo. 광장)가 나타나게 되는데(산 마르코 광장만 '피아차Piazza'라고 합니다) 광장의 저편에서는 골목길이 어떤 식으로 이어지게 될지 전혀 알 수 없는 노릇이지요. 도움닫기를 하지 않고 가볍게 뛰기만 해도 운하를 넘을 수 있을 정도로 작은 다리들, 독특한 리알토 다릿길, 어시장과 에르베리(역주: 과일 및 채소시장)-, 그러다가 갑자기 나타나는 탁 트여서 넓고도 밝게 빛나는 야외 경치, 길을 걷다 보면 이러한 풍경들을 번번이 마주치게 되지요-."[68]

◇

피아차, 산 마르코, 두칼레 궁전 그리고 코레르 박물관에 있는 카르파초의 그림

❶ 피아체타 산 마르코 ❷ 카페 플로리안 노우베 ❸ 그란 카페 콰드리 ❹ 산 마르코 대성당
❺ 두칼레 궁전 ❻ 코레르 박물관 ❼ 스파다리아

피아차

*피아차 산 마르코*Piazza San Marco

는 유일무이한 광장이다. 베네치아인들조차도 그렇게 생각하고 있다. 베네치아에 있는 다른 어떤 광장도 '피아차'라고 부르지 않는다. 하지만 이 광장을 제대로 즐기기란 쉬운 일이 아니다. 붐비는 관광객들 때문이다. 릴케도 이미 그런 문제를 인식하고 있었다. 그래서 릴케는 정말 화가 나서 미사여구를 헛되이 늘어놓기까지 했다. "외지인들이 점점 많아지고 있습니다. 오호라, 저녁에 마르코 광장에 오는 사람이면 누구나 백열등 램프의 조명을 받고 있다고 생각합니다. 그 바보 같은 과장된 조명은 얼굴의 특징을 하나도 남기지 않고 전부 몰아내고 마는데도 그들은 모두 잘난 척으스대는 것처럼 보입니다."[69]

예로부터 베네치아의 도시 풍경에는 외국인들과 낯선 사람들이 있었다. 처음에는 상인들과 업무여행자들이, 16세기와 17세기에는 *세레니시마*Serenissima(역주: '베네치아 공화국'의 별칭으로 La Serenissima Repubblica di San Marco의 줄임말)를 교육의 일환으로 유럽의 궁정을 둘러보는 '유럽 순회 여행Kavalierstour'의 출발점으로 삼은 젊은 귀족들이 있었다. 18세기 중반부터는 부유한 시민들이 교양여행Bildungsreise차이곳으로 왔으며, 예술가들도 아무튼 베네치아의 곳곳에 있었다. 일찍부터 이 도시는 여행자들 덕분에 돈을 벌었으며, 18세기 이후로는 관광산업이 본격적으로 발전했다. 베네치아 공화국의 말기인 18세기말에는 카니발이 열리는 관광 성수기에 피해가 가지 않도록 통령의 죽음을 심지어 2주 동안이나 은폐한 적도 있었다.

그러나 1900년 무렵 질적인 변화가 일어났다. 엄청나게 증가한 관광객들이 도시 전체의 분위기를 지배하게 된 것이다. 베네치아는 유럽 최초로 현대적인 대중관광의 아성이었다. 베네치아는 정치적으로나 경제적으로는 벌써 오래전에 중요성을 상실하고 말았지만, 관광을 통해 유럽 최고의 도시로 살아남았다. 근대적인 해수욕 관광을 위해 19세기 중반에 이미 리도 섬에 거대한 호텔과 해변 휴양지 시설을 갖추었고 근거리 대중교통체계도 현대화했다—1883년부터 중요 구간에는 증기보트인 *바포레티Vaporetti*를 투입했다. 1902년에는 5분에서 10분 정도 걸리는 거리에 있는 도시의 중요 지점을 연결하는 10개의 노선이 신설되어, 리도 섬까지 단 12분 만에 갈 수 있게 되었다. 기념품 가게는 이미 1902년에 도시의 가장 중요한 경제적 요소가 되었다. 멋진 장소들마다 성수기에는 관광객들로 넘쳐났다. 그중에는 독일인들도 많이 포함되어 있었는데, 이들 대부분은 당시 관광의 필수품이 되다시피 한 『배데커』 여행안내서를 손에 들고 있었다.『배데커』에는 중요한 볼거리들이 별로 표시되어 있었다. 릴케도 1897년 3월 베네치아를 처음으로 여행했을 때『배데커』안내서 1894년 발행판『이탈리아 1부, 북이탈리아』14쇄본을 가지고 갔다. 현대 여행안내서의 전범이 된 이 실용적인 책은 (평가도 곁들인) 숙소와 식사에서부터 운임과 현지인을 대하는 적절한 태도(예를 들자면 속이려 드는 곤돌라 사공에게 사기를 당하지 않게 대처할 수 있는 조언) 등 많은 정보를 담고 있었다. 여정을 제안해놓은 부분은 특히나 유용했다. "일요일 나는 산 마르코의 종탑에 올라갔는데, 두칼레 궁전을 내려다볼 수 있었고, 괴테의 언급 때문에 흥미를 가지고 있었던 레덴토레 성당도 볼 수 있었습니다. 걸식하는 사람들이 많은 이 도시에는 성당이 정말 많기도 합니다. ─배데커가 지시한 대로 따르기보다는 차라리 베네치아 사람인 것처럼 작은 운하들의 화려한 움직임을 가능한 한 느긋하게 바라봅니다. 그러면서 자신이 항상 옳다고 주장하는 여행안내서의 별들 속에서 길을 잃기보다는 베네치아의 가슴 어디에선가 높은 돔 위로 나타나게 될 첫 저녁별을 기다립니다."[70]

릴케는 다른 관광객들을 자주 흉보거나 그들에 대해 때로는 화를 내기도 했지만 그럼에도 산 마르코 광장은 반드시 보아야 할 곳으로 손꼽았다. "제가 생각하기에 피아차, 피

"너무나도 광대하게 성대하게 그리고 너무나도 태연히 버티고 있는" 산 마르코 피아차

아체타, 그리고 리바 델리 스키아보니의 밝은 해안, 두칼레 궁전과 그 옆의 성당 (……) 이 모든 것들은 비록 항시 공공재산이긴 하지만 그럼에도 불구하고 방해받지 않고서 직접적으로 느낄 수 있으며 그 자체로 즐길 수 있습니다. 이것들은 너무나도 확고부동하게 효과적으로 광대하게 성대하게 그리고 너무나도 태연히 버티고 있어서, 누구나 개인적인 몫을 가질 수 있습니다."[71]

릴케는 산 마르코 광장에 자주 갔는데, 이곳에 있는 *카페 플로리안Caffé Florian*이나 *콰드리Quadri*에서 사람들을 만나기가 수월했기 때문이다. "산 마르코 광장에서 두 시간 전에 발덴부르크 부인(역주: 마리아 테레지아 슐링크-호엔로에. 마리 투른 운트 탁시스 부인의 여동생)과 당신의 남동생 그리고 파샤(역주: 마리 투른 운트 탁시스 부인의 셋째 아들인 알렉산더)를 만나서 카제타 로사까지 같이 갔었습니다. 호엔로에 왕자는 매우 활기차 보였는데 그렇게 생기 넘치는 모습을 본 것은 정말 오랜만이었습니다."[72] 산 마르코 광장에는 많은 사람들이 있기 때문에 릴케는 자주 그곳에 갔다. "그래서 저는 저녁이면 대개 '피아차'에 있습니다. 붐비는 와중에서도 방해를 덜 받을 수 있기 때문이지요. 석호 위에서 은은한 빛을 발하는 산 조르조 마조레의 파사드는 달의 연기를 기다리고 있는 듯합니다."[73] 물론 매일 밤마다 조용하다는 것은 아니며 늦은 시간에야 조용해진다. 일요일, 월요일, 수요일 그리고 금요일 밤 8시 30분부터 10시 30분까지는 군악대도 참가하는 연주회가 규칙적으로 열린다.

산 마르코 성당

　　　　　　　　"당신이 생각할 수 있는 가장 멋진 것. 화려한 양식과 색채. —진지한 눈썹 아래 있는 중요한 눈처럼 널따란 반구형의 아치 아래에 있는 거대한 모자이크. 그 위로 거의 들뜬 분위기의 경쾌한 작은 탑들, 위협적인 기둥머리 그리고 조화로운 하얀 둥근 지붕. —이 모든 것들은 모종의 상상력과 자의식을 가지고 있습니다. 그리고 내부는 베네치아 신의 접견실입니다. —성당 전체는 원래 '살롱'의 기예적인 코어스크린(역주: 성가대석과 신도석 사이의 칸막이) 뒤에서 품위 있게 대기하고 있습니다. 자줏빛 옷을 걸친 성당 참사회 회원이 저쪽 편안한 성가대석에서 여느 때처럼 여유 있는 태도로 신령스런 집주인과 담소를 나누고 있습니다. —둥근 지붕 안의 사람들은 절반쯤은 무관심하게, 절반쯤은 졸고 있으며, 기도하는 사람은 거의 없고 단지 몇 명만이 기도하는 자세를 취하고 있을 따름입니다."[74] 이 구절은 릴케가 베네치아에서 1897년 3월 28일 마틸데 노라 가우트슈티커(역주: Mathilde Nora Goudstikker 〔1874~1934〕, 뮌헨의 사진작가)에게 "많은 것들을 본 첫날밤 늦은 시간에" 쓴 첫 번째 편지에서 따온 것이다. 산 마르코 성당 Basilika San Marco에 대한 느낌은 약간 혼란스러운 듯하지만 첫인상치고는 그리 나쁘지는 않았다. 그러나 10년 뒤에 쓴 시 「산 마르코 성당San Marco」과는 비교할 수 없다.

산 마르코 성당
– 베네치아

속을 도려낸 듯 반구형으로 부풀어 올라
금빛 화감청(花紺靑)으로 변하고,
둥근 모서리에, 매끈한, 세심하게 향유를 바른
이 건물 내부에 이 나라의 어둠이 깃들어

시나브로 쌓이고 쌓여, 모든 것들 속에서
이것들을 사라지게 할 정도로 증식된
빛의 평형추가 되었구나.
그리하여 불현듯 너는 이런 의심이 든다: 이것들이 사라지
지나 않을까?

그리하여 너는 궁륭천장의 광휘 가까이에

매달려 있는 광산의 갱도 같은
견고한 회랑을 밀어젖힌다. 그러자 네게

여전히 온전한 밝은 전망이 나타난다. 하지만
왠지 모를 애틋함에 밝음의 노곤한 순간이
가까이에 불쑥 솟아 있는 네 필의 말에 비견된다.[75]

릴케를 "고상한 금세공 기술로 가공한 듯한 언어의 대가"라고 했던 슈테판 츠바이크의 말이 여기에도 적용된다.[76] 이 시는 릴케가 가장 좋은 의미에서 언어의 장인임을 입증하고 있다. 이 시는 언어의 귀중함 속에서 성당의 귀중함을 재현하고 있다. 그리고―이것에 대해 이탈리아 전문가이자 여행서 작가인 에카르트 페터리히가 언급한 사실인데―릴케는 산 마르코의 건축학적 그리고 예술적 특징들을 시적으로 매우 정확하게 특징적으로 표현했다. 기독교 교회가 동방의 신전을 떠올리게 하는 것은 우연이 아니다. 그 전범이 된 것으로는 콘스탄티노플의 하기아 소피아 성당이 있다. 산 마르코 성당은 많은 부분들이 비잔틴 양식을 따르긴 하지만 매우 특이한 방법으로 결합되어 있다. 페터리히는 릴케에 기대어 이 성당을 다음과 같이 설명하고 있다. "릴케가 표현했듯이, 모자이크 장식과 더불어 특히 동굴처

럼 속이 빈 건축 형태, 둥글게 다듬은 모든 모서리들, 유연
함, 물결 모양, 아치에 대한 열정, 모든 건축적 형식들을 회
화적으로, 즉 황금빛과 유리의 색채로 용해시킨 점은 비잔
틴풍이다.

> 속을 도려낸 것처럼 반구형으로 부풀어 올라
> 금빛 화감청(花紺靑)으로 변하고,
> 둥근 모서리에, 매끈한, 세심하게 향유를 바른
> 이 건물 내부에 이 나라의 어둠이 깃들어
> 시나브로 쌓이고 쌓여……

다양한 종류의 건축 재료들과 건축 형식들을 활용한 점도
이러한 용해에 기여했다. 이를테면, 다양한 색채와 문양을
가진 갖가지 종류의 대리석(약 3백 종류 이상), 핏빛 반암(斑
岩), 반투명의 설화석고, 희미하게 빛나는 화강석 등의 돌
과 고금의 갖은 형태의 글자체와 구리나 주석이나 갖가지
보석 등의 광물과, 대리석 모자이크와 유리 모자이크 등의
재료들이 사용되었다."[77]
이 성당은 갖가지 양식과 다양한 재료가 섞인 혼합체이긴
하지만 그러한 다양성에도 불구하고 통일적인 바탕도 가지
고 있다. 즉 산 마르코 성당이 신전으로만 사용된 것이 아

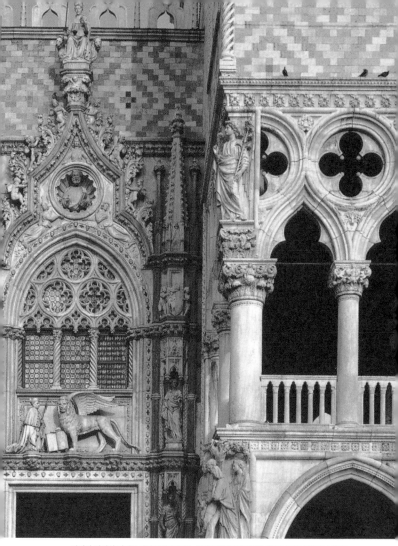

정치적 권력의 과시로서의 건축: 릴케는 두칼레 궁전의 전면을 "국가의 가면"이라고 했다.

니라 국가의 권력을 과시하려는 목적으로 이용되었다는 것은 분명한 사실이다. 그래서 베네치아인들은 약탈 행위에서 노획한 것들 중 가장 아름답고 귀한 것으로 이 성당을 장식했다. 성당 전체는 동양과 서양에서 가져온 노획물들로 뒤범벅이 되어 있다. 가장 귀중하고 상징적인 전리품은 릴케의 시에도 등장하고 있다. 바로 4두 마차(역주: 네 필의 말이 끄는 이륜전차. 전사는 없고 말만 있다) 싱이다. 이것은 매우 오래되었음에도 잘 보존된 고대의 말 조각상들인데, 1204년 베네치아인들이 콘스탄티노플을 약탈하면서 노획한 것이다. 이 귀중한 조각상을 베네치아인들은 정부청사가 아니라 산 마르코 성당의 주 출입구 위쪽의 파사드 중앙에 의기양양하게 세워두었다. 네 필의 말 상은 베네치아 역사상 가장 중요한 사건, 즉 비잔틴에 대한 승리와 동방에 건설한 식민지제국을 상징한다.

한때 나폴레옹이 파리로 가져갔다가 후일 되돌려받기도 했던 이 말 동상들은 복제품으로 건물 전면의 중간에 위치하고 있는데 성당의 테라스에서 보면 가장 잘 보인다. 진품은 성당 박물관에 보존되어 있다.

릴케가 시에서 유려하게 묘사한 4천 제곱미터나 되는 모자이크의 일부를 회랑에서는 가까이에서 볼 수 있다. ─릴케 자신도 그렇게 했었다. 아무튼 그는 기젤라 폰 데어 하이트

양에게, "산 마르코 성당의 위쪽 회랑으로 올라가보시길 권합니다."—거기에서는 "궁륭이 황금을 채굴한 다음 흔적으로 남아 있는 파쇄면처럼 빛을 발하고 있는" "이 채굴장"[78]을 관찰할 수 있을 것이라고 조언했다. 이것은 릴케가 시에서 사용한 표현을 편지글에서 어떻게 시험해보았는지에 대한 좋은 사례가 될 것이다. 그는 기젤라 양에게 1908년 3월 24일에 편지를 썼는데, 시 「산 마르코 성당」은 몇 주 후 파리에서 완성되었다.

두칼레 궁전

"최근 두칼레 궁전 파사드에 대한 멋진 해석이 떠올랐는데, 그것이 '국가의 가면'을 나타내고 있다는 것입니다. 그렇게 본다면, 창문들과 위쪽 가면을 얼굴에서 드리워진 뾰족한 부분과 상응하는 아래 두 층의 회랑 구조물 사이의 폐쇄성은 기묘하게도 유효적절한 의미를 획득하게 됩니다. 가면은 훨씬 나중의 베네치아가 옛 건물에 부과한 것이긴 하지만, 그것은 이러한 국가의 태도에, 국가 지배의 익명성에 주효했던 듯합니다."[79] 미학은 베네치아에서 결코 자기목적이 아니었다. 두칼레 궁전Dogenpalast에서 통치 원칙은 세레니시마 건축이 되었다. 베네치아식의 통치는 어떻게 기능했는가, 통령Doge은 통치에서 어떤 역할을 했는가, 국가는 어떤 권력을 가지고 있었는가, 그것이 건축에 어떻게 표현되었는가 등을 우리는 릴케의 시에서 읽어낼 수 있다. 그의 시「통령Ein Doge」에 장소가 구체적으로 언급되고 있지는 않지만 내포된 공간적 배경은 두칼레 궁전이다.

통령

외국 대사들은 그들이 그를 얼마나 인색하게 대했는지를
그리고 그가 한 모든 것을 보았다.
그들은 그가 위대하게 되도록 부추기는 한편,
정탐꾼을 보내 황금 옥좌를 둘러쌌다. 그리고

점점 더 많은 제약을 가했다. 자신들이
(사자를 잡아 키우듯) 신중하게 키운 그 권력이
자신들을 잡아먹지나 않을지
그들은 두려워했다. 그러나 그는,

반쯤 가린 마음을 방패막이로 삼아,
그것을 의식하지도 멈추지도 않으면서,
더 위대하게 되어갔다. 시의회가

제압했다고 생각했던 그의 심중을,

그는 손수 제압했다. 머리가 희끗희끗해서야

그는 승리했다. 그의 얼굴에는 그 방법이 드러났다.[80]

도시의 모든 귀족들이 선출한 통치의 수장인 통령은 종신 제였다. 그는 도시의 화려한 궁전에서 생활했고, 아름다운 의복을 입었으며, 그의 주변 사람들은 모두가 아첨을 떨었다. 릴케는 그가 '황금 옥좌'에서 생활했다고 하는데, 이것은 유명한 황금 계단Scala d'Oro을 암시하는 듯하다. 금박을 입힌 석고부조로 치장한 이 인상적인 계단을 통해 우리는 주거 공간이 있는 궁전의 2층으로 갈 수 있다. 릴케의 시에서도 드러나듯이 금빛으로 빛나는 통령의 자리는 황금 새 장이었다. 통령이라는 자리가 황금으로 치장된 까닭은 통령은 사실상 권력이 없었기 때문이었다. 즉위식에서 그는 선서를 통해 대평의회나 다른 위원회의 모든 명령을 이행할 것이라는 의무를 졌다. 통령이 모든 평의회의 의장을 맡고 있긴 하지만 사실은 일종의 입헌군주제에서처럼 거수기 역할만 했다. 명목상 통령은 국가의 수장이었지만 실제로는 그의 권력은 물론 상당히 제한되었다. 그는 상행위를 할 수 없었으며, 선물을 받아서도 안 되었고, 그의 식구들은 고위공직에 나설 수 없었다. 세월이 흐르면서 제약은 점점

복장은 화려하나 권력은 없다: 〈안드레아 그리티 통령〉, 티치아노의 그림

더 많아졌고 마침내 통령은 편지도 허가를 받아야 볼 수 있는 처지로 전락했다. 하지만 공적으로는 통령이 국가권력을 대변했다. 통령은 갖은 화려함을 과시하고 권력의 온갖 표장(表章)들로 치장했다. 릴케는 시에서 이것을 "사자를 잡아 키우듯"이라고 정확한 이미지로 표현했다. 사자는 베네치아 국가권력의 상징이다. 대외적으로는 통령이 이 사자이지만 국가권력이 그 사자를 구속하고 있기 때문에 통령은 우리에 갇힌 사자나 다름없다. 전체 통치구조에서 유일한 권력은 개별 통치자가 아니라 국가권력이다. 이름을 떨친 유명한 통령이 없었던 점은 결코 우연이 아니다. 릴케가 명망 있는 귀족의 이름을 선호함에도 불구하고 시에서는 구체적인 이름을 제시하지 않고 그냥 단순하게 '통령'이라고 한 것 또한 우연이 아니다.

베네치아 국가체제의 (그리고 두칼레 궁의) 또 다른 특수성이 릴케의 시에 강조되어 있다. 그는 통령의 옥좌가 "정탐꾼과 제약들"로 둘러싸였다고 표현하고 있다. 이것은 축자적으로 읽힐 수 있다. 다시 말하자면 베네치아는 세련된 정보원 체제를 가지고 있었다. 국립재판소의 소재지가 바로 두칼레 궁전이었다. 한편으로 두칼레 궁전은 티에폴로, 티치아노, 틴토레토 등과 같은 유명인들에게 잠자리를 제공해주기도 했지만, 다른 한편으로는 통령의 숙소나 화려한 행정실과 멀지 않은 곳에 거의 빛도 들지 않는 어두컴컴한 홀이 있다. 누군가 첩자나 '정탐꾼'이라고 밀고당하면 이곳으로 끌려와서 소리 소문 없이 사라졌다. 베네치아의 비밀경찰은 잔혹하기로 유명했다. 유죄 판결을 받은 사람은 바로 곁의, 두칼레 궁전과 유명한 탄식의 다리로 연결되어 있는 감옥으로 끌려갔다. 우리는 베네치아식의 통치와 베네치아식 건축의 특수성에 대해서도 릴케의 시를 통해 생각해볼 수 있다.

치비코 코레르 박물관의 카르파초 그림

산 마르코 광장에 위치한 코레르 박물관Museo Civico Correr은 릴케 애호가라면 한번 가볼 만하다. 배 모형, 옛날 도시 계획도, 동전, 깃발 등과 더불어 이곳에는 베네치아 화가 비토레 카르파초Vittore Carpaccio의 매우 유명하고 정말 수수께끼 같은 그림이 전시되어 있다. 릴케는 바로 이 그림에서 영감을 받아 시 「매춘부Die Kurtisane」를 썼다. 1495년 작품인 이 그림은 목둘레가 깊이 파인 드레스를 입은 두 명의 금발 여인이 피곤한 듯 지루한 듯한 시선으로 의자에 앉아 있는 모습을 그리고 있다. 이들은 실외의 발코니나 혹은 테라스의 일부로 보이는 대리

석 난간 앞에 앉아 있다. 앞쪽의 여인은 한 손으로 하얀 개
의 발을 어루만지고 있다.

매춘부

베네치아의 태양은 내 머리칼을 황금으로
만들 준비를 하지요, 그것은 모든 연금술의
화려한 출구. 당신은 베네치아의
다리를 닮은 내 눈썹이

두 눈의 소리 없는 위험 위로 가로
뻗어 있는 것을 봅니다. 위험은 은밀하게
운하와 오가고, 바다는 운하 속에서
오르락내리락 변화하지요, 나를

한 번이라도 본 사람은 내 개를 시샘하지요,
가끔씩 쉴 때면 그 위에 이 손을 올려놓으니까요,
그러면 이 손은 어떤 열기에도 타지 않고

데지도 않으며, 잘 치장되어, 원기를 되찾지요—.
그리고 앳된 젊은이들은, 유서 깊은 가문의 희망들은,
독(毒) 같은 내 입술에 취해 몰락하고 말지요.[81]

매춘부는 또 하나의 베네치아 신화이다. 르네상스 이래 베네치아는 매춘부 그림, 즉 이들의 아름다움, 감각성, 매매 가능성 등을 표현한 그림으로 유명했다. 특히 그녀들의—원래는 적갈색인—금발은 찬탄의 대상이 되었으나 진짜 금발은 매우 드물었다. 릴케는 시에서 "베네치아의 태양이 내 머리칼을 황금으로 만들 준비를 하지요"라고 표현했는데, 이것은 중의적인 의미에서 글자 그대로 이해될 수 있다. 베네치아의 여성들은 그 특별한 색조의 금발을 얻으려고 베네치아 특유의 발코니인 알타네*Altane*(역주: 41쪽 로마넬리 자매의 집 사진의 지붕 참조)에서 몇 시간이고 햇볕을 쬐며 앉아 있었다. 알타네는 대개 지붕에 설치한 목조 테라스를 일컫는데, 예나 지금이나 후텁지근한 시로코(역주: 초여름 아프리카에서 지중해를 거쳐 이탈리아로 불어오는 토사가 섞인 고온 다습한 열풍)가 불어오면 알타네는 좋은 피난처가 된다. 유명한 베네치아 금발은 결코 자연색이 아니라 인공 색조이다. 그 황금빛 색조는 기술과 시간을 필요로 하는 인공적 과정의 결과물인 것이다. 황금, 즉 돈을 얻기 위하여 이 과정에서 여성들은 자연, 태양, 도처에 있는 자연 자원을 이용한다. 노랑은 황금이고 황금은 돈이다. 베네치아에서는 모든 것이 돈이 된다—이것이 릴케가 시에서 다룬 베네치아 신화이다.

릴케의 시 「매춘부」에 영감을 준 카르파초의 명작 〈두 명의 베네치아 여인〉

매춘은 베네치아에서 르네상스 이래 경제활동의 중요한 부문이었고, 귀족과 사업가의 합법적인 수익원이었다. 베네치아는 매매춘에서 많은 수익을 올렸으며 쾌락의 도시, 사랑을 살 수 있는 도시, 매춘부의 도시로서 명성을 드높였다. 릴케는 여기에서 한 걸음 더 나갔다. 그는 베네치아라는 도시 전체를 매춘부로 표현했기에, 매춘부는 베네치아라는 도시의 알레고리가 되어, 도시라는 몸체와 여성의 이름다움 그리고 연금술과 돈을 지속적으로 변화시키고 결합한다.

첨언: 1950년대의 미술사학자들이 발견했듯이, 릴케 시의 원전인 카르파초의 그림은 매춘부를 소재로 삼은 것이 아니다. 여러 가지 증거들, 이를테면 꽃병에 베네치아의 귀족인 토렐라^{Torella} 가문의 문장이 각인되어 있는 것으로 보건대 그림 속의 여성들이 상류층에 속한다고 추정할 수 있다. 오늘날에는 이 그림을 〈두 명의 베네치아 여인^{Two Venetian Ladies}〉이라고 부른다. 학자들조차도 오랫동안 그림 속의 귀부인을 매춘부로 오인해왔었다는 것은 놀랄 만한 일이 아니다. 이런 유형의 매춘부(역주: Kurtisane. 교양과 기예를 겸비한 고급 매춘부. 조선시대의 이패기생[은근짜]과 유사)는 의상이나 말과 글에서 상류층의 여성들과 거의 구분되지 않기 때문이다. 그리고 베네치아의 상류사회 여성들은 또한 품행이 방정하지 못

했기 때문이다. 그림 속의 여성들이 누구든 간에—카르파초의 그림은 여러 부분에서 지친 그리고 매우 세련된 감각성을 내뿜고 있다. 그림에는 주름이 흘러내리는 듯한, 값진 보석으로 장식한 황금색과 자주색의 데콜테(역주: 목둘레가 깊게 패인 옷)에 전통적으로 성적인 상징으로 간주된 앵무와 공작이 곁들여져 있다. 모든 것은 매우 세련되게, 성적 요소는 완전히 억제되어 표현되어 있다. 하지만 릴케는 우리의 시선을 이끌어 카르파초의 그림이 훨씬 더 다층적임을 보여준다. 시에 표현된 그림 속의 여인은 작은 흰 개를 애무하면서 이빨을 드러내고 있는 다른 개와는 거리를 두고 있다. 감각적인 것은 길들여질 수 있긴 하지만 위험성을 내포하고 있다는 의미이다. 릴케의 시에서 감각성은 베네치아라는 도시로 간주된다. 베네치아인들은 타의 추종을 불허하는 방식으로 자연을 정복했다. 그들은 바다를 운하에 연결시켜서 운하를 "오르락내리락하며 변화"하도록 만들었다. 그러나 모든 문화나 문명의 이면에 은폐된 위험은 자연을 통해 여전히 남아 있다.

◇

아르세날레, 스쿠올라 달마타
디 산 조르조 델리 스키아보니,
산타 마리아 포르모자 성당 광장,
퀘리니 스탐팔리아 미술관

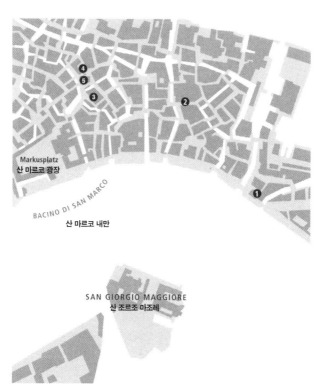

❶ 스토리코 해양 박물관 ❷ 스쿠올라 달마타 디 산 조르조 델리 스키아보니 ❸ 퀘리니 스탐팔리아 미술관 ❹ 산타 마리아 포르모자 광장 ❺ 산타 마리아 포르모자 성당

아르세날레

베네치아의 늦가을

이제 도시는 떠오른 모든 날을 낚는 미끼처럼
더 이상 떠돌지 않는다.
네 시선에 닿은 유리 궁전들이 더욱 바스라질 듯
울린다. 그리고 모든 정원에서부터 여름이

거꾸로, 피곤에 절어, 살해당한 채,
한 무더기 마리오네트처럼 매달려 있다.
그러나 바닥에서 오래된 뼈다귀숲에서
의지가 솟아오른다: 다가오는 아침바람을

함대로 타르칠 하려고, 해군 제독이
불 밝힌 아르세날레에서 밤새
갤리 선단을 곱절로 늘이라고

다그치듯이, 그 함대는 힘차게 노를 저으며
돌진하다가 돌연, 무수한 깃발이 부풀어오르며,
거대한 바람을 만난다, 찬란하게 운명적으로.[82]

릴케의 가장 유명한 베네치아 시인 「베네치아의 늦가을 *Spätherbst in Venedig*」은 석호도시가 관광과 예술의 중심지라는 고정관념에서 벗어나 있다. 카날 그란데나 산 마르코 광장 대신 동쪽으로 훨씬 멀리 떨어져 있는 아르세날레(역주: arsenale는 조선소와 병기창이라는 의미를 모두 포함하고 있다)가 공간적 배경이다. 이 아르세날레는 한때 나라에서 경영했다. 릴케의 생각으로는 이곳이 베네치아의 본래 중심이었다. "생각해보세요, 이 도시를 몽환적인 분위기로 이용할 생각이 떠오른다는 게 기이하지 않습니까. 이 도시는 완성되었고 버려졌으며 그리고 그것이 자신에게 일어나도록 했습니다. 그러나 이 세찬 바닷바람을 맞으며 바람소리 울리는 골목길을 걷는다면, 물의 날카로운 가장자리가 완전히 자의적으로, 반항심에서, 성공적으로, 궁전에 닿는 것을 본다면, 광장의 화려함 너머에 있는 아르세날레를 간과하지 않는다면, 숲은 함대로, 함대의 화물은 승리의 날개로 변할 것입니다. 꽃의 결핍에서 열매가 생겨났고 광산의 부족에서 보석 같은 유리로 물건이 만들어졌다는 걸 생각해봅시다. 그래서 온 세상이 이 근사한 기만을 받아들여서 그 물건에 금을 내어주지요. 그리고 이 모든 것을 실현할 장소조차 없었으며, 대륙은 이 국가를 위해 비로소 짜 맞추어져야 했지요. 그리하여 사람들은 이곳에 모인 충만한 행위에 경악하게 되어 그 행위가 아직도 이곳에 존재하는 것처럼, 그래서 요구하고 불안하게 하고 거대한 의무를 지우는 것처럼 느끼게 되지요."[83]

베네치아의 힘은 애초부터 조선 기술과 항해술에 바탕을 두고 있었다. 수 세기 동안 아르세날레는 바다에 대한 패권의 토대이자 근간이었다. 아르세날레의 시초는 대단한 것이 아니었다. 1100년경 최초의 독dock이 동쪽의 카스텔로 Castello 지역에 건설되었는데, 그곳에는 교회당과 채소밭 옆에 험한 땅이기는 하지만, 다시 말하자면 질퍽한 땅이긴 하지만 충분한 공간이 있었다. 아르세날레는 급속하게 성장했고, 베네치아가 필요로 하는 배의 수요는 엄청났다. 베네치아 공화국은 상선뿐 아니라 무엇보다도 전함이 필요했다. 그럴 것이 해상권 제패를 위한 투쟁에서 베네치아는 소심한 태도를 전혀 보이지 않고 경쟁자의 화물선을 나포하거나 그들의 거주지를 습격했다. 베네치아인들은 계속하여 약탈 행각이나 보복 행위에 나섰다. 베네치아는 지중해 전체에서 가장 강력한 해상권을 소유하고 있었는데 이 지위를 지속적으로 지켜야만 했다.

국가가 감독권을 넘겨받은 14세기가 되어서야 아르세날레는 비로소 정치와 경제의 실질적인 중심이 되었다. 함대와 상선단을 위해 국가가 관리하는 독으로서 아르세날레는 이때 이후로 정부가 우선권을 점유하게 되었다. *세레니시마* 는 모든 자본과 지식과 에너지를 아르세날레의 확장과 현대화에 투자했다. 그리하여 이곳에서는 세계 최초로 복합 공업단지가 탄생하게 되었다. 작업장, 독, 창고, 장비 산업 등 모든 것이 한 곳에 집중된 공업지역이었다. 최고의 수공업지, 능력이 출중한 기술자, 많은 체험이 축적된 선원들을 데려와서 여기서 공동 작업을 시켰다. 베네치아의 아르세날레는 진보적인 분업체제를 가진 유럽 최초의 제조업체였다. 현대적인 공장에서처럼 *아르세날로티*Arsenalotti(＝아르세날레 근무자 전체)는 팀을 이루어 작업했다. 목수, 톱장이, 누수 방지공(이들은 타르로 선체의 빈틈을 메우는 매우 힘든 작업을 담당한다), 견습공 그리고 작업보조원 등은 그때그때마다 총책임을 맡고 있는 현장감독의 지시를 받은 조장의 통솔에 따라 작업팀을 구성했다. 베네치아인들은 한 해에 세 척의 대형 갤리선을 제작했다. 일종의 조립라인에서는 완성된 배를 언제든 출항할 수 있도록 마지막 손질을 했다. 컨베이어벨트에서처럼 돛(아르세날레에서 여성들이 깁거나 수선했다), 닻줄(밧줄을 만드는 거대한 홀은 *타나*tana라고 불렸다) 등의 부분품들이 장착되었다. 여기에는 베네치아의 유명한 선박용 건빵도 빠뜨릴 수 없다. 물론 이것은 아르세

중심가에서 떨어져 있지만 릴케가 베네치아의 중심이라고 생각했던 아르세날레.
사진에 보이는 곳은 정문이다.

날레에 있는 제빵소에서 생산되었다. 몇 시간 남짓한 동안 한 척의 갤리선이 출항할 수 있도록 만반의 채비가 갖춰질 수 있었다. 16세기 가장 호황을 이루었을 때 이 아르세날레에서 작업한 사람은 16,000명에 달했으며 그 면적은 베네치아 전체 면적의 7분의 1이나 차지했다.

배가 베네치아에 얼마나 중요했었는지는 통령 토미소 모체니고의 1423년 정부 결산서에 잘 드러나 있다. 여기에 따르면 재정상황은 총 8,000명의 선원이 승선할 수 있는 적재량 150톤까지의 해외 무역에 사용되는 대형 선박 300척, 총 승선인원 17,000명의 소형선박 3,000척, 모두 11,000명의 병사를 태울 수 있는 갤리선 45척 등이었다. 국가의 재정은 금이나 토지가 아니라 통화단위인 배로 측정되었다. 베네치아인들은 이 아르세날레에 대해 엄청난 자부심을 가졌으며, 이것을 자신들의 지혜와 통치술의 상징으로 간주했다. 베네치아의 사례를 본떠 유럽 각국에서도 독을 아르세날이라고 부르는 경우가 늘어났다. 아르세날이란 단어는 어원적으로 아랍에서 유래한 말로서 '손으로 작업하는 집'이란 의미이다.

덧붙이자면, 베네치아 해군력의 파란만장한 역사를 우리는 릴케의 글에서 찾을 수 있다. 마르바흐에 있는 독일 문헌 보관소에는 릴케가 특히 14세기의 베네치아에 관해 쓴 방대한 양의 문서 꾸러미가 보관되어 있다. 『말테의 수기』를 탈고한 다음 새로운 방향을 모색하던 시기인 1910년부터 1912년까지 릴케는 카를로 제노의 전기를 쓰려고 했었다. 잘 알려지지 않은 장군인 카를로 제노는 1380년 소위 키오지아 전투에서 상대하기가 매우 어려운 경쟁국인 제노바로부터 베네치아를 구했던 인물이다.

릴케는 1910년 베네치아에서 자료조사를 시작했다. 지휘관 말라고라는 "pour ne pas décourager un pauvre poète inculte qui fait des livres parce qu'il ne sait pas manier ceux qui existent(역주: 책을 쓰는 소양 없는 가련한 시인이 존재하는 것을 어떻게 다루어야 할지 모른다고 낙담하지 않도록) 완벽한 준비를 했습니다. 저는 잘해나가고 있습니다. 이번에는 벌써 여러 도서관을 샅샅이 뒤지기 시작했는데, 이 기분이 가라앉지 않는다면 이곳에서 삼사 일 더 머물 예정입니다."[84]

릴케가 어떤 도서관들을 찾아갔는지는 알려지지 않고 있지만 아마도 산 폴로 광장Campo San Polo에 있는 국립문헌보관소와 베네치아의 중앙도서관인 마르치아나 도서관Biblioteca Marciana, 그리고 퀘리니-스탐팔리아 도서관Biblioteca Querini-Stampalia도 방문했을 것이라 추측된다. 마지막에 언급한 도서관은 우리가 이번 산책에서 지나가게 될 것이다. 릴케가 1911년 겨울에 두이노 성의 도서관에 있는 책들 가운데 자신이 계획한 글의 소재와 관련된 책을 모두 다 읽었다는 점은 확실하다. 1912년 3월 그는 여자 친구인 지도니 나트헤르니 폰 보루틴 남작부인에게 보낸 편지에서 거의 "역사가"가 다 되었노라고 자랑스러워했다. "나는 무라토리가 이탈리아어로 쓴 역사책을 매일 일고여덟 시간 읽었으며, 사이사이에 14세기 이탈리아 역사에 관한 많은 보충 자료들, 특히 베네치아에 연관되는 자료들을 봤습니다. 이 납득하기 어려운 것에 이제 가까이 다가선 듯합니다. 이곳의 도서관에는 석호, 아드리아 해, 이스트리아 반도(역주: 아드리아 해 북쪽 크로아티아 서쪽에 있는 반도), 프리울리(역주: 아드리아 해 북쪽, 이탈리아의 북동쪽 끝 지역. 오늘날 이탈리아의 프리울리베네치아줄리아 주에 해당) 등에 관한 책들이 가득합니다. (……) 나는 이 책들을 이 유일무이한 도시에서 그리로 가져가고 싶네요. 몇 가지 사항들을 정말로 알고 싶어서 말이지요. 이 나라의 역사적 흐름을 완전하게 조망할 수 있다는 생각이 들기도 합니다. 베네치아라는 존재의 굴곡은 다른 공동체의 노선체계보다 순수합니다. 하늘에 있을 별자리를 지상에서 형성하고 있는 맥락이라고나 할까요. 몇몇 습지가 많은 가난한 섬들이 제공해줄 수 있는 도피처에서부터 베네치아는 놀라우리만치 거대하게 떠올랐고, *정확하게* 바로 곤경에서부터 출발하여 점점 더 많은 부귀영화를 누리게 되었지요. 어찌 내가 이것에 거듭 감동받지 않을 수 있겠습니까."[85] 릴케는 많은 자료와 사실들을 무라토리가 쓴 정평 있는 이탈리아 역사서에서 베껴 적으면서 일부는 번역을 하고 또 일부는 요약하기도 했다. 연대순으로 그는 전투, 쿠데타, 포위 공격, 동맹, 모반, 살해, 매수 등을 기록하면서 촌평과 각주를 달아 항상 완벽을 기했다. 무수한 사건 현장과 거기에 등장하는 인물들의 이름을 언급했으며, 심지어는 가계도까지 그렸다. 카를로 제노에 대해서만은 한마디도 언급하지 않았다. 게다가 그의 전기를 릴케는 쓰지 않았다. 이미 자료조사 단계에서 시인은 낙담을 거듭했다. "이 학생과제는 제가 제대로 대처한다는 느낌이 들지 않는 창조적인 활동의 기복으로부터 일종의 도피이며 제가 통제할 수 없는 분야입니다." 『말테의 수기』를 마무리한 다음에 온 엄청난 창작의 위기에서 옛날 베네치아를 구원했던 장군도 릴케를 구원할 수 없었다.

14세기, 즉 릴케가 가장 관심을 보였던 시기의 아르세날레에 관해서는 다른 위대한 시인인 단테의 작품 『신곡』이 유용한 정보를 주고 있다. 아르세날레의 인상적인 정면 출입구 왼쪽에 붙어 있는 동판에 이탈리아어로 씌어 있는 것을

번역하면 다음과 같다:

겨울철 베네치아의 아르세날레에서
    새는 배에 타르 칠을 하려고
    끈적끈적한 역청을 끓이는 것 같구나.
더 이상 바다를 항해할 수 없게 되었기에
    어떤 이는 배를 새로 만들고, 어떤 이는
    오랜 항해로 피로에 찌들어 귀항한 뱃전을 메우네.
고물에서도 이물에서도 선판에는 망치질이 한창이며,
    어떤 이는 노를 깎고, 어떤 이는 밧줄을 꼬고,
    또 어떤 이는 돛대에 나부끼는 크고 작은 돛을 깁는구나.
불 때문이 아니라 신의 섭리에 따라,
    저 아래 심연에서는 뻑뻑한 역청의 죽이 끓어올라
    가장자리 사방에 들러붙어 있구나.[87]

단테에게 있어 아르세날레는 결코 아름다운 장소가 아니었다. 아르세날레는 지옥편에 등장하기 때문이다. 여기에서 언급되고 있는 것은 역청이 끓어오르는 바다의 사기꾼과 도적 이야기이다.

아르세날레가 실제로 어떠했었는지는 오늘날 평면도나 사진 또는 그림으로만 알 수 있을 뿐이다. 아르세날레는 비엔날레 개최 기간 동안 미술 전시회가 열리기 전까지는 대개 닫혀 있다(역주: 베네치아 비엔날레의 주 전시공간은 카스텔로 공원Giardini di Castello과 아르세날레 두 곳이다). 릴케는 이곳을 일요일을 제외한 매일 9시부터 오후 3시까지 방문할 수 있었다. 당시 해군본부의 허락을 받아 심지어 독도 관람할 수 있었다.

아르세날레의 역할은 베네치아의 사회구조적 측면에서 오늘날에도 그 흔적을 찾아볼 수 있다. 카스텔로Castello 는 좁은 골목길과 작은 집들이 밀집해 있는 노동자 주거구역인데, 가장 초창기 주택 건축 사례 중의 하나를 보여주고 있다. 도시는 이곳에다 아르세날로티를 위해 작은 집들을 지원했는데 부분적으로는 평생 주거권을 부여했다. 아르세날레에서 일하는 노동자들은 단테의 작품에서도 읽을 수 있듯이 매우 힘든 작업을 해내야 했다. 다른 한편 이들은 베네치아에서 고유한 계층과 제도를 형성하고 있는 일종의 엘리트였다. 또한 이들은 자신들만의 방언을 사용했으며 종신 연금과 같은 고유한 특권도 누렸다. 이 지역에서 아르세날로티는 경찰 업무도 수행했으며 아르세날레의 경비도 담당했다. 이들은 통령 궁전의 의장대도 책임졌으며 거국적인 행사를 할 때 거대하고 화려한 통령 전용선인 부친테로Bucintero를 조종하는 임무도 부여받았다. 이러한 역할들은 이들이 스스로를 국가권력과 동일시하도록 하는 데 기여했다. 인상적인 호화 선박의 모형을 비롯하여 베네치아의 항해와 조선의 역사에 관한 25,000여 점의 전시물들은 아르세날레 가까이에 있는 *해양사 박물관*Museo Storico Navale에서 관람할 수 있다.

스쿠올라 달마타 디 산 조르조 델리 스키아보니

아르세날레 서쪽 지역에서 유일하게 볼 만한 구경거리인 산 조르조 델라 스키아보니의 *스쿠올라 달마타*Scuola Dalmata die San Giorgio degli Schiavini는 릴케 애호가들도 흥미를 가질 만하다. 여기에는 카르파초의 그림 연작이 원래의 장소인 작은 예배소에 그대로 걸려 있다. 릴케는 베네치아를 처음 방문한 다음 이미 이 베네치아의 르네상스 예술가에 대한 전기를 쓸 계획을 세웠으나 그 계획은 얼마 지나지 않아 사장되고 말았다. 대신 그는 소설의 주인공인 말테로 하여금 그 예술가에 대한 책을 쓰도록 했다. "나는 스물여덟 살이고 사실상 아무 일도 일어나지 않았다. 우리는 되풀이한다. 나는 카르파초에 대해 조악한 연구서와 온당치 못한 것을 모호한 수단으로 증명하고자 하는 『결혼』이라는 제목의 드라마와 시를 썼다."[88]
카르파초는 화가들 사이에서 위대한 이야기꾼으로 간주된

다. 그가 그린 그림의 주제는 종교나 동화 같은 것이었지만, 그는 성인의 이야기나 종교적 전설에(여기에서는 달마티아의 성인 게오르기우스, 히에로니무스, 트리폰) 당대 현실을 아주 사소한 부분까지—종종 미화시켜—그려 넣었다. 그의 그림은 고향을 찬양하려는 목적으로 사용되었다. 그의 그림의 원래의 주인공은 언제나 베네치아였다. 카르파초는 그림에서 무엇보다도 섬세한 색채를 사용하여 베네치아의 삶을 조명했다. 릴케의 말을 빌려보자. "당신이 그 그림들을 보셨어야 하는데 말입니다. 카르파초의 그림들은 자줏빛 벨벳에 그린 듯이 도처에서 따뜻한 기운을, 숲의 온기 같은 기운을 뿜어냅니다. 그리고 희미한 등불 주위에 걸린 그림들 속에서 귀를 쫑긋 세운 그림자들이 밀치락달치락하고 있습니다."[89]

미로

세계의 어떤 다른 도시에서도 베네치아만큼 쉽게 길을 잃게 되는 경우는 잘 없다. 베네치아에서는 좁은 통로나 골목길을 칼레Calle라고 하는데, 전체를 조망하기 어려운 촘촘한 칼레의 망이 베네치아 전역에 걸쳐 있다. 칼레는 종종 막다른 골목에서 끝나기도 하고 준사유지인 중정으로 이어지기도 한다. 길을 잃는 것은 베네치아 체험의 일부이다. 투른 운트 탁시스 후작부인처럼 베네치아에서 태어난 사람조차도 *카스텔로*와 같은 노동자 구역을 거닐 때면 이따금씩 길을 잃곤 했다. 산타 마리아 포르모자Santa Maria Formosa—우리의 산책도 이곳에서 끝난다—로 가는 도중 릴케와 함께 겪은 '기이한 체험'에 대해 그녀는 다음과 같이 기록했다. "어느 화창한 아침 우리는 스탐팔리아 갤러리와 산타 마리아 포르모자를 향해 길을 나섰다. 나는 산타 마리아 포르모자가 산 자카리아 성당에서 멀지 않은 곳에 있음을 알고 있었다. 그리고 자카리아 성당은 리바 델리 스키아보니 바로 옆에 있음이 틀림없었다. 그래서 우선 바포레토(아, 곤돌라가 점점 더 줄어들고 있다니!)를 타고 이동한 다음 조금 걸을 작정이었다. 씨알이 굵은 밤을 굽고 있던 키 작은 노인이 친절하게 우리가 가야 할 방향을 가리키며 '쭉 가시오!'라고 말했다. 물론 우리는 반대 방향으로 가야 했다—그리고 이내 우리는 거리, 골목길, 다리, 아케이드 등의 미로 속에서 길을 잃고 말았다. 베네치아 토박이인 내가 길을 잃다니, 이 무슨 창피인가! 그렇게 헤매다가 어느 순간 갑자기 우리는 아주 기이한—미지의 장소에 있게 되었다 (……) 아주 긴 거리(베네치아 사람들이 '칼레'라고 부르는 그런 길은 아니었다), 양끝에는 작은 분수가 있고 길 양쪽으로는 높고 큰 집들이 줄지어 서 있는 그런 거리—베네치아의 빈민 구역에서 흔히 볼 수 있는 찌푸린 얼굴 장식이나 돌출창도 없는 황량하고 소박한 집들, 그리고 침묵—울림이 사라져버린 시간에서 생긴 것 같은 침묵. (……) 우리 두 사람은 그 자리에 멈춰 섰다. 가슴을 죄는 알 수 없는 불안감을 느끼며 우리는 군데군데 패인 포석을 바라보았다. 포석 곳곳에는 잔디가 자라고 있었고 (베네치아에서 잔디라니!) 닫힌, 침묵하는, 궁색한 집들, 아무도 내다보는 이가 없는 격자를 두른 창들, 인적이 끊긴 거리. (……) 여느 때와는 달리 그토록 눈에 잘 띄던 거리 표지판도 막상 찾으려고 드니 보이지 않았다. 만일 다시 온다면 우리는 이곳을 결코 다시 찾지 못하리란 생각이 들었다. (……) 우리는 이따금씩 이 일에 대해 이야기하곤 했는데, 그럴 때마다 릴케는 백방으로 찾아보았건만 그 이상한 골목을 다시 발견할 수는 없었노라고 말했다."[90]

퀘리니-스탐팔리아 미술관

　　　　　　　　　　릴케와 후작부인이 마침내 찾아냈던 *퀘리니-스탐팔리아 미술관Pinacoteca Querini-Stampalia*은 대단한 미술관은 아닐지라도 릴케도 추천했던 볼 만한 가치가 있는 미술관이다. 이 르네상스 양식의 궁전에는 베네치아 학파의 그림이 400여 점 이상 소장되어 있는데, 비록 이 그림들이 일등급에 속하지는 않을지라도 베네치아의 일상을 들여다보기에는 충분하다. 특히 여기에는 방대한 양의 가브리엘레 벨라(역주: Gabriele Bella[1730~1799], 주로 베네치아인들의 일상을 그린 풍속화가)의 작품이 전시되어 있다. 오늘날 또 볼 만한 것으로는 베네치아의 위대한 박물관 건축가인 카를로 스카르파가 1963년에 설치한 현대식 정원이 있다. 졸졸 흐르는 작은 물줄기가 미로 속을 흐르는 이 정원은 도심 속의 오아시스이다. 부지런한 사람들이라면 이 건물에 딸린 방대한 장서를 자랑하는 부속 도서관을 이용해볼 만하다. 이 도서관은 밤늦은 시각까지 이용할 수 있다. 릴케라면 분명 이곳에서 자정까지 책을 보았을 것이다. 1868년 설립자 조반니 퀘리니-스탐팔리아 백작은 도서관이 저녁에도 열려 있어야 한다는 조건으로 베네치아 시에 소장도서를 기증했다. 이 조건은 오늘날까지도 유효한데, 다만 일요일에는 앞당겨서 오후 7시에 문을 닫는다.

산타 마리아 포르모자

카를로 스카르파가 설계한 작은 계단으로 팔라초 퀘리니–스탐팔리아와 연결되어 있는 *산타 마리아 포르모자 광장Campo Santa Maria Formosa*은 오늘날 더 이상 고즈넉한 곳이 아니긴 하지만 쾌적함을 느낄 수 있는 평범한 광장이다. 이곳에는 관광객들뿐 아니라 릴케가 첫 번째 「두이노의 비가」에 그 이름을 영원히 남긴 동명의 성당이 자리하고 있다.

이제 저 죽은 젊은이들이 너에게 소곤댄다.
네 발길이 어디로 향했든, 그들의 운명은 로마의 성당에서도
나폴리의 성당에서도 조용히 너에게 말을 걸지 않았던가?
혹은 얼마 전의 산타 마리아 포르모자 성당의 돌판처럼
거기에 새겨진 글씨가 장엄하게 스스로를 네게 위임하지 않
았던가?[91]

여기에서 '얼마 전'이라고 한 것은 1911년 4월 3일을 의미한다. 이 날, 릴케는 후작부인과 함께 그 '기이한 체험'을 한 후 마침내 이 성당에 도착했다. 그에게 스스로를 위임했던 석판의 글씨는 안트베르펜에서 온 상인 길리엘뮈스 헬레만스와 안토니우스 헬레만스의 묘 옆에 있다. 이들은 16세기

말 베네치아에서 때 이른 죽음('임마투라 모르테')을 맞이했다. 릴케 전문가인 야콥 슈타이너의 말을 따른다면 그 비문은 "비가를 해석하는 데 있어 특별한 도움이 되지 않는다"[92]. 그럼에도 불구하고 그 비문을 읽고 싶은 사람은 성당의 우측 측랑을 살펴보면 된다. 그곳에는 비문을 새긴 돌판이 남쪽 입구 위 석관 아래에 붙어 있다.

◇

다섯 번째 산책

게토

❶ 리알토 다리 ❷ 페스케리아(＝어시장) ❸ 폰다코 데이 투르키(＝터키 상인 회관) ❹ 카 도로 (프란케티 미술관) ❺ 팔라초 모체니고(복식사 박물관) ❻ 팔라초 라비아 ❼ 카나레조 운하 ❽ 게토 누오보 ❾ 게토 베키오 ❿ 게토 누오비시모 ⓫ 게토 누오보 광장

괴테는 1786년 "베네치아에 대해서 말할 수 있는 것은 모두 이야기되었고 모두 인쇄되었다"[93]라고 한탄한 바 있다. 하지만 이 위대한 대가는 실수를 했다. 100년 뒤 한 젊은 시인이 괴테가 무시했고, 여행자들이 기피했던, 그리고 베네치아 사람들조차도 수백 년 동안 잊고 있었던 장소를 발견했기 때문이다. 그곳은 바로 게토Ghetto이다. 릴케는 1900년 『사랑스런 신의 이야기들 Geschichten vom lieben Gott』에서 게토를 최초로 문학작품의 무대로 만들었다. 이 책은 그가 인젤 출판사에서 펴낸 첫 번째 책이었으며 성공을 거두었다. 이 책에 실린 단편들 가운데 「베네치아 게토의 한 장면」은 베네치아의 귀족 마르크 안토니오와 아름다운 아가씨 에스터의 사랑을 다루고 있다. 유대인인 에스터는 할아버지 멜키제데크와 함께 게토에 살고 있었다. 동화 형식을 사용한 이 이야기는 마지막에 종교적 우화로 끝난다. 게토는 우화를 위한 우연한 무대처럼 작용하는 듯 보인다. 하지만 겉보기만으로는 판단할 수 없다. 우리는 오늘날에도 릴케의 단편에 등장하는 장소를 찾아 떠나는 여행을 할 수 있다. 그 이야기는 베네치아 역사에서 가장 어두컴컴한 모퉁이로 갈 때 유용한 여행안내서로 사용될 수 있다.

게토를 산책하는 데는 두 가지 가능성이 있다. 그 하나는

카 도로의 화려한 고딕 파사드는 1900년 "사려 깊게 복원되었다."(릴케)

릴케가 단편에서 묘사한 대로 따라가는 방법이다. "리알토 다리 아래를 통과하여 폰다코 데이 투르키(역주: 터키 상인 회관)와 어시장을 지날 때쯤 곤돌라 사공에게 "오른쪽으로 가시오!"라고 말하면 사공은 눈을 동그랗게 뜨고 바라보며 "도베?"(역주: 어디로요?)라고 하며 되묻는다. 그러나 승객은 오른쪽으로 가달라고 고집하고 작고 지저분한 운하 중의 한 곳에서 내린다. 그러고는 사공과 뱃삯을 흥정하면서 욕을 하고서는 옹색한 골목들과 연기가 자욱한 거무튀튀한 출입구들을 지나 텅 빈 광장을 향해 나아간다."[94] 순서까지도 똑같다(리알토 다리 다음에는 *어시장Pescheria*과 *터키 상인회관Fondaco dei Turchi*이 있다). 오늘날에는 바포레토(1번 노선을 타고 산 마르쿠올라 정거장까지 가거나 또는 52번 노선으로 굴리에까지)를 타고 게토로 바로 갈 수 있다.

나는 릴케의 단편 자체가 취하고 있는 우회로를 제안하고 싶다. 릴케는 곧장 사건의 중심으로 들어가지 않는다. 릴케의 단편은 틀 이야기로 시작된다. 그는 게토를 베네치아의 고립된 부분으로 간주하는 것이 아니라 베네치아의 여러 가지 현실을 포함하는 구체적인 환경, 다시 말하자면 동시대적, 역사적, 예술적 실재 속에 자리매김하고 있다. 그는 이러한 현실을 도시의 어둡고 잊혀진 게토의 다른 측면과 대비시키고 있는 것이다. 한편에는 유명한 볼거리들, 귓전을 낭랑하게 울리는 귀족의 이름들, 빛나는 역사와 화려한 궁전들, 그리고 다른 한편에는 게토, 이 두 가지는 직접 맞닿아 있다. 릴케 단편과 도시에 존재하는 두 측면의 자취를 좇는 산책을 하게 되면 우리는 그것을 감지할 수 있다. 다음의 세 궁전은 게토로 가는 도중에 있는데 한번 방문해볼 가치가 있다. 아무튼 이 궁전들은 릴케에게 영감을 준 베네치아 프로그램 중의 하나이다.

카 도로

릴케의 소설에서와 유사하게 우리의 산책은 베네치아의 탁월한 관광 상징물인 카 도로*Cà d'Oro*에서 시작된다. 이 작품은 오만한 일인칭 화자와 바움 씨의 대화로 구성되어 있다. 여기에서 우리는 일인칭 화자에게서 젊은 시인 릴케의 모습을 어렵지 않게 찾아볼 수 있다. 또한 바움 씨에게서는 우리 모두가 닮고 싶지 않은 전형적인 관광객의 모습을 발견할 수 있다. 그들은 핵심어를 마치 탁구공처럼 서로 주고받는다. "카 도로—나는 되받아 말했다. "어시장—", "팔라초 벤드라민—", "리하르트 바그너의 장소"(역주: 바그너는 생전에 베네치아를 여섯 번 방문했다. 그는 1882년 9월 16일부터 심장마비로 죽은 1883년 2

월 13일까지 가족들과 함께 팔라초 벤드라민에 머물렀다. 1995년 이 건물에 '바그너 박물관'이 개설되었다)─그는 교양 있는 독일인 티를 내면서 재빨리 덧붙였다. 나는 고개를 끄덕이며 말했다. "그 다리, 아시나요?" 그러자 그는 미소를 떤 채 생각을 가다듬으며 말했다. "물론 알고말고요, 박물관과 아카데미아 미술관도 잊지 말아야지요, 그곳에서 티치아노가……"[95] 적어도 이제는 분명해졌다. 화자는 바움 씨를 나중에 진정한 베네치아에 대해 아는 것이 아무것도 없다는 사실이 드러나게끔 그런 쪽으로 이끌어가고 있다. 대부분의 관광객들은 카 도로에 대해서 이 건물이 1421년에서 1434년 기간 동안에 건축되었으며, 고딕 양식의 아름다운 파사드는 옛날에는 금박으로 장식되었었다고 알고 있다. 여기에서 이 건물의 이름(오로 *oro* = 황금)이 유래했다는 사실도 알고 있다. 1900년 이후 파사드와 건물이 어느 정도 원래의 상태를 회복할 수 있었던 것은 유대인 남작 조르조 프랑케티 덕분이었다. 프랑케티 남작이 1894년 사들였을 때 이 건물은 완전히 망가진 상태였고 엉터리 보수작업으로 훼손되어 있었다.

이전 소유주였던 러시아의 어느 왕자는 유명한 계단을 철거했고 파사드와 바닥에 있던 모든 대리석 장식들도 제거해버렸다. 프랑케티는 훼손된 부분을 원형에 충실하게, 그것도 전통적인 작업방식을 사용하여 복구했다. 모자이크 무늬도 기계가 아니라 예전처럼 수작업으로 절단했다. 릴케는 프랑케티 남작과 1911년 개인적으로 알게 되었는데, 그는 투른 운트 탁시스 부인과 아는 사이였고 그래서 두이노 성으로 그녀를 종종 방문하곤 했었다. 릴케는 그를 기이한 사람이라고 생각했다. "제가 프랑케티 씨를 베네치아에서 만난 것은 11월 말경이었지요. 그가 오래된 클라브 생(역주: 피아노의 전신. 하프시코드)을 연주한다는 이야기를 들었습니다. 그는 놀라운 인물이었습니다. 괴팍스럽기도 하고 대가의 풍모를 지니기도 한, 어쩌면 이 두 요소가 남용된 듯한, 일종의 천재였지요."[96]

릴케는 그가 카 도로에 관여한 것에 대해 대단한 경의를 표했다. "프랑케티 남작이 사려 깊게 복원하고 있는 카 도로도 (좁은 골목길을 거쳐) 들어갈 수 있습니다. 작은 궁전, 멋진 비잔틴 양식의 석조 분수, 입구로 올라가는 계단, 그리고 마지막으로 창이나 전면에서 보이는 근사한 전망 등은 더 머물고 싶도록 만듭니다."[97] 릴케의 이 말은 오늘날에도 여전히 그대로 적용된다. 게다가 여기에서는 20세기 초 당대의 가장 중요한 수집품들 중의 하나로 간주되고 있는, 프랑케티가 개인적으로 수집한 예술품들이 있다. 방문객은 릴케가 그것을 보고 높이 평가했던 그 상태 그대로 구경할 수 있다. 소장품에는 만테냐의 〈성 세바스티안〉과 같은 기독교적인 종교 예술작품들이 많이 포함되어 있다.

팔라초 모체니고

릴케의 단편은 과거, 즉 "아마도 통령 알비제 모체니고 4세가 통치하던 시절"[98]을 배경으로 전개된다. 그 통령이 어느 시대 인물인지 아시는지? 우리는 조사해보면 알 수 있다. 지금은 옷감 및 의상박물관으로 일반인에게 공개되고 있는 팔라초 모체니고Palazzo Mocenigo 에는 그의 초상이 걸려 있다. 조상들의 초상화를 걸어둔 인상적인 현관홀인 포르테고Portego에서 이 귀족 가문이 누렸던 과거의 영광—7명의 통령을 배출한 통치자의 가문—을 볼 수 있다. 모두 자주색과 황금색 복장을 하고 있는 초상화 속의 인물들의 모습에서 자부심과 엄격함이 배어나온다. 하얀 담비 망토를 걸치고 있는 알비제 4세의 초상화는 출입구의 오른쪽 맞은편 벽에 걸려 있다. 그는 베네치아 공화국이 몰락하기 얼마 전인 1763년부터 1778년까지 통치했다.

이 박물관은 둘러볼 만한 가치가 있다. 모든 것이 상당히

귀족의 주거문화 엿보기: 팔라초 모체니고, 현재 박물관

낡고 고풍스럽긴 하지만 모든 것들이 18세기에 만들어진 것이기 때문에 바로 그 점이 장점이 된다. 릴케의 단편에서도 표현되어 있지만, 살롱에서부터 부두아르(역주: Boudoir. 부인 전용실)에 이르기까지, 우리는 당시의 베네치아 귀족 가정이 어떻게 생활했는지를 볼 수 있다. 비록 최신의 박물관교육학이 적용되고 있진 않지만 전시품 또한 매력적이다. 섬세한 베네치아 레이스, 금은사로 세공한 부채들, 화려하게 수를 놓은 옷감들—릴케는 이러한 물건을 모아놓은 진열대를 틀림없이 마음에 들어 했을 것이다. 릴케 자신도 두이노 성에 이와 유사한 '작은 여성용품'을 모은 진열장을 가지고 있었다. 전시품—부채, 화장품 통, 작은 향수병, 도자기 인형—을 그는 두이노 성 곳곳에서 찾아 모았다. 그는 진열할 물건을 찾아 오래된 함을 뒤적였고 바닥에 놓여 있던 것도 집어 올렸다. "릴케는 그 일에 대단한 자부심을 가졌다."[99]

팔라초 라비아

베네치아에 관한 글에서 예술에 관해 언급하지 않았다면 그는 릴케가 아닐 것이다. 「베네치아 게토의 한 장면」에서도 다음과 같은 구절이 나온다. "제가 말씀드리고자 하는 시대의 사람들은 하얀 비단 바탕에 그린 밝은 그림들을 좋아했지요. 사람들이 유희하는 그이름, 아름다운 입술들은 그것을 태양을 향해 던졌고 그것이 떨면서 떨어질 때면 매력적인 귀들이 붙잡았습니다. 그 이름은 바로 지안 바티스타 티에폴로입니다."[100] 티에폴로(1696~1770)는 베네치아의 위대한 화가들 중 마지막 인물이었다. 그의 프레스코화 가운데 가장 아름다운 작품을 18세기에 건축된 화려한 바로크 궁전 팔라초 라비아*Palazzo Labia*에서 볼 수 있다. 라비아 가문은 베네치아의 유서 깊은 가문은 아니었지만 대신 매우 부유했다. 2층에 있는 대연회장에 그림을 그려주도록 당시 베네치아에서 가장 유명한 화가였던 티에폴로가 초빙된 것이다. 그는 역사화를 그려달라고 주문받았다. 티에폴로는 주문대로 했다. 그는 클레오파트라의 삶을 그린 것이다. 하지만 그 방법이란! 부유한 청탁자에 대한 희귀한 존경의 표현, 신화적인 인물들, 그려진 건축물들, 다채로운 색채로 표현한 알레고리. 그림 속의 모든 요소들은 감각적이고, 화사하고, 경쾌하다. 베네치아의 화가가 이 도시를, 그것도 이 도시가 몰락해가던 시기에, 그토록 우아하게 표현한 가장 아름다운 사례 중의 하나이다. 이 궁전은 오늘날 RAI, 즉 이탈리아 공영 라디오텔레비전 방송국의 소유이며, 유감스럽게도 수 년 전부터는 내부를 구경할 수 없게 되었다.

게토

　　　　　　　　*팔라초 라비아*에서 좁은 다리를
건너 *카나레조Cannaregio*의 운하를 건너 몇 걸음만 더 가면
갑자기 다른 세상이 나타난다. "옹색한 골목길과 거무튀튀
한 출입구"를 통해—릴케의 묘사는 지금 보더라도 여전히
타당성을 잃지 않는다—우리는 세상에서 가장 오래된 게
토로 들어간다.

12세기 이후로 기독교가 지배하는 유럽 도처에서 유대인
을 고립시키려는 시도가 행해졌다. 그러나 베네치아는 16세
기 초반 유대인을 도시에서 가장 외지고 가장 더러운 지역
으로 강제로 완전히 분리시켜 엄중하게 감시한 최초의 도
시였다. 소위 '게토 누오보Ghetto Nuovo'에는 한때 대포알을
만드는 주물공장이 있었다. 그래서 아마도 '게토'라는 명칭
이 생겨나지 않았을까 추측된다. 베네치아 사투리로 주물
공장을 '*gèto*'라고 했는데 이 단어는 '주조하다'라는 의미
의 동사 *gettar*에서 유래된 것으로 보인다.[101] 지도를 보면
알 수 있듯이 이곳은 인간을 격리하기에 매우 이상적인 장
소이다. 이 '섬'은 사방이 운하로 둘러싸여 있고 오직 두 개

의 다리를 통해서만 이곳으로 드나들 수 있기 때문에 감시하기가 매우 용이하다. 밤에는 두 다리를 통제했고 몇 척의 감시선이 순찰을 돌았다(이 비용도 유대인이 감당해야 했다). 1516년 700가구가 게토 누오보로 강제이주당했다. 이름에 '새로운Nuovo'이란 단어가 포함되어 있음에도 불구하고 이 지역은 가장 오래된 게토이다. 1541년, 그때까지는 손댈 수 없었던 부유한 유대인들도 게토로 이주해야 했다. 그래서 게토 누오보만큼의 땅이 게토로 편입되었고 이 지역을 게토 베키오Ghetto Vecchio(역주: 베키오=구, 오래된)라고 불렀다. 게토가 마지막으로 확장된 것은 1633년의 일이었고 새로이 편입된 지역을 게토 누오비시모Ghetto Nuovissimo라고 했다. 확장되었음에도 불구하고 그곳은 애초부터 매우 협소한 공간이었다. 인구밀도는 기독교인들이 사는 빈민구역보다 세 배나 높았다. 그 때문에 릴케의 소설에서도 등장하듯이 건축학적 특이성이 나타나게 되었다. "베네치아인들은 (……) 계속해서 게토 지역을 제한했다. 그래서 매우 궁핍한 처지에서도 식구가 끔찍하게 늘어난 가족은 어쩔 수 없이 집을 위쪽으로, 다른 집의 지붕 위에다 짓지 않을 수 없었다. 바다에 인접해 있지 않은 그들의 도시는 하늘이 또 다른 바다인 양 천천히 하늘을 향해 자라났고, 분수가 있는 광장 주변에는 가파른 집들이 마치 거대한 탑의 벽처럼 사방에서 솟아올랐다."[102]

"분수 주변 지역"이란 *게토 누오보 광장*Campo die Ghetto Nuovo—릴케의 소설을 읽기에 안성맞춤인 근사한 곳—를 말한다. 주변의 골목에서도 마찬가지지만 이곳에서는 오늘날에도 베네치아에서는 일반적이지 않은 육칠 층이나 되는 높은 집들을 볼 수 있다. 당시 유대인들은 게토에서 집을 살 수가 없었는데, 이 점을 기독교도인 임대인은 무자비하게 악용하여 유대인들에게 엄청난 세를 요구하여 폭리를 취했다. 한편 유대인들에게는 일종의 세습임차권과 증축할 권리가 있었다. 건물은 하늘을 향해 올라가는 수밖에 없었다. 릴케의 소설에서 게토 건축의 특이성은 향토색을 드러낼뿐더러 기이한 사건의 구성 요소로 기능하기도 한다. "고령이 되면 이따금씩 엉뚱한 행동을 하듯, 부유한 멜키제데크는 동네 사람들과 아들들 그리고 손자들에게 괴상한 제안을 했다. 그는 계속해서 층층이 쌓아올린 코딱지만 한 집들 가운데서 항상 가장 높은 집에서 살고 싶어 했다. 사람들은 그의 기이한 소망을 기꺼이 들어주었다. 그도 그럴 것이 그러잖아도 그들은 아래에 있는 벽들의 지지력을 더 이상 신뢰하지 않았고 위쪽에는 바람이 벽을 알아보지 못할 정도로 가벼운 돌을 쌓아올렸기 때문이었다. 그래서 이 백발노인은 일 년에 두세 번씩 이사를 했는데, 항상 그와

화려한 라비아 궁전(교회탑 옆)과 우중충한 게토를 가르고 있는 카나레조의 좁은 운하

같이 있기를 바란 에스터와 함께였다."[103] 멜키제데크는 아름다운 에스터의 할아버지이자 이 이야기의 원래의 주인공이다. "널리 존경받는 금세공사로서 한 번쯤 시도해볼 만도 하지만,"[104] 그는 결코 게토 밖으로 한 발짝도 내딛지 않았다. 그는 그의 삶을 게토 안에서 영위했고 신앙 안에서 계획했다.

이것은 역사적으로 보건대 그러했다. 유대인들은 게토의 담장 안에서 삶을 꾸려나가야 했다. 일종의 섬 공화국이었다. 이를테면 베네치아는 유대인들에게 시나고그(역주: 유대인 교회당)를 설립하도록 허가해주었다. 그 이전에 유대인들은 개인 집에서 만나는 수밖에 없었다. 베네치아 게토에는 그 비좁은 공간에 종파별로 다섯 개의 시나고그가 세워진 것으로 보아 왕성한 종교활동이 이루어졌음에 틀림없다. 원래 부정적으로만 채색되었던 장소인 게토가 유대인에게는 새로운 의미로 다가왔다. 이에 대해 미국의 사회학자인 리처드 세넷은 다음과 같이 말했다. "유대인 게토의 탄생은 고립된 한 민족의 역사를 말해주고 있지만, 새로운 형태의 공동체 생활이 바로 이 고립에서부터 발전되었다."[105] 이 발전은 이중적인 과정이었다. 유대인들은 시간이 흐름에 따라 다양한 농간으로 인해 베네치아의 일상에서 점점 더 강하게 배제되었고 그래서 어쩔 수 없이 점점 더 칩거하게

"베네치아의 모든 비밀"을 간직하고 있는 티에폴로의 프레스코화, 팔라초 라비아

되었다. 릴케도 이런 식으로 묘사했다. 귀족인 연인이 아름다운 에스터에게 자신의 일상을 이야기해주면, 그것은 에스터에게 먼 이국의 여행 체험처럼 들린다. "이곳에서 마르크안토니오는 늙은 유대인의 발치에서 은실로 수놓은 쿠션을 깔고 앉아 이 세상 어디에도 없을 법한 동화를 이야기하듯 베네치아에 관해 이야기한다. 그는 연극에 관해, 베네치아 군대의 전투에 관해, 이국의 손님에 관해, 그림과 조각에 관해, 그리스도 승천일인 '센사'의 축제에 관해, 사육제에 관해 그리고 자기 어머니인 카테리나 미넬리의 아름다움에 관해 이야기한다. (……) 두 청중에게는 이 모든 것들이 낯설기만 하다. 그럴 것이 유대인들은 모든 교류에서 엄격하게 배제되기 때문이다. (……)"[106]

왜 하필이면 예로부터 외국인들이 살았었고 무역을 업으로 삼았던 베네치아 같은 도시가 세계에서 가장 먼저 게토를 만들었을까? 릴케는 다음과 같이 말하고 있다. "도시에 재난이 닥칠 때마다 베네치아인들은 유대인에게 복수를 했다. 베네치아인도 유대인을 무역에 이용했던 다른 민족들과 너무나도 흡사했다. 베네치아인은 유대인에게 많은 세금을 부과하여 괴롭혔고, 그들의 재산을 갈취했으며, 게토 구역을 점점 더 제한했다. (……)"[107] 세넷의 견해를 빌리자

150

면 게토 설립은 사실상 '재앙'과 연관되어 있다. 다시 말하자면, 근대 초기 베네치아의 가장 큰 국가적 위기와 자의식의 위기와 연관이 있다는 것이다. 16세기 초 베네치아는 유럽 무역에서 독점적 지위를 상실했는데, 그것은 포르투갈인들이 인도로 가는 안전한 항로를 발견했기 때문이다. 또한 터키인들은 1453년 콘스탄티노플을 점령했고 *세레니시마*의 지중해 패권을 위협했다. 본토에 영토를 확장하려던 베네치아의 시도는 1509년의 전투에서 참혹한 패배를 당함으로써 애통하게도 좌절되고 말았다.

수십 년 기간 동안에 일어난 이러한 일련의 사건들은 베네치아의 자부심을 뒤흔들어놓았다. 그 이유를 탐구하던 사람들은 베네치아의 도덕적 부패와 방종이 원인이라고 생각했다. 1494년부터 이탈리아와 베네치아에서 특히 급속하게 창궐했던 매독은 이에 대한 증거로 간주되었다. 매독, 경제적 쇠퇴, 정치적 몰락. 그래서 베네치아는 희생양을 필요로 했고 그것을 소수자에게서 찾았다. 그것은 바로 기독교도들이 오래전부터 의심스러운 눈초리로 바라보아왔던 유대인이었다. 종교적 관습에 근거하여(그것이 어떤 것인지 구체적으로 아는 사람은 아무도 없었다) 유대인은 불순하다고 간주되었고 이 '불순함'은 전염된다고 생각했다. 그러나 유대인은 베네치아의 경제에서 중요한 역할을 차지하고 있었다.

최고의 은행가와 대부업자, 최고의 직물공장주, 재단사, 그리고 금세공사로서 그들은 화려함과 외양을 중시하는 베네치아인들에게는 매우 중요한 존재였다. 그냥 추방하려 했으나 그렇게 할 수는 없었다. 베네치아인들은 이 문제를 해결하기 위해 골머리를 앓았다. 그리하여 합리적인 조치로 게토가 나타나게 되었다. 잠재적인 감염원을 고립시켰기 때문에 베네치아의 '순수성'이 싱징적으로 복구된 것이다. 동시에 베네치아는 점점 더 높은 세금과 강제적인 추가 부담금을 요구함으로써 유대인에게서 지속적인 이득을 취했다.

이 개방적인 무역도시에서 유대인과의 육체적 접촉에 대한 두려움은 상당히 컸다. 이러한 두려움은 세부적인 거래 관행을 보면 특징적으로 드러난다. 기독교인들 사이에서는 입맞춤이나 악수로 거래의 성사가 확증되었지만, 유대인과 계약을 체결할 때는 적당한 거리를 유지한 채 허리를 굽혀 인사했다. 셰익스피어의 『베니스의 상인』(1596/97)에서는 이 접촉 공포가 중요한 역할을 하고 있다. 유대인 샤일록은 상인 안토니오와 기이한 계약을 체결한다. 안토니오가 빌린 돈을 갚지 못할 경우를 대비해 샤일록은 그의 살 "1파운드"를 요구한 것이다.[108] 언뜻 보기에 기독교도인 안토니오는 친구를 위해 빚을 졌기 때문에 정직한 사람인 듯 보인다. 반면 샤일록은 잔혹하고 몰인정한 사람으로 보인다. 피상적으로는 샤일록이 자신의 입장을 최대한 활용하여 자신을 유대인이라고 항상 멸시하는 시건방진 안토니오에게 복수를 하려는 듯 보인다. 그러나 이 복수에는 다른 소망이 은폐되어 있다. 이 작품의 유명한 독백에서 샤일록은 그 소망을 드러내고 있다. "유대인은 눈이 없단 말인가? 유대인은 손이, 사지가, 도구가, 감각이, 취향이, 열정이 없단 말인가?"[109] 샤일록은 계약 상대자로서뿐 아니라 접촉할 수 있는 완전한 인간으로 인정받길 원한 것이다.

유대인과의 접촉에 대한 공포는 다른 상황에서도 나타난다. 유대인들은 낮에는 게토를 떠나야 한다. 그래서 유대인을 알아보고 접촉을 예방하기 위하여 유대인에게 표식을 달도록 강제했다. 경멸을 의미하는 색상인, 때로는 창녀에게 달도록 했던 색상인 노란색의 표식. 유대 남성은 노란 배지를 받았다. 이것은 나치 시대 유대인들에게 달도록 했던 별 모양의 노란 배지의 선구이다. 유대 여성은 더 엄격하게 통제되었다. 그녀들은 장신구나 화려한 옷을 걸칠 수 없었고 오직—창녀처럼—노란색 숄만 허용되었다. 그래서 유대 여성들은 혼자서 게토를 나서는 법이 없었고 나가더라도 매우 드물게 그리고 반드시 다른 사람을 동반했다. 얼마 지나지 않아 그녀들은 베네치아의 길거리에서 거의 눈에 띄지 않을 정도로 사라지게 되었다. 그리하여 기독교도

릴케가 처음으로 문학의 무대로 사용한 게토 누오보의 광장

의 눈에 비친 유대 여성들은 커다란 불가사의가 되었고, 나아가 가능한 모든 욕망이 투사되는 이상적인 프로젝션 스크린이 되었다. 1600년경 어느 영국 여행자는 게토의 시나고그에서 유대 여성을 관찰할 기회를 갖게 되었다. "나는 유대 여성들을 많이 보았는데, 개중 몇 명은 생전 처음 보는 미인이었다. 금목걸이와 화려한 귀고리를 한 그녀들의 옷매무새는 경탄할 만한 것이어서 우리 측의 몇몇 영국 백작부인들이 그녀들을 능가하기란 결코 쉽지 않은 일이었다."[110] 유대 여성들은 많은 열망을 일깨웠으나 기독교도들은 그녀들과의 접촉이 금지되어 있었고, 만일 유대 여성과의 연애 사건이 발각되면 엄중한 처벌을 받았다. 릴케의 단편에서 귀족 청년 마르크안토니오가 저녁에 게토로 아름다운 에스터를 찾아가는 것은 목숨을 건 행위로 묘사되고 있는데, 이것은 역사적으로 보더라도 실제로 그러했다.

릴케의 소설은 물론 이런 방향으로도(관능적인 유대 여성이 기독교인을 유혹하는 이야기) 저런 방향으로도(퇴폐적인 귀족이 순진무구한 유대 아가씨를 유혹하는 이야기) 감각적 유혹에 관한 이야기가 아니다. 사실 에스터가 마르크안토니오의 아이를 갖게 되지만 이것은 순수한 임신이다. "그녀는 그와 단둘이 있었을 때 그를 바라보았는데, 그의 모습이 너무나도 크고 길게 느껴져 당시에는 마치 그가 자신의 검은 눈 속으로 깊이 빨려들어와 죽은 것 같았다. 지금은 그녀의 몸속에서 기독교도로서 그가 신봉했던 새롭고 영원한 생명이 자라기 시작했다는 생각이 들었다. 젊은 육체 속에서 느껴지는 이 새로운 감정을 가지고 그녀는 며칠이고 지붕에 올라가서 바다를 보려고 시도했다."[111] (유대인이 가졌다고 날조된) 바로 그 관능적인 요소가 아니라 이 이야기에서는 유대인이 체화하고 있는 정신적인 요소가 핵심이다. 릴케의 소설은 종교의 다름을 초월한다. 에스터, 금발의 사랑스러운 아들 그리고 늙은 멜키제데크에게 게토는 하늘을 향해 열려 있다.

게토의 문은 실제로 1797년 나폴레옹 군대가 진입하면서 열렸으며, 릴케 작품은 이로부터 일이십 년 지난 다음의 시기를 시대적 배경으로 삼고 있다.

릴케가 활동하던 시기에 대부분의 부유한 유대인들은 게토에서 벗어나왔다. 많은 유대인들은 이탈리아가 통일되던 1871년 고립된 지역에서 벗어날 기회를 맞이했다. 그들은 스스로를 이탈리아의 시민이라 간주했고 이탈리아의 발전과 현대화를 활기차게 촉진한 새로운 문화 엘리트층에 속했다. 예를 들자면, 조르조 프랑케티의 재산은 모친(그녀는 로스차일드 가문 출신이었다)으로부터 물려받았을 뿐 아니라 철도망 건설 사업과 농업 분야의 생산적인 신재배법에 성공적으로 투자한 결과였다. 또한 베네치아에서 유대인들은 결정적으로 근거리 교통망 구축 사업이나 리도 섬에 신축하는 고급 호텔 사업 등의 새로운 변화에 참여했다. 유대인들은 또한 예전 같으면 들어가보지도 못했을 유명한, 경우에 따라서는 몰락한 궁전을 사들였다. 많은 사람들은 그로시너 씨처럼 그러한 일에 대해 냉정한 태도를 보였다. 그는 무솔리니의 애인이었던 유대 여성 마르게리타 사르파티의 아버지였다. 그는 역사적인 궁전 팔라초 벰보*Palazzo Bembo*에 최초로 사설 엘리베이터를 설치했다. 그러나 프랑케티 남작은 1927년 카 도로를 모든 가구와 수집한 예술품들을 포함하여 베네치아 시에 기증했다. 여담이지만, 남작은 카 도로에서 살려고 하질 않았다. 그 이유를 루돌프 카스너는 다음과 같이 말하고 있다. "카 도로는 유대인 프랑케티가 살기에는 분에 넘치게 좋은 집이며, 통령이나 그와 유사한 인물에게 어울릴 법한 집이기 때문이지요."[112]

20세기 초 게토에는 가난한 사람들만 거주했으며, 여전히 인구 과밀 지역이었고, 작은 가게들이 촘촘히 자리잡고 있었다. 중고물품이나 낡은 가구를 구하려는 사람들이나 가진 돈이 풍족하지 않은 사람들은 그곳에서 구입했다. 릴케도 1912년 후작부인의 *메자닌*에 머물렀을 때 방을 꾸미기 위해 게토를 이용했다. 그러나 게토는 여전히 아직 베네치아에 속하지 않았으며, 예로부터 이곳에 터를 잡고 살아온 베네치아인들에게도 게토는 당시 여전히 *미지의 땅*Terra incognita이었다. 1912년 6월 릴케가 "발리스 백작부인, 그녀의 종자매 아멜리에 리페 백작부인, 그리고 매우 열정적인 내면의 소유자인 그녀의 딸"과 함께 게토로 산책 갔던 일에 대해 마리 폰 투른 운트 탁시스 부인에게 편지를 썼다. "어린아이의 얼굴이 반짝반짝 빛나면서 냄새들을 표현하려고 애를 썼습니다. 그 아이가 이러한 환경에서 몰두할 기회를 얼마나 많이 가졌을지는 당신께서는 충분히 상상하실 수 있을 것입니다."[113] 귀족 부인들로서는 이러한 '환경'과 접촉한 것이 분명 처음 있는 일이었을 것이다. 발리스 백작부인의 결혼 전 성은 모체니고였다. 다시 말하자면 릴케의 게토 이야기가 전개된 시대의 통령이었던 그 모체니고의 후손이었다.

베네치아 게토의 한 장면

바움 씨는 집주인이자 지역 대표, 명예 의용 소방대장 등 여러 다른 직함을 소유하고 있다. 아무튼 간단히 말하자면 바움 씨는 나와 에발트가 나누었던 대화 중 일부를 엿들었음에 틀림없다. 내 친구가 1층에 세 들어 살고 있는 집이 바움 씨의 소유라는 것은 놀랄 만한 일이 아니다. 바움 씨와 나는 오래전부터 서로 얼굴만 알고 지내온 터이다. 그러나 최근에 이 지역 대표는 나를 보기만 하면 멈춰 서서 모자를 약간 들어 올려 인사를 하는데, 그 모자 속에 작은 새가 갇혀 있다면 그 틈 사이로 간신히 빠져나갈 수 있을 것이다. 그는 정중하게 미소를 지으며 친한 척한다. "이따금씩 여행을 하십니까?" "아, 예…… 아마 그럴 겁니다." 나는 다소 뒤숭숭하게 대답했다. 그러자 그는 허물없이 말을 이어갔다. "제가 생각하기에, 이곳에서 이탈리아를 가본 사람은 우리 둘뿐일 겁니다." "그런가요……." 나는 좀 더 집중하려고 애쓰면서 덧붙였다. "예, 그렇다면 우리가 서로 이야기해볼 필요가 있겠군요."

바움 씨가 웃었다. "예, 이탈리아…… 이탈리아는 뭔가 특별하지요. 저는 항상 제 아이들에게 이야기를 해줍니다……. 이를테면 베네치아를 생각해보십시오!" 나는 멈춰 섰다. "당신은 아직도 베네치아를 기억하십니까?" "그러나 바라건대," 그는 너무 뚱뚱해서 화를 내는 것도 쉽지 않았기 때문에 신음소리를 내면서, "제가 어떻게 잊을 수가…… 그것을 한 번이라도 본 사람이라면…… 이 피아체타를…… 그렇지 않습니까?" "예, 저는 과거의 변두리에서 소리 없이 미끄러져 가던 운하 여행이 특히 기억에 남는군요"라고 나는 대답했다. "팔라초 프랑케티"라고 그는 머리에 떠오른 것을 말했다. "카 도로"라고 내가 대꾸했다. "어시장." "팔라초 벤드라민." "리하르트 바그너의 장소"라고 그는 교양 있는 독일인 티를 내면서 재빨리 덧붙였다. 나는 고개를 끄덕이며 말했다. "그 다리, 아시나요?" 그러자 그는 미소를 띤 채 생각을 가다듬으며 말했다. "물론 알고말고요, 박물관과 아카데미아 미술관도 잊지 말아야지요, 그곳에서 티치아노가……."

이렇게 하여 바움 씨는 꽤나 어려운 일종의 시험을 치렀다. 나는 이야기를 하나 해줘서 그에게 보상해주고 싶은 마음이 들었다. 그래서 곧바로 이야기를 시작했다.

"리알토 다리 아래를 통과하여 폰다코 데이 투르키(역주: 터키 상인회관)와 어시장을 지날 때쯤 곤돌라 사공에게 "오른쪽으로 가시오!"라고 말하면 사공은 눈을 동그랗게 뜨고 바라보며 "도베?(역주: dove, 어디로요)"라고 하며 되묻지요. 그러나 승객은 오른쪽으로 가달라고 고집하고 작고 지저분한 운하 중의 한 곳에서 내립니다. 그러고는 사공과 뱃삯을 흥정하면서 욕을 하고서는 옹색한 골목들과 연기가 자욱한 거무튀튀한 출입구들을 지나 텅 빈 광장을 향해 나아갑니다. 이 모든 것들을 설명한 까닭은 제가 하려는 이야기가 바로 그곳에서 벌어지기 때문입니다."

바움 씨가 내 팔을 가볍게 건드렸다. "죄송합니다만 무슨 이야기지요?" 그는 약간 겁먹은 듯 작은 두 눈을 이리저리 굴렸다.

나는 그를 진정시키며 말했다. "선생님, 별로 언급할 만한 가치도 없는 이야기입니다. 언제 적 이야기인지도 말씀드릴 수 없습니다. 아마도 통령 알비제 모체니고 4세가 통치하던 시절의 이야기일 겁니다만, 그 전이나 그 이후일 수도 있습니다. 당신이 그 그림들을 보셨어야 하는데 말입니다. 카르파초의 그림들은 자줏빛 벨벳 위에 그린 듯 곳곳에서 따뜻한 기운, 숲의 온기 같은 것을 뿜어냅니다. 그리고 희미한 등불 주위에 걸린 그림들 속에서 귀를 쫑긋 세운 그림자들이 밀치락달치락하고 있습니다. 조르조네가 광택 없는 오래된 황금 위에 그림을 그렸다면, 티치아노는 검은 새틴 위에 그렸습니다. 그러나 제가 말씀드리고자 하는 시대의 사람들은 하얀 비단 바탕에 그린 밝은 그림들을 좋아했지요. 사람들이 유희하는 그 이름, 아름다운 입술들은 그것을 태양을 향해 던졌고 그것이 떨면서 떨어질 때면 매력적인 귀들이 붙잡았습니다. 그 이름은 바로 지안 바티스타 티에폴로입니다.

하지만 이 모든 것은 제 이야기에 등장하지 않습니다. 제 이야기는 실제 베네치아와 관계가 있습니다. 궁전과 모험과 가면과 그리고 창백한 석호의 밤 도시 말입니다. 그 밤은 여타의 다른 밤들과는 다르게 은밀한 설화시의 어조를 지니고 있지요. ─제가 말하려는 베네치아 이야기에서는 가련한 일상의 소음만이 존재합니다. 낮들은 마치 하루낮인 양 하나같이 저 너머로 사라져버리고, 그곳에서 들리는 노래들은 점점 더 커지는 한탄입니다. 이 한탄 소리는 위로 올라가는 것이 아니라 몽글몽글 피어오르는 연기처럼 골목 위에 쌓입니다. 땅거미가 내리자마자 숫기 없는 건달들이 여럿이서 그곳을 어슬렁거립니다. 많은 아이들의 고향은 광장과 비좁고 추운 집 안입니다. 아이들은 장인들이 산 마르코 성당의 엄숙한 모자이크를 만들었을 때 사용했던 다채로운 유리 용괴의 조각이나 폐기물을 가지고 놉니다. 귀족은 좀처럼 게토에 들어오지 않습니다. 기껏해야 유대 아가씨들이 분수로 나올 때면 이따금씩 가면을 쓰고 망토를 걸친 검은 형상을 목격할 수 있습니다. 어떤 사람들은 이러한 형상의 인물은 단도를 품속에 숨겨 다닌다는 사실을 경험으로 알고 있습니다. 한번은 누군가 달밤에 그 청년의 얼굴을 보았노라고 주장했습니다. 그래서 그 이후로 이 검고 호리호리한 손님이 지역 감독관 니콜로 프리울리와 미모의 카타리나 미넬리 사이에 태어난 아들인 마르크안토니오 프리울리라고들 했습니다. 그가 이삭 로소의 집으로 가는 길목에서 기다리다가 인적이 끊기면 광장을 가로질러 멜키제데크 노인의 집으로 들어가는 것을 사람들은 알고 있습니다. 부유한 금세공업자인 이 노인은 많은 아들들과 일곱 명의 딸들 그리고 많은 손주들이 있습니다. 가장 어린 손녀인 에스터는 백발의 할아버지에게 몸을 기댄 채 낮고 어두운 방에서 그 남자를 기다리고 있습니다. 그 방에는 많은 물건들이 눈부시게 빛나고 있고, 황금빛 불꽃을 진정시키려는 듯 비단과 벨벳이 금빛을 발하는 그릇들 위에 부드럽게 드리워져 있습니다. 이곳에서 마르크안토니오는 늙은 유대인의 발치에서 은실로 수놓은 쿠션을 깔고 앉아 이 세상 어디에도 없었을 법한 동화를 이야기하듯 베네치아에 관해 이야기합니다. 그는 연극에 관해, 베네치아 군대의 전투에 관해, 이국의 손님에 관해, 그림과 조각에 관해, 그리스도 승천일인 '센사'의 축제에 관해, 사육제에 관해 그리고 자기 어머니인 카테리나 미넬리의 아름다움에 관해 이야기합니다. 그에게는 이 모든 것들이 비슷한 의미를 지녔으며, 권력

릴케의 「베네치아 게토의 한 장면」에서 중요한 역할을 하는 층층이 쌓아올린 집들

과 사랑과 삶에 대한 다양한 표현들일 뿐입니다. 그러나 두 청중에게는 이 모든 것들이 낯설기만 합니다. 그럴 것이 유대인들은 모든 교류에서 엄격하게 배제되기 때문입니다. 부유한 멜키제데크도 대평의회가 있는 지역에 단 한 번도 발을 들여놓은 적이 없습니다. 금세공사로서 널리 존경받고 있기에 한 번쯤 시도해볼 만했는데도 말이지요. 노인은 긴 생애 동안 자신을 아버지처럼 생각하는 동료 신자들에게 평의회로부터 여러 가지 혜택을 챙겨주었지만, 거듭하여 역류도 체험했습니다. 도시에 재난이 닥칠 때마다 베네치아인은 유대인에게 복수를 했습니다. 베네치아인도 유대인을 무역에 이용했던 다른 민족들과 너무나도 흡사했습니다. 베네치아인은 유대인에게 많은 세금을 부과하여 괴롭혔고, 그들의 재산을 갈취했으며, 게토 구역을 점점 더 제한했습니다. 그래서 매우 궁핍한 처지에서도 식구가 끔찍하게 늘어난 가족은 어쩔 수 없이 집을 위쪽으로, 다른 집의 지붕 위에다 짓지 않을 수 없었습니다. 바다에 인접해 있지 않은 그들의 도시는 하늘이 또 다른 바다인 양 천천히 하늘을 향해 자라났고, 분수가 있는 광장 주변에는 가파른 집들이 마치 거대한 탑의 벽처럼 사방에서 솟아올랐습니다.

고령이 되면 이따금씩 엉뚱한 행동을 하듯, 부유한 멜키제데크는 동네 사람들과 아들들 그리고 손자들에게 괴상한 제안을 했습니다. 그는 계속해서 층층이 쌓아올린 코딱지만 한 집들 가운데서 언제나 가장 높은 집에서 살고 싶어 했습니다. 사람들은 그의 기이한 소망을 기꺼이 들어주었지요. 그도 그럴 것이 그러잖아도 그들은 아래에 있는 벽들의 지지력을 더 이상 신뢰하지 않았고 위쪽에는 바람이 벽을 알아보지 못할 정도로 가벼운 돌을 쌓아올렸기 때문이었습니다. 그래서 이 백발노인은 일 년에 두세 번씩 이사를 했는데, 항상 그와 같이 있기를 바라는 막내 손녀 에스터와 함께였습니다. 마침내 그들은 방이 좁아 평평한 지붕으로 나가면 이마 높이에 이미 다른 나라가 시작될 정도로 높은 곳에서 살았습니다. 노인은 그 나라의 풍습을 모호한 말로 반쯤은 읊조리듯이 이야기했습니다. 위쪽에 있는 그들에게로 가는 길은 매우 멀었습니다. 많은 낯선 삶들을 통과하고, 가파르고 미끄러운 계단을 지나고, 욕을 퍼부어대는 아낙네들을 뒤로하고, 굶주린 아이들의 습격을 뚫고 나가야 도달할 수 있는 길입니다. 이러한 많은 난관들 때문에 모든 왕래를 제약받았습니다. 마르크안토니오도 더 이상 찾아오지 않았고, 에스터 또한 그를 거의 그리워하지 않았습니다. 그녀는 그와 단둘이 있었을 때 그를 바라보았는데, 그의 모습이 너무나도 크고 길게 느껴져 당시에는 마치 그가 자신의 검은 눈 속으로 깊이 빨려 들어와 죽은 것

같았습니다. 그리고 지금은 그녀의 몸속에서 기독교도로서 그가 신봉했던 새롭고 영원한 생명이 자라기 시작했다는 생각이 들었습니다. 젊은 육체 속에서 느껴지는 이 새로운 감정을 가지고 그녀는 며칠이고 지붕에서 바다를 보려고 시도했습니다. 그러나 집이 너무나도 높았기 때문에 처음에는 팔라초 포스카리의 박공, 어떤 탑, 교회의 둥근 지붕, 더 멀리에 있는 둥근 지붕 등만이 빛 속에서 얼어붙은 듯 보였고, 그다음에는 떨고 있는 축축한 하늘의 가장자리에 돛대, 활대, 장대 등으로 이루어진 격자가 보였습니다.

그해 여름이 끝나갈 무렵 노인은 꼭대기 층까지 올라가는 일이 힘에 벅찼지만 모든 사람들의 반대에도 불구하고 다시 이사를 했습니다. 기존의 집들보다 더 높은 곳에 새 오두막이 지어졌기 때문입니다. 노인이 에스터의 부축을 받아가며 많은 시간이 걸린 다음에야 광장으로 나오자 많은 사람들이 그의 주위로 몰려들어 더듬는 그의 손 위로 몸을 숙여 여러 가지 일에 대해 조언을 구했습니다. 그들이 보기에 그 노인은 일정한 시간을 채운 다음 무덤에서 나온 죽은 사람처럼 보였기 때문입니다. 정말 그렇게 보였습니다. 남자들은 베네치아에 폭동이 일어나 귀족들이 위험에 처했으며 조만간 게토의 경계가 무너지고 모두가 똑같은 자유를 누리게 될 것이라고 말했습니다. 노인은 아무런 말도 없이 고개만 끄덕일 뿐이었습니다. 마치 이 모든 일들을 그리고 훨씬 더 많은 일들을 이미 오래전부터 알고 있었다는 듯이 말이지요. 그는 이삭 로소의 집으로 들어갔는데, 그 집의 꼭대기에 새로 이사할 집이 있기 때문입니다. 그는 한나절이 지나서야 꼭대기에 도달할 수 있었습니다. 위에서 에스터는 금발의 사랑스런 아이를 낳았습니다. 해산 후 몸이 회복된 다음 그녀는 아이를 안고 지붕으로 나가서 아이의 뜬 눈에 황금빛 하늘을 처음으로 담았습니다. 형언할 수 없을 정도로 청명한 어느 가을날 아침이었습니다. 만상은 어둑어둑 거의 광택도 없었고 오로지 몇몇 날아다니는 빛줄기들만이 두 모자가 꽃이라도 되는 양 그들 위에 내려앉아서 잠시 휴식을 취하는가 싶더니 황금빛 윤곽선 위로 떠오른 다음 허공으로 날아갔습니다. 게토에서는 아직 아무도 올라와보지 못한 이 가장 높은 곳에서는 빛줄기가 사라진 자리에 잔잔한 은색의 빛이 보였습니다. 그것은 바다였습니다. 에스터의 눈이 장려한 광경에 익숙해졌을 때야 비로소 그녀는 지붕의 가장자리 앞쪽 끝에 있는 멜키제데크를 알아보았습니다. 그는 일어서서 두 팔을 벌린 채 침침한 눈으로 서서히 펼쳐지는 낮을 보려고 애를 썼습니다. 그의 팔은 높게 올라가 있었고 이마는 빛나는 생각을 담고 있었습니다. 그 모습은 마치 자신을 제물로 바치려고 하는 듯이 보였습니다. 그런 다음 그는 되풀이해서 몸을 앞쪽 바닥으로 떨어지게 하다가 연로한 머리를 고약하게도 모서리가 뾰족한 돌에 부딪혔습니다. 아래쪽 광장에는 사람들이 모여들어서 위쪽을 올려다보았습니다. 모인 군중들 가운데서 몇몇 몸짓과 말이 위로 올라갔지만 혼자서 기도하는 노인에게까지 도달하지는 못했습니다. 모여든 사람들은 구름 속에서 가장 나이가 많은 노인과 가장 나이가 적은 아이를 보았습니다. 그러나 노인은 자랑스럽게 몸을 추켜세웠다가 다시 겸허하게 쓰러지게 하는 일을 얼마 동안 계속했습니다. 아래쪽에서는 사람들이 점점 더 많이 모여들었고 그렇게 모여든 사람들은 아무도 그에게서 눈을 떼지 않았습니다. 그는 바다를 보았을까요? 아니면 영광스러운 무시무종의 존재인 신을 보았을까요?"

바움 씨는 재빨리 무언가를 말하려고 애를 썼으나 성공하지 못했다. "아마도 바다를"—그는 무미건조하게 말했다. "그것은 인상이기도 합니다."—이를 통해 그는 자신이 특별히 깨우치고 이해했다는 것을 드러냈다.

나는 서둘러 작별을 고했지만 그의 등 뒤에다 대고 한마디 하지 않을 수 없었다. "당신의 아이들에게 이 일을 이야기해주는 걸 잊지 마십시오." 그는 생각에 잠겼다. "아이들에게요? 그 젊은 귀족, 이름이 안토니오였던가요, 그 사람은 결코 아름다운 성품의 인물은 못 되는군요. 그리고 아기, 그 아기! 하지만 이 이야기는—아이들에게……." 나는 그를 진정시켰다. "아, 선생님, 당신은 아이들이 신의 선물이란 것을 잊고 계셨군요! 에스터는 하늘과 아주 가까운 곳에서 살고 있지요. 그래서 아기를 가지게 되었는데, 이것을 아이들이 어떻게 의심할 수 있겠어요!"

아이들은 이 이야기도 알게 되었다. 늙은 유대인 멜키제데크가 황홀하게 바라본 것이 무엇이겠느냐는 질문에 아이들은 깊이 생각해보지도 않고 "아, 바다도 봤어요"라고 말한다.

◇

마돈나 델로르토 성당의 틴토레토와 릴케의 시

Canale delle Fondamenta Nuove
폰다멘타 누오베 운하

CANAL GRANDE
카날 그란데

Markusplatz
산 마르코 광장

BACINO DI SAN MARCO
산 마르코 내만

SAN GIORGIO MAGGIORE
산 조르조 마조레

❶ 마돈나 델로르토 성당 ❷ 틴토레토의 집 ❸ 산타 마리아 포르모자 광장 ❹ 산티 지오반니 에
파올로 (성 요한과 성 바오로 성당) ❺ 마돈나 델로르토 선착장

마돈나 델로르토*Madonna dell'Orto*

성당은 베네치아의 북동쪽에 떨어져 있지만, 릴케 애호가라면 반드시 들러보아야 할 곳이다. 이곳에는 릴케의 시에 영감을 준 틴토레토의 그림이 걸려 있다. 그림의 제목은 시의 제목과 같은 〈마리아의 성전 봉헌Die Darstellung Mariae im Tempel〉(Prezentatione di Maria al Tempel)이다. 두 작품을 비교해보는 일은 곱절의 이득이 있다. 우선, 릴케의 시를 통해 우리는 틴토레토의 가장 아름다운 그림 중의 하나를 더 잘 이해할 수 있게 된다. 특히, 특이한 화풍, 색채, 그림의 구성 등을 더 잘 볼 수 있게 된다. (또한 산 로코의 스쿠올라 그란데Scuola Grande di San Rocco에 있는 틴토레토의 유명한 연작 그림들과 통령 궁전에 있는 천장화도 이런 예비지식으로 보다 쉽게 이해할 수 있다.) 그리고 좀처럼 접하기 어려운 릴케의 창작 방식에 대해서도 잘 간파할 수 있게 된다. 다시 말하자면 우리는 릴케가 시를 어떻게 '짓는지' 그리고 그 과정에서 그림은 어떤 역할을 하는지를 경험하게 된다.

제안: 우선 다음 시를 읽고 나서 성당에 있는 틴토레토의 그림을 보시오. 우리가 아카데미아 미술관에서 보았던, 동일한 주제를 다룬 티치아노의 그림(역주: 80~81쪽 참조)과도 머릿속에서 비교해보시오.

틴토레토, 〈마리아의 성전 봉헌〉
릴케의 「마리아의 생애」 중의 한 작품인 「마리아의 성전 봉헌」의 본이 된 그림

마리아의 성전 봉헌

그녀가 당시 어떠했는지 알려면
너는 우선 네 마음속에서 너를 그곳으로 불러내야 하리라:
기둥들이 영향을 미치는 곳: 네가 계단들을
느낄 수 있는 곳: 위험으로 가득 찬 아치가
네 속에 있던 공간의 심연을 이어주는 곳으로,
그럴 것이 그 공간은 네가 더 이상 네 속에서 파낼 수 없는
조각들로 층층이 쌓여 있기 때문에: 그렇게 한다면 너는
완전히 붕괴되고 말 것이기에.
네가 그런 상황에 있다면, 네 속의 모든 것이 돌,
벽, 계단 들머리, 전망대, 아치라면, 그렇다면
두 손으로 네 앞에 있는
커다란 장막을 당겨 열어젖혀보라:
아득히 높이 있는 대상들에서 광채가 발하여
너의 호흡과 촉각을 압도하는구나.
위로, 아래로, 궁전 위에 궁전이 있다,
난간들이 난간들로부터 넓게 흘러나와
가장자리에서 위로 솟아오르니,
그것을 보는 너는 현기증이 나는구나.
그와 동시에 향로들에서 솟아나온 연기가
주변을 자욱하게 하지만, 가장 먼 곳에서부터
곧은 빛줄기가 네 속으로 뚫고 들어오는구나 –,

그리하여 이제 맑은 불꽃접시에서 나온 광채가
천천히 다가오는 제의(祭衣)에 하늘거린다면:
너는 그것을 어떻게 견뎌내겠는가?

그러나 그녀는 와서 고개를
들어 이 모든 것을 응시했다.
(아이, 여자들 틈의 어린 소녀.)
그런 다음 그녀는 의연하게, 자신만만하게,
심술맞게 자세를 바꾸는
사치스러움을 향해 계단을 올라갔다:
사람들의 가슴속에서 청찬은 그들이 만든 모든 것들을

그토록 압도했다. 내면의 신호에
헌신하려는 마음에 의해:
부모는 그녀를 위로 올려 보내주고자 했다,
가슴을 보석으로 치장한 위협적인 인물이
그녀를 맞이하는 듯 보였다: 그러나 그녀는 모든 사람들을
뚫고 갔다,

비록 어렸지만, 모든 손길에서 벗어나
이미 완성된 회당보다 더 높은, 성전보다
더 무거운, 그녀의 운명 속으로 갔다.[114]

릴케의 이 시는 오늘날에는 더 이상 대중의 관심을 끌지 못하게 된 연작시 「마리아의 생애」 가운데 한 편이다. 릴케는 열세 편의 시를 모은 연작시에서 탄생에서부터 죽음에 이르는 성모 마리아의 생애를 단계별로 그리고 있다. 개별적인 이야기들은 13세기의 모든 중요한 성담(역주: 聖譚. 성자의 삶이나 기적을 담고 있는 전설)을 모아 엮은 민담서인 『레겐다 아우레아Legenda aurea』에 바탕을 두고 있다. 마리아에 관한 성담은 무엇보다도 나중에 예수를 낳은 마리아는 태어나면서부터 성스럽다는 사실을 보여주어야 한다. 왜냐하면 오랫동안 아기를 가질 수 없었던 안나와 요아힘은 마리아가 태어났을 때 자신들의 아기를 미사에만 봉헌하겠다고 맹세했기 때문이다. 딸이 세 살이 되자 부모는 그 아이를 성전에 보냈다. 그 성전은 언덕에 세워져 있어서 어린 마리아는 열다섯 개의 높은 계단을 올라가야만 했다. 『레겐데 아우레아』는 아무튼 이런 식으로 아주 정확하게 기록하고 있다. 세 살배기로서는 결코 평범하지 않게 어린 마리아는 아무런 도움도 없이 계단을 홀로 의연하게 걸어 올라간다. 그녀는 어릴 때부터 이미 성인이었다. 성담에 대한 언급은 이쯤 하기로 하자. 릴케는 이 소재를 이 책에서 가져왔음이 분명하다. 하지만 시를 쓰게 된 결정적인 계기는 베네치아에서 본 두 점의 그림이었다. "이러한 연속적인 이미지

폰다멘타 디 모리 3399번지.
틴토레토가 1574년부터 1594년 임종 시까지 가족과 함께 살았던 집

의 세부나 배열의 많은 부분은 내가 생각해낸 것이 아니다. 어린 마리아가 성전으로 올라가는 장면에서 우리는 어렵지 않게 이탈리아 그림들을 떠올리게 된다(예를 들자면, 베네치아의 아카데미아 미술관에 있는 티치아노의 그림이나 나아가 산타 마돈나 델로르토에 있는 틴토레토의 감동적인 그림을 떠올릴 수 있다)."[115]

시에 남겨진 그림의 여운은 우선 건축학적인 세부이다. 시에는 건축이나 공간과 연관된 단어들이 무수히 등장하고 있다. 릴케는 그 어휘들을 두 그림에서, 예를 들자면 티치아노의 그림에서 기둥들을, 틴토레토의 그림에서는 난간을 가져왔다. 그러나 시의 전체적인 분위기는 틴토레토의 그림과 가깝다. 티치아노의 그림에서는 관찰자가 바깥쪽에 거리를 두고 있다. 릴케는 독자를 '너'라고 부르면서 이야기의 일부로 만든다. 그렇게 함으로써 독자를 곧장 시 속으로 이끌어들인다. "네가 계단을 느낄 수 있는 곳, 위험으로 가득한 아치가 공간의 심연을 이어주는 곳"—이 구절은 원근법적으로 자극하면서 짧아진 계단들을 사용하여 관찰자를 그림 속으로 이끌어들이는 틴토레토의 그림과 유사하다. 이렇게 하여 관찰자는 계단이 얼마나 가파르며 또한 현기증을 야기할 정도로 높은지를 "느끼게 된다." 틴토레토는 그러한 원근법을 사용한 축약의 대가였다. 독학으로 공부한 틴토레토는(티치아노는 제자 틴토레토의 재능을 알아보자마자 즉시 그를 작업실 밖으로 내쳤다) 사지가 움직이는 인형을 밀랍으로 만들어 공중에 매달아놓고 다양한 각도에서 관찰함으로써 자기만의 독특한 화풍을 발전시켰다.

또 다른 중요한 점인 마리아를 표현하는 방식에 있어서 릴케는 티치아노보다는 틴토레토에 더 가깝다고 할 수 있다. 티치아노의 경우 마리아, 계단, 사제 그리고 성전이 그림의 절반을 차지하고 있고, 다른 한편으로 다채로운 옷을 입고 있는 구경꾼들이 사실상의 중심을 형성하고 있다. 여기에서 티치아노는 고상하게 차려입은 저명한 베네치아인들의 초상을 그려 넣었는데 이 가운데에는 협회의 부유한 회원과 그림을 주문한 후원자도 포함되어 있다. 이 점이 그에게는 중요했다. 틴토레토의 경우에는 계단이 그림의 대부분을 차지하고 있다. 하지만 그림의 내밀한 중심은 마리아이다. 비록 마리아가 작고 멀리 떨어져 있긴 하지만 말이다. 광선으로 인하여 시선은 계단을 거슬러 올라가 작은 체구의 마리아에까지 이른다. 환한 빛 가운데 등장한 마리아는 다른 인물들의 어두움 앞에서 밝게 빛난다. 이것 또한 틴토레토 그림의 특징이다. 이 화가는 반짝이는 빛의 효과만으로 대상을 극적으로 강조하는 키아로스쿠로(역주: Chiaroscuro, 명암법 또는 단채명암화(單彩明暗畫)) 기법으로 유명했다.

릴케는 틴토레토가 그림으로 그린 것을 시로—대가답게 그리고 언어라는 수단을 비범하게 사용하여—옮겨놓았다. 그는 마리아를 괄호 안에 넣었다. "(아이, 여자들 틈의 어린 소녀.)" 괄호는 문장에서 일반적으로 흥미롭긴 하지만 반드시 필요하지는 않은 덧붙임의 기능을 한다. 릴케는 시에서 괄호를 마리아에게만 사용함으로써 괄호의 일반적인 용법을 뒤집는다. 그래서 괄호는 여기서 미묘한 감탄부호가 되고, "가슴을 보석으로 치장한 위협적인 인물"인 사제(틴토레토의 그림에는 이 장면이 잘 묘사되어 있다) 앞으로 겁도 없이 걸어갔던 마리아가 아직 어린아이였다는 사실에 대한 부드러운 강조가 된다.

이 시는 단순히 그림을 시로 옮겨놓은 것 이상이다. 릴케는 자신만의 건축물을, 다시 말하자면 언어를 수단으로 고유한 공간을 창조한 것이다. 그 언어는 본질적인 것, 즉 틴토레토 그림이 표현하고 있는 극적인 상황을 담고 있다.

릴케는 왜 어린 마리아에 그토록 관심을 가졌을까 하는 문제가 남는다. 티치아노와 틴토레토에게 있어 종교적인 주제는 일상으로 먹는 빵과도 같았다. 그러나 릴케는 현대의 시인이며, 그는 가톨릭교회라는 제도를 일평생 거부했다. 그리고 마리아는 여기서 그의 기구한 여성상들 중의 하나가 아니라 오히려 반대다. 마리아는 자신의 사명과 숙명을 알고 있다. 그녀는 작고 어리지만 "내면의 신호에 헌신할 생각"을 할 정도로 강하다. 이러한 확신과 소망을 서정적 자아는 그곳이 마치 자기 자리라도 되는 듯 시샘하는 눈길로 바라보고 있다. 시적 자아가 동경하는 대상은 종교가 아니라 예술가라는 자기 자신의 운명에 대한, 시인이라는 자신의 사명에 대한 명확한 내적 확신, 그리고 언어 기호에 대한 소망에의 헌신이다. 하지만 마리아와는 달리 시인 자신은 위쪽의 밝은 빛 속에 서 있는 것이 아니라—우리처럼—높은 층계의 아래쪽에 서서 위쪽을 바라보고 있다. 그는 우리와 함께 종교 또는 예술이라는 높은 언덕 앞의 세속적인 삶 속에 서 있다. 현대 시인으로서 릴케는 글을 쓸 때면 되풀이하여 또다시 현기증을 일으키는 심연을—마리아가 가진 종교적 확신도 없이—극복해야만 한다.

마리아 델로르토 성당에는 틴토레토의 또 다른 그림들이 더 걸려 있는데, 이 또한 볼 만한 가치가 있다. 대부분의 그림들을 그는 자신이 다니던 성당을 위해 그렸다. 성당 바로 옆 *폰다멘타 디 모리 3399*번지에는 그가 거의 평생 동안 살았던 집이 있다. 비단 염색공의 아들—여기에서 그의 별명 틴토레토(역주: 작은 염색공이란 의미)가 유래했다—인

야코보 로부스티는 화가 길드에서 괴짜였고 그의 주변에는 언제나 말썽이 끊이지 않았다. 그의 문하에서 배운 몇 안 되는 화가들 중의 한 사람이, 릴케도 마찬가지로 높이 평가했던 엘 그레코였다. 틴토레토는 1594년에 죽었다. 그는 가족들과 함께 마돈나 델로르토 성당에서 영원한 안식을 취하고 있다.

우리는 게토를 산책한 다음 *마리아 델로르토* 성당과 틴토레토의 집을 방문할 수 있다. 아니면 릴케처럼 *산타 마리아 포르모자* 광장Campo Santa Maria Formosa을 둘러볼 수도 있다. "오늘 아침 전 매우 자부심을 느낍니다. 그런 것이 산타 마리아 포르모자 성당에서 산티 조반니 에 파올로 성당을 거쳐 마돈나 델로르토 성당에 이르는 길을 단 한 번도 발을 헛디딤이 없이 고요한 본능에 따라 걸었기 때문입니다."[116]
돌아오는 길에는 폰다멘타 누오베에서 산 마르코까지 바포레토를 이용할 수 있다. 그러면 도시의 동쪽 해안을 따라가는 이 노선에서 확장된 아르세날레가 아주 잘 보인다.

◇

일곱 번째 산책

드러나지 않은 장면들
– 카날 그란데에 인접한 궁전들

❶ 호텔 유럽(카 주스티니안) 현재 비엔날레 개최 장소 ❷ 그랜드 호텔 브리타니아(팔라초 티에폴로-추켈리) 현재 호텔 레지나 에 유럽 ❸ 호텔 레지나(롬 에 스위스) 현재 호텔 아님 ❹ 그랜드 호텔(팔라초 페리-피니) 현재 호텔 아님 ❺ 산타 마리아 델라 살루테 성당 ❻ 팔라초 바르바로-볼코프 ❼ 팔라초 다리오 ❽ 카제타 로사(카지나 델라 로제)) ❾ 카 모체니고 베키아 ❿ 팔라초 모체니고 ⓫ 팔라초 바르바리고 델라 테라차 ⓬ 팔라초 파파도폴리 ⓭ 팔라초 벰보 ⓮ 팔라초 벤드라민 ⓯ 호텔 루나 ⓰ 호텔 바우어(그륀발트) 현재 바우어 호텔 ⓱ 팔라초 치나-발마라나. 현재 미술관

릴케는 1897년 3월 28일 오후 여섯 시 무렵 베네치아에 도착하자마자 바로 "유명한 저택 벤드라민과 파파도폴리 곁을 지나가는 카날 그란데 위로 가는 여행"[117]을 했다. 다음 날 그는 이 수상 여행에 대해 다음과 같이 편지에 적었다. "우리는 곤돌라를 타고 카날 그란데를 따라 갔습니다. ―이 석조 사당(祠堂)들은 저에게 강한 인상을 심어주었습니다. 이미 먼 꿈속에서 기분 좋게 소년의 귀를 울리는 단돌로와 벤드라민, 베니에르와 모체니고, 로레단과 콘타디니, 그리말디와 팔리에리 등 자랑스런 모든 가문의 이름들―침묵하는 공간에서 권력의 향연이 아른거리는 죽은 궁전들을 보자 이 모든 이름들이 다시 일깨워졌습니다. 그 이름들은 아마도 제가 오랫동안 잊지 못할, 기이하면서도 심오한 기쁨이자 매우 큰 즐거움이었습니다."[118]

베네치아를 체험하는 가장 좋은 방법 중의 하나는 곤돌라를 타든 82번 급행 노선이나 또는 정류장마다 정차하는 느린 1번 노선의 *바포레토*를 이용하든 *카날 그란데*로 여행하는 것이다. 수상 여행은 낮이든 밤이든 언제나 매력적이다. 화려한 팔라초(역주: 궁전 또는 저택)의 행렬은 4킬로미터에 걸쳐 줄지어 있는데, 베네치아에서 가장 부유한 집안들과 권력가 가문들은 이곳에다 저택을 지었던 것이다. 베네치아의 건축기술 박물관은 모든 시대를 망라한 건축물을 소개하고 있으며 멋진 배경을 지니고 있다. 하지만 그 배경 뒤에서는 어떤 일이 벌어졌을까? 릴케가 활동했던 시기에 그러한 팔라초Palazzo에는 어떤 삶이 펼쳐지고 있었으며, 릴케가 알고 있던 팔라초에는 어떤 것이 있었을까? 릴케가 손님으로 머물렀던 팔라초에는 어떤 것들이 있을까?

호화로운 호텔들

릴케는 1897년 처음으로 카날 그란데에 인접한 팔라초에 발을 들여놓았는데 그곳은 호텔이었다. 그 호텔은 팔라초 티에폴로-추켈리Palazzo Tiepolo-Zucchelli에 있는 브리타니아 그랜드호텔Grandhotel Britannia이었는데 산 마르코 광장과 왕립 정원 조금 못 미쳐 같은 쪽에 있다. 브리타니아 호텔은 당시 베네치아에서 가장 고상한 세 개의 호텔 중 하나였다. 그 호텔에는 엘리베이터, 중앙난방, 정원, 235개의 객실 등의 설비와 그밖에 섬세하게 영어로 인쇄된 편지지도 구비하고 있었다. 조망 또한 좋았다. "우리는 어제처럼 우리가 묵고 있는 호텔의, 카날 그란데 쪽으로 뻗은 넓은 발코니에 앉아 있었습니다. 별밤이 산타 마리아 델라 살루테 성당 위에 부드러운 주름을 드리우고 있습니다. 성당은 마치 하얀 기적의 꿈 같았고 넓고 검은 수로는 피곤한 불빛들 뒤에서 영원 속으로 사라져 갔습니다."[119] 오늘날 그 호텔은 에우로파 에 레기나*Europa e Regina*(역주: '유럽과 여왕'이란 의미)라고 불리고 있으며, 이 호텔의 운하에 인접한 테라스식당에서 보면 살루테 성당 (과 팔라초 치니-발마라나*Palazzo Cini-Valmarana*의) 멋진 광경이 눈에 들어온다. 이 호텔은 당시에도 매우 비싼 곳이었지만 릴케에게는 든든한 스폰서가 있었다. 뉴욕 출신의 화학을 전공하는 유대인 학생인 나탄 슐츠베르거가 릴케를 초대했던 것이다. 릴케는 그를 뮌헨에 있을 때 알게 되었다. 릴케는 1897년 4월 2일 그 "젊은 미국 친구"에게 "진심으로 소중한 날들을 보낼 수 있었던 것에 대한 기쁨과 감사의 말"을 전하면서 헌시가 들어 있는 자신의 시집 『꿈의 왕관을 쓰고』한 부를 보냈는데, 그러고 나서는 연락이 두절되었다. 1920년에야 그는 다시 그 친구를 떠올렸다. "베네치아는 '믿어지기를' 바랐습니다. 1897년 제가 어느 미국 친구의 초대를 받아 처음으로 베네치아를 보았을 때 그 일이 일어났지요!"[120]

나중에 베네치아를 여러 차례 방문했을 때 릴케는 호텔 비용을 모두 자신이 부담했다. 그가 묵었던 호텔들은 모두 브리타니아 호텔 근처—대운하를 기준으로 호텔 쪽—에 있었는데, *루나 호텔*Hotel Luna은 조금 예외라고 할 수 있다. *브리타니아* 호텔에서 그리 멀지는 않은, 거의 산 마르코 광장 근처에 위치한 루나 호텔에 그는 1911년 며칠간 머물렀다. 이곳은 형편없지는 않았으나 "덜 부담스러운" 호텔이었으며 당시 『배데커』 여행안내서의 호텔 순위에 따르면 11위를 차지하고 있었다(오늘날에는 5성급 호텔이다). *카날 그란데*에 바로 인접해 있는 호텔들로는 릴케기 1910년에 미물렀던 *레지나 호텔*Hotel Regina(오늘날엔 더 이상 호텔이 아니다)과 *팔라초 페리-피니*Palazzo Ferri-Fini의 *그랜드호텔*Grandhotel을 들 수 있다. 릴케는 두이노 성에서 두 번, 1911년 11월 말경과 1912년 3월, 이곳으로 와서 투숙했다. 그리고 1914년 3월에는 사랑하는 연인 '벤베누타', 즉 마그다 폰 하팅베르크와 함께 와서 머물렀다. 릴케는 이 *그랜드호텔*을 매우 좋아했으며, 비록 이곳에 투숙하지 않은 경우에라도 이곳에 식사를 하러 들르곤 했다. 심지어 그는 *그랜드호텔*에서 마시는 포도주에 매혹당하기도 했다. "그곳에서 저에게—바로 오늘도 또다시—, *쥐스켈라 폴리*(역주: jusqu'à la folie 광기에 이를 때까지), 무슨 일이 일어났는지 아십니까? 더할 나위 없이 훌륭한 오르비에토(역주: 이탈리아 오르비에토Orvieto 산 포도주)를 마셨지요. 우리는 오르비에토를 우선 저녁 무렵 후작부인이 떠나시기 전에 시작했지만 (……) 그

곳은 어울리는 자리가 아니었어요. 그랜드호텔의 오르비에
토는 매혹 그 자체이지요······."[121]

릴케가 묵었던 최고의 호텔은 오늘날 비엔날레 행사가 개
최되고 있는 카 주스티니안*Cà Giustinian* 구역에 위치한 유
럽 호텔*Hotel de l'Europe*(『배데커』 순위 2위)이었다. 이 호텔
에서 묵었던 저명한 예술가들로는 그릴파르처, 베르디, 바
그너, 고티에 등을 들 수 있다. 1920년 6월 릴케는 어느 편
지에서 "유럽 호텔은(비록 저는 이곳에서 식사를 한 번도
해본 적이 없을지라도) 저를 거의 빈털터리로 만들었습니
다"[122] 라고 적은 바 있다.

팔라초 바르바리고 델라 테라차

리알토 다리 방향으로 조금 더
가다 보면 리오 산 폴로로 가는 입구 옆의 산 토마*San Tomà*
선착장 가까이에 팔라초 바르바리고 델라 테라차*Palazzo
Barbarigo della Terrazza*(현재 독일학 센터)가 있다. 릴케는 이곳
을 1907년에 방문했다. "당신이 이 플랑드르 벽걸이 양탄자
에 비치는 베네치아의 오후 햇빛을 봤어야 하는 건데 아쉽
구려. 과도하게 내리쪼이며 반짝이는 햇빛은 스스로를 억제
하면서 양탄자의 가장자리를 파고들어 화려한 바로크풍으

로 꽃을 수놓고 조각하였다오. 긴 회랑에는 보라색 의상을 걸친 추기경들과 자주색 옷을 입은 대리인들 그리고 완고하고 냉혹한 표정의 장군들의 고귀한 초상화들이 걸려 있었고 그 아래쪽에는 육중한 백마가 앞발을 쳐들고 있었소. 그 방을 나와 대리석으로 만든 테라스로 갔소―이것이 나에게 어떤 의미를 가지는지 당신은 짐작할 수 있을 거요."[123]

릴케는 여기에서 아마도 자신이 쓴 소설 『밀데의 수기』를 떠올렸던 것 같다. 이 소설의 한 장면은 베네치아의 어느 살롱을 배경으로 전개되는데, 아마도 팔라초 바르바리고에서 영감을 얻은 것으로 보인다. 릴케가 베네치아를 시적으로 표현하고 있는 이 부분은 비록 많은 사람들에게 널리 알려져 있지만 대개는 다음 인용의 후반부에 국한되어 있다. 전반부에서 시인은 베네치아 관광객들을 격렬하게 비난하고 있다.

"어느 가을, 베네치아에서였다. 지나가던 외지인들이 낯설기는 마찬가지인 그 집의 여주인 주변으로 일시적으로 모여드는 그런 살롱 가운데 하나였다. 이 사람들은 찻잔을 들고 이리저리 어슬렁대고 있었으며, 상황을 잘 알고 있는 옆사람이 은근슬쩍 문 쪽으로 돌아보게 하여 베네치아식으로 울리는 이름을 속삭여줄 때마다 이들은 감탄해마지 않았다. 이들은 극단적인 이름에도 태연했으며 어떤 이름에도 놀라지 않았다. 왜 그런고 하면 이들은 평소 절약이 몸에 배어 경험조차도 아끼려 들지만, 이 도시에서는 터무니없는 가능성에라도 태연히 빠져들 준비가 되어 있기 때문이다. 익숙한 일상에서 그들은 비범한 것과 금지된 것을 항상 혼동한다. 그래서 이제 받아들일 준비가 된 놀라운 것에 대한 기대가 그들의 얼굴에 뻔뻔하고 거리낌 없이 드러나 있다. 그들이 고향집에서 연주회에서나 또는 혼자 소설책을 읽을 때 순간적으로만 느낄 수 있는 그런 느낌을 비위를 맞춰주는 이런 환경에서는 당연히 누려야 하는 처지라는 표정을 짓고 있다. 전혀 준비 없이, 아무런 위험도 감지하지 못한 채 음악의 치명적인 고백이나 무분별한 육체적 행동에 자극받듯이 그들은 베네치아의 실상에 조금도 대처하지 못한 채 곤돌라의 유익한 무기력함에 몸을 내맡긴다. 더 이상 신혼이 아닌 부부가 여행 내내 서로 독기를 품은 대답만을 하다가도 여기에서는 말없이 원만한 관계가 된다. 남편으로서는 자신의 이상이 지쳐 편안해지고, 자신이 젊다고 느낀 아내는 이빨이 계속 녹아내리는 설탕으로 만들어지기라도 한 듯 이곳의 굼뜬 토박이들에게 활기를 돋우려는 양 미소를 지으며 고개를 끄덕인다. 들리는 말로는, 그들은 내일이나 모레, 아니면 주말쯤 이곳을 떠난다고 한다. (……)

곧 추워질 것이다. 외국인들의 편견과 욕구로 만들어진 부

아름다운 모체니고 백작부인이 카날 그란데에 인접한 궁전에서 열리는 파티에 초대하면, 숫기 없는 시인 릴케도 기꺼이 참석했다.

드럽고 마취제 같은 베네치아는 몽롱한 그들과 함께 사라질 것이다. 그리고 어느 날 아침 다른 베네치아가, 현실적이고 깨어 있으며 깨질 정도로 연약한 전혀 몽상적이지 않은 베네치아가 여기 있게 될 것이다. 즉, 가라앉은 숲 위 아무것도 없는 한가운데서 원했고 강제했고 그리하여 마침내 철저하게 존재하게 된 그런 베네치아가. 필수불가결한 것에만 제한된 단련된 육체, 그 육체에 밤에도 깨어 있는 아르세날레가 일을 하여 피를 공급했다. 그리고 이 육체에 배어든 지속적으로 확장되는 정신. 이 정신은 좋은 향이 나는 나라의 향기보다 더 진했다. 궁핍한 상황에서 소금과 유리를 여러 민족의 보물과 교환했던 이 암시적인 국가. 장식 속까지 점점 더 섬세한 신경조직을 갖춘, 잠재적인 에너지로 가득 차 있는, 세계의 아름다운 균형추가. 그런 베네치아가 존재하게 될 것이다."[124]

팔라치 모체니고

릴케가 이 구절을 썼을 무렵 그 자신도 베네치아에서 낯선 사람이었다. 수 년 뒤에야 그는 베네치아 *사교계*에 속할 수 있었다. 『회상록』에서 마리 폰 투른 운트 탁시스는 다음과 같이 적고 있다. "그는 베네치

팔라초 바르바로ㅡ볼코프(왼쪽)에서 릴케는 소유주인 볼코프-무롬초프 공작과
현대 예술에 관해 밤새도록 격론을 벌였다.

아의 게으름에 감염된 듯 느끼고는 극복되지 않는 무기력함과 지속적인 피로에 대해 어느 정도 한탄했다. 그래서 그는 '거울 속의 이미지와 같은' 존재로 안일하게 소일했으며 자신을 매우 지루하게 만드는 낯선 사람들을 피했다. 그러나 때때로 고풍스럽고 멋진 팔라초에서 생활하는 베네치아 사교계의 여성들을 보는 것을 즐겼다. 특히 한때 바이런 경이 거주했던 그 팔라초의 매력적인 여주인이 빼어난 용모와 기품 있는 태도로 그를 매혹시켰을 때 그러했다."[125] 그 여성은 릴케가 이미 처음으로 곤돌라를 타고 카날 그란데를 여행했을 때 감미로운 이름으로 깊은 인상을 주었던 그 가문 출신이었다. 그녀는 모체니고 백작부인이었다. 모체니고 가문은 (오늘날 복식사 박물관이 속해 있는 그 궁전 외에도) 대운하에 인접해 있는 세 채의 화려한 건물을 소유하고 있었는데, 카 모체니고 베키오*Ca' Mochenigo Vecchio*와 팔라초 바르바리고 델라 테라차*Palazzo Barbarigo della Terraza* 비스듬히 건너편에 있는 두 채의 팔라치(역주: '팔라초'의 복수 형태) 모체니고*Palazzi Mocenigo*가 그것이었다. 이 궁전들 가운데 한 곳에 바이런 경이 1818년부터 1819년까지 살았다. 이 가문은 문학살롱의 전통을 이끌어왔는데 이 전통은 릴케 시대까지도 지속되었다. "저는 그(러시아 화가 볼코프)를 어제 모체니고 백작부인의 저택에서 보았습니다. 전

정신을 가다듬었습니다. 처음에는 굉장히 안락하다는 느낌이 들었지만 나중에는 문득 이런 사치도 있을 수 있구나라는 생각이 들었습니다. 그와 나는 조용히 문을 열었습니다. 앞쪽의 어두컴컴한 아름다운 방에서 발렌티네 백작부인이 저를 멈추게 하더니 단호하게 저와 함께 다시 되돌아가는 것이었습니다. 그녀는 매우 권위적으로 그렇게 했지만 불쾌한 기분이 조금도 들지 않았습니다. 그녀는 제가 하는 작업에 대해 상당한 관심을 가진 듯이 보였습니다. 또한 그녀는 그 자리에서 시를 읽어달라고 했습니다―한마디 덧붙이자면 저는 그녀가 약간 두려웠습니다. (……) 표현하기가 쉽진 않습니다만 모체니고 백작부인의 존재나 겉모습에서는 경쾌함이 풍겼습니다."[126]

저녁의 살롱 모임에 대해 릴케가 1920년에 쓴 편지를 보면 이전의 언급과는 사뭇 다르다. "누군가 왔다고 알리지도 않습니다. 사람들은 매우 반짝이는 작은 음료수를 들고 들어왔다가 나가곤 합니다―사교 모임이 오락에 빠진 듯이 보이면 어느 곳이든 지루하듯이 아무튼 지루하기 짝이 없습니다. 그 오락은 그저 습관일 뿐이기 때문입니다."[127]

팔라초 바르바로-볼코프

팔라초 바르바리고 델라 테라차 *Palazzo Barbarigo della Terrazza* 가 있는 쪽에서 산 마르코 *San Marco* 방향으로 가다가 산타 마리아 델라 살루테 성당 바로 직전에 팔라초 바르바로-볼코프 *Palazzo Barbaro-Wolkoff* 가 붉은색의 수려한 자태로 자리하고 있다. 1912년 초여름 릴케는 이곳에 손님으로 자주 방문했다. 당시의 소유주는 이 건물을 유산으로 물려받은 러시아의 화가 알렉산더 볼코프-무롬초프였다. 그는 릴케가 친밀하게 교유했던 몇 안 되는 사람 중 하나였다. 릴케는 이 화가를 두이노에서 처음 알게 되었는데, 두 사람은 모두 동시대 예술에 대단한 관심을 가지고 있었다. 1912년 5월 릴케는 그에게 '내방'을 알렸다. "볼코프 씨의 집에서 저는 긴 저녁시간을 보냈습니다. 그는 제 존재를 증명할 수 있는 어떤 증거를 원했습니다. 전 의사에게 혀를 보여주는 심정으로 저의 시 「표범」을 낭송했습니다. 물론 조악하게 말이지요."[128]

그들은 자주 만났으며, 물론 모체니고 백작부인의 살롱에서도 만났다. 하지만 이들의 관계는 절대로 단순한 관계는 아니었다. "어제는 세잔에 관해 볼코프와 짧은 접전을 벌였습니다"라고 릴케는 후작부인에게 보내는 편지에서 밝히고 있다.[129] 온유한 시인의 성격에 비추어 보건대 이것은 흔치 않은 사건이었다. 어느 때의 그는—루돌프 카스너의 말을 빌리자면—"어떤 종류의 토론이라도 좀처럼 벌이기 어려운" 사람이기 때문이다.[130] 그러한 격론에도 볼코프는 기분 나빠 하지 않았다. 오히려 그는 릴케에게 자기 집에 와서 살라고 제안하기도 했다. "그저께는 그가 저에게 자기 집을 구경시켜 주었는데 위층에는 아름다운 방이 있었습니다. 그러더니 갑자기 저에게 이런저런 사용설명서를 내밀었습니다. 마치 제가 가장 잘 사용할 수 있다는 듯이 말이지요. 어제 그는 대단히 진지해 보였는데, 부정적인 대답은 절대 받아들이지 않겠다는 인상이었습니다. 나중에 언제고 제가 편할 때 오기를 바란다는 말로 우리의 대화는 끝이 났습니다……. 그리고 오늘 그는 여행을 떠났습니다. 이 오만함으로의 새로운 유혹을 피해 저는 당신께로 도피합니다(……)."[131] 오만함이 아니라 인간적인 실용주의에서 릴케는 그곳으로부터 몸을 돌렸다. 까다로운 사람과 함께 생활하느니 차라리 잘 알고 있는 후작부인의 집에서 사는 편이 좋았기 때문이다. "그러나 거절을 허용하지 않고 재촉하는 볼코프가 카날 그란데에 인접한 매혹적인 작은 궁전에 들어와서 살라고 제안했을 때 우리의 가련한 친구는 놀라서 거의 병이 날 지경이었다. 그래서 그는 내 집으로 도피할 수 있겠는지 알기 위해 즉각 편지를 썼던 것이다."[132]

한편, 이곳에서는, 정확히 말하자면 볼코프가 릴케에게 보여주었던 예의 그 아름다운 공간에서 한때 당시 가장 유명한 배우였던 엘레오노라 두제Eleonora Duse가 살았었다. 그녀는 1894년부터 1897년까지 그 방을 임대했다. 심지어 『배데커』 안내서에도 그 사실이 소개될 정도였다. 그녀와 어렵사리 사랑에 빠지게 된 볼코프가 그린 그녀의 초상화는 바로 이 무렵에 완성되었다(이 초상화는 그가 유일하게 잘 그린 그림이라고 언젠가 후작부인이 의기양양하게 말한 적이 있다).

라이너 마리아 릴케가 1912년 베네치아에서 엘레오노라 두제를 만날 때까지 그녀는 그에게 위대한 우상이었다. 그녀와의 만남은 그의 베네치아 체류 동안 일어난 가장 멋진 일 중의 하나였다. 비록 예술적으로는 생산적인 여름이 되지 못해 매우 힘들었지만 말이다. 두 사람의 만남은 1912년 7월 1일 후작부인의 두이노 모임에 참석하던 인물인 이탈리아의 작가 카를로 플라치의 소개로 이루어졌다. "가장 멋진 일을 빨리 말씀드리겠습니다. 제가 먼저 아무 짓도 하지 않았음에도 두제가 저를 만나고 싶어 합니다. 십 년 전부터 저의 가장 큰 소망 중의 하나가 그녀를 만나보는 것이었습니다. 이제 그런 일이 벌어졌습니다. 아무도, 심지어는 저까지도 꿈에서도 생각하지 못한 일이 벌어진 것입니다. 부지불식간에 우리 단둘이서 별들과 보조를 맞추어 걸은 일이

팔라초 바르바로-볼코프의 테라스에 있는 엘레오노라 두제

그런 일들 중의 하나입니다. 그녀는 이곳에서 저의 집에서 몇 걸음밖에 떨어지지 않은 곳에 살고 있어서 우리는 굉장히 자주 그리고 편안하게 만났습니다. 그녀는 요즈음이 바로 옛날부터도 이렇게 될 수밖에 없었던 바로 그 시간임을 인정하는, 인간으로서는 가지기 힘든 엄청난 인내심을 소유하고 있습니다."[133]

10년 이상 릴케는 이 여배우에 열광했다. 심지어 젊었을 때 그는 그녀에게 『백의의 후작부인』이라는 희곡을 헌정하기도 했지만 이 작품은 무대에 올려지지는 않았다. 전반적으로 보아 릴케의 희곡작가 경력은 매우 짧았으며 평범한 정도의 성공밖에 거두지 못했다. 하지만 그의 연극에 대한 사랑과 두제에 대한 경탄은 남아 있었다. 그에게 연극배우 두제는 비극적인 것의 정수였다. 비극은 그녀의 비길 데 없이 탁월한 연기력 때문이기도 하지만 전 유럽을 풍미했던 그녀와 다눈치오와의 사랑 이야기에 기인한 것이기도 했다. 1894년 5월 (다눈치오가 묵었던) 호화로운 호텔 *다니엘리 Danieli*에서 시작되었다가 1900년 문학적 스캔들로 끝난 베네치아의 사랑 이야기. 이들은 어울리지 않는 한 쌍이었다. 다섯 살 더 젊은 다눈치오는 야심만만한 작가였고 그때까지 바람둥이로 이름을 떨치고 있었으며, 두제는 진정 세계적인 명성을 얻은 여배우였다. 대단한 열정과 성과가 많은 예술적 공동작업—무엇보다도 다눈치오에게 그러했다. 그는 그녀를 위해 희곡을 썼고 그녀는 공연을 위해 필요한 경비를 지불했다. 드라마들은 대단한 극적 효과가 있는 것들이 아니어서 기껏 그녀의 탁월한 연기력으로 버텨야 했기 때문에 그녀는 전 재산을 잃고 말았다. 로마 귀족 가문의 여성 때문에 다눈치오는 그녀를 떠났는데, 이 사실을 엘레오노라 두제는 신문을 보고서야 알게 되었다. 그것으로는 충분하지 않았다. 다눈치오는 그녀를 공공연히 타박했다. 1900년에 발간한 관능적인 소설 『격정』은 베네치아를 무대로 삼고 있는데, 이 소설에서 그는 두제를 나이 들어가는 인기 여배우로 상당히 야비하게 그리고 있다. 그녀는 어느 친구에게 보내는 편지에서 "그는 나를 시장통의 동물처럼 남에게 보여주었다"고 표현한 바 있다.[134]

희생자이자 탁월한 예술가로서의 이 여성—이 여성에게 릴케는 말을 걸어보지 않을 수 없었다. 1905년 로댕의 비서로서 릴케는 그녀에게 편지를 보내보았으나 답장을 받지 못했다. 1906년 릴케는 카를 폰 데어 하이트에게 상당히 소심한 말로 그녀와의 만남을 주선해달라고 부탁했다. 당시 유명한 스타였던 엘레오노라 두제는 객원 배우로 베를린에 머물고 있었다. 폰 데어 하이트가 친구를 위해 두 팔을 걷어붙이고 나서지도 않았지만 릴케도 외출할 수 없을 정도로

심한 치통에 시달렸기 때문에 만남은 또다시 수포로 돌아 갔다. 우리의 시인이 그토록 많은 시도를 한 후에도 그리고 그토록 많은 시간이 지나간 후에도 열광적인 태도가 식지 않은 것은 이해가 갈 만도 하다. "우리는 위아래로 놓여 분 수를 형성하고 있는 두 개의 수반(水盤)처럼 서로 얼마만 큼이나 계속하여 비켜갈지를 보여주기만 할 뿐이었습니다. 하지만 우리가 어떻게든 그 찬란한 아름다움, 그 충만한 상태에 대해 의견 일치를 보았음을 막을 도리는 없었습니 다. 우리들 위로 솟구쳐 올랐다가 떨어지는 (아직도 여전히) 그래서 꽉 채워주는 생동하는 수직의 빛줄기를 아마 우리 는 같은 순간에 떠올렸는지도 모릅니다—."[135] 이러한 릴케 의 편지에 대해 후작부인은 매우 절제하는 반응을 보였다. "당신이 두제를 만났다니 매우 기쁜 일이로군요—당신의 모습을 충분히 상상할 수 있습니다—물론 얼이 빠질 정도 로 기뻐했겠지요—그 여자는 시인을 열광시키는 데 성공했 군요."[136] 그러나 후작부인은 내심 다르게 생각했다. "예기 치 못한 재앙이—엘레오노라 두제라는 형상으로!—들이닥 쳤을 때 나는 마음을 진정시켰다. 이제 가련한 세라피코에 게 평화는 더 이상 없겠구나. 그는 곧 둘만의 마법의 원 속 으로 들어갔다. (……) 나는 두제를 잘 알고 있었다. 그녀가 나에게 속내를 털어놓던 그 순간에 그가 그녀를 보았더라면. 그녀는 놀랍고도 탁월한 존재이긴 하지만 그러나 다른 한편―절망적인 존재이기도 했다. 병들고, 늙어가는, 매우 불행한 여인이었다." 물론 후작부인도 호기심이 생겨 릴케에게 이렇게 부탁했다. "세라피코 박사, 그 일에 관해 자주 알려주세요. 카스너도 엘레오노라 달레 벨레 마니*Eleonora dalle belle mani*(역주: 아름다운 영혼 엘레오노라)를 소개해주기를 바라고 있네요. (……)"[138]

7월 내내 릴케와 두제는 매일 만났다. "그 무렵 두제는 자주 내게로 왔습니다―그녀는 아주 가까운 곳에 살고 있었지요. 한번은 그녀가 타고 있는 곤돌라가 석호에서 제 집이 있는 운하로 접어드는 것이 보였습니다. 책상 앞에 앉아 있던 저는 그녀를 알아볼 수 있었지요."[139] 그 배우는 이제 *팔라초 바르바로―볼코프*가 아니라 *차테레*의 메자닌 가까운 곳에 살고 있었다. 그녀는 시인을 자주 저녁식사에 초대하곤 했다. 함께 수다도 떨고, 소풍도 갔으며, 곤돌라를 타고 여기저기 다니기도 했다. 그 자리에는 항상 리나 폴레티가 동석했다. 그녀는 젊은 여성주의자이자 작가였으며 두제의 애인이기도 했다(후작부인은 편지에서 그녀를 경멸적으로 'P부인'이라고 불렀다). 또한 그녀는 몇 년 전부터 두제를 위한 드라마를 쓰고 있었다. 이따금씩 베를린의 인기배우인 알렉산더 모이시도 그 자리에 합석했다. 그는 햄릿 역으로 독일 연극계에서 유명세를 떨치고 있던 인기스타였다. 그는 엘레오노라 두제를 막스 라인하르트의 연극에 출연시키려고 애를 썼다. 그는 활기차고 떠들썩한 사람이었는데 릴케에게는 너무나 성가신 존재였다. "모이시가 …… 돌진해 들어왔고, 밀고 들어왔고, 들이닥쳤습니다."[140]

다른 사람들도 릴케를 성가시게 했지만 두제 또한 마찬가지였다. 54세의 그녀는 자세히 살펴보게 되면 더 이상 그의 이상형이 아니었다. "지금도 비겁하지만, 전 감히 그녀를 볼 수가 없었습니다. 언젠가 그 돌이 떨어져 나왔던 틀과도 같은 그 건장한 육체, 그녀의 몸이 그토록 넓고 튼튼하다는 것을 알게 된 것은 저로서는 일종의 고통이었습니다. 추하게 일그러진 모습을, 간단히 말하자면 지금은 더 이상 존재하지 않는 것을 보는 두려움은 죄책감이 들게 했습니다. 그래서 저는 그 입술만 기억하고 있을 정도입니다. (……) 그리고 물론 그 미소도 기억하고 있지요. 그 미소는 지금까지 존재했던 가장 유명한 미소 중의 하나임이 분명합니다. (……)"[141] 덧붙이자면 두제는 진정한 디바였다. 그녀는 또한 공연히 법석을 떨기도 했다. 한번은 소풍을 나갔다가 공작새의 울음소리가 자신을 놀라게 했다고 도중에 서둘러 되돌아온 적도 있었다. 어느 날 밤 홀연히 사라지기도 했다. "릴케는 흥분해서 병이 날 지경이었다. 다음 날 아침 두제는 다시 돌아왔다."[142] 릴케는 그녀를 감동적일 만큼 보살폈으며(그는 그렇게 할 수 있었다!) 그녀가 방을 구할 때도 도와주었다. 하지만 두제는 어느 곳에 있든 늘 그곳에 대해 트집을 잡았다. "이제 그녀는 소진되어가고 있습니다. 자기 몸을 망가뜨리고 있습니다. (……) 그녀가 바랐던 집은 찾지 못했습니다. 그녀가 집을 망가뜨리는 건 삼십 분이면 충분했습니다. 심지어 천장까지도 망가뜨려 놓았습니다. 그녀에게서 뿜어져 나오는 기운이 너무나도 날카로워서 마치 그녀 주변에 있는 사물들의 이빨이 우수수 빠지는 것 같은 느낌이 드는 순간에는 함께 있고 싶은 마음이 달아나곤 합니다."[143]

그녀의 기본적인 태도에 대한 실망스런 사랑과는 달리 릴케는 그녀의 예술적인 측면에 대해서는 감탄해 마지않았다. 일상에서의 그녀는 감당하기 힘든 존재였다. 그녀는 되풀이하여 자신을 위한 대본의 진척이 더디다고 언성을 높여 어린 애인과 다투었다. 릴케는 중간에서 한번은 이 사람과 또 한 번은 저 사람과 대화를 하여 화해를 시도했지만 아무런 도움이 되지 못했다. "비난과 통렬함, 비애감과 무력감이 두 사람 사이에서 무럭무럭 자라나 두 사람을 마비시키고 있습니다."[144]

1912년 8월 1일 두 여인은 서로 작별을 고하고 떠나가버렸다. 릴케만 기진맥진해진 채 남겨졌다. "두제와 함께했던 나날들은 정말 기이했으며 덕분에 제 신경은 상당히 과민해졌습니다"라고 릴케는 후작부인에게 편지를 썼다. 이에 대해 그녀는 조금 무뚝뚝하게 다음과 같이 조언했다. "세라피코 박사, 두제는 물론 폴레티까지 떠나간 것을 저는 정말이지 잘된 일이라고 생각합니다. 그렇지 않았더라면 당신은 개미에게 물어뜯기는 심정이 되었을 거예요."[145]

후일 릴케는 여러 차례 그 여배우를 옹호했으며 심지어 그녀를 위해 후원자를 찾아주려고까지 했다―그러나 이런 모든 행동은 먼 곳에서 이루어졌다. 두제가 그의 『마리아의 삶』을 수녀복을 입고 공연하고 싶다고 했을 때 그는 기겁을 하며 거절했다. "첫눈에 그 일은 정말이지 공감이 가지 않았습니다."[146] 그리고 그는 그녀를 절대 다시 만나려 하지 않았다. 1920년 그는 루 안드레아스―살로메에게 다음과 같은 편지를 썼다. "설상가상으로 나는 두제가 아픈 몸을 이끌고 베네치아에서 집을 구하려 했을 때 이런 생각이 들었습니다. 그런 끔찍한 일이 반복된다면 어느 날 홀연히 스위스로 돌아가고 말 것이다라고요!"[147]

군복을 입은 가브리엘 다눈치오, 카제타 로사의 발코니, 1915년

카제타 로사

팔라초 바르바로-볼코프*Palazzo Barbaro-Wolkoff* 거의 바로 맞은편에, 그러니까 카날 그란데 건너편 쪽에 카제타 로사*Casetta Rossa*가 있다. 파사드가 폼페이레드(역주: 갈적색)라서 *카제타 로사*라고 불리는 이 집은 '붉은 작은 집'이란 의미이다. 이 집은 투른 운트 탁시스 후작부인의 남동생인 폰 호엔로에 왕자의 소유였다. "릴케는 내 남동생과 친해졌다. 남동생은 카날 그란데에 인접한 매혹적인 작은 집에 살고 있었다. 릴케와 나는 거의 매일 남동생의 집에 초대받아 갔다. 작고 예쁜 식당의 벽에는 옛날 거울들이 줄줄이 걸려 있었고 거울에는 브렌타 강변의 빌라 풍경이 그려진 귀한 도자기와 오래된 은그릇들이 비쳤다. 운하 반대편에 있는 내 소유의 메차니노(역주: '메자닌'의 이탈리아어)에 대해 감탄했던 릴케는 이 집에 대해서도 마찬가지로 감탄해 마지않았다. (……)"[148] 제1차 세계대전 동안 오스트리아인이면서 또한 베네치아의 적국인인 호엔로에 왕자는 추방당하게 되어 애정 어린 집을 떠나지 않을 수 없었다. 그는 1915년 카제타 로사를 오랜 친구이자 시인인 다눈치오에게 임대했는데, 그는 세인의 주목을 끈 참전론(역주: 다눈치오는 이탈리아가 1차 대전에 참전해야 한다고 주장했다. 1918년 8월 9일 이탈리아인의 사기를 북돋우고

자 비행기에 자신이 제작한 전단지를 싣고 빈 상공을 비행한 것
으로 유명하다)을 펼치기 위해 이곳을 개인적인 본거지로
삼았다.

◇

주데카의 에덴 동산

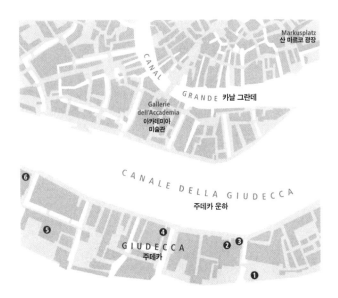

❶ 에덴 정원 ❷ 일 레덴토레 성당 ❸ 칼레 데이 프라티(수도원 정원으로 이어진다) ❹ 트라토리아(=간이식당) 알타넬라 ❺ 콘벤토 델레 콘베르티(=갱생한 매춘부의 수도원) ❻ 스투키 제분소가 있던 자리. 현재 힐튼 몰리노 스투키 호텔

릴케가 선호했던 장소 중의 하나가 *주데카Giudecca*에 있는 *에덴 동산Garten Eden*이었다. 당시에만 해도 이것은 『배데커』에도 실려 있지 않은 유용한 정보였다. "어느 날 갑자기 사람들은 낡은 담에서 흘러넘친 듯한 이 정원을 발견하게 될 것입니다. 이 정원은 오랫동안 잃어버리기라도 했듯이 잊혔다가 몇 년 전에야 어떤 시인(앙리 드 레니Henri de Régnier)이 재발견했습니다. 이 정원은 형언하기 어려운 침묵과도 같아서 이곳에 있으면 사방의 고요함 때문에 귀머거리가 된 듯합니다. 만일 이 정원이 영국 노인(에덴 씨)의 아름다운 정원처럼 바깥에 있는 석호에 인접해 있지 않다면 확장이나 전망은 꿈에도 생각하지 못할 것입니다. 당신은 섬들 가운데 하나인 그리로 가는 배를 타보셔야 합니다(자르디노 에덴, 주데카. 입구에 있는 정원사의 집에서 출입 허락을 받아야 합니다)."[149]

베네치아에서 정원이라니? 물과 대리석과 돌의 도시에서? 베네치아는 초록 도시가 아니라고 생각하는 사람은 잘못 생각하는 것이다. 이곳의 정원들은 높은 담장 너머에 숨겨져 있다. 베네치아의 식물 전통은 풍부하다. 심지어 16세기의 베네치아는 유럽 식물 연구의 중심지였다. 당시 유행했던 정원―동양에서 들여온 유용식물과 약용식물, 이국적인 과일나무, 풀과 야채 등을 이식한 실험정원들—이 그렇게 많이 있던 곳은 어디에도 없었다. 아랍과 인도에서 가져온 원예에 관한 모든 중요한 논문은 이곳에서 번역되었다. 18세기에 궁전의 담 너머에 있던 유용식물을 재배하던 실용정원은 기하학적 형상으로 전지한 나무울타리, 조각상, 분수 등을 갖춘 바로크나 로코코의 루스트가르텐 Lustgarten(여주: Pleasure gardens〔영〕, 휴식을 목적으로 조성한 정원. 산책로, 콘서트홀, 정자, 동물원 등의 시설물을 갖추어 규모가 커지면 유원지 또는 공원으로 불리기도 함)으로 대체되었고, 19세기에는 영국식 정원(역주: '〔영국식〕 풍경 정원'이라고도 함. 엄격한 기하학적 형식 속에 자연을 담으려 했던 프랑스의 바로크식 정원과는 달리 이상적인 자연을 표현하고자 함)을 모방하여 모든 것을 '자연스럽게' 조성했다.

원래 여덟 개의 다리로 연결된 작은 섬인 주데카 섬은 위치상 이미 16세기부터 정원으로 적절한 지역이라 간주되었다. 소란스런 중심가로부터 충분히 떨어져 있으면서도 신속하게 왕래할 수 있는 곳이었다. 귀족들은 이곳에다 빌레자투라 Villeggiatura, 즉 피서를 위해 거대한 공원과 정원이 딸린 여름별장을 지었다. 이곳에다 그들은 지체 높은 손님들을 숙박시켰으며, 이곳에서 그들은 살랑대는 바람을 맞으며 가든파티를 열었다. 그러나 19세기 중반 이후로 귀족들은 여름별장과 저택을 포기하고 물러났으며 정원들은 황폐해졌다. 외국인들이 다시 정원 문화에 관심을 기울이기 시작했다. 영국인 프레더릭 이든Frederic Eden이 바로 그런 사람들 중 하나였다. 그는 1884년 주데카에 수천 평방미터의 땅을 사들였는데, 그 땅은 한때는 전설적인 공원이었으나 당시에는 황폐한 상태였고 조각상들은 파괴되었으며 잡초만이 무성한 땅이었다. 하지만 이든 씨는 짧은 기간 내에 그 정원을 재정비했다. 새 소유주의 이름을 딴 *쟈르디노 에덴 Giardino Eden*(역주: giardino는 이탈리아어로 '정원'이란 뜻)은 이미 세기 전환기 무렵 다시 유명해졌다. 귀족이든, 지식인이든, 예술가든—휴식을 원하고 그리고 정원에 대해 알기를 원하는 사람들이 이곳으로 왔다. 릴케는 베네치아에 머물 때면 언제나 발마나라 부인 또는 후작부인, 때로는 엘레오노라 두제와 함께 이 정원을 방문했다. 두제는 이 정원을 특히 좋아했다.

그러나 이미 릴케 생전에 이 정원은 새로운 위기에 처했다. 릴케는 1920년 나니 분덜리Nanny Wunderly에게 다음과 같이 썼다. "그곳에는 당신이 구해주셔야 할 정원이 있습니다. 소유주인 영국 출신의 미망인이 죽게 되면 그곳에다 공장을 건설할 계획이라고 합니다(이미 그에 대한 협상이 있었습니다). 한때 베네치아의 정원 지역이었던 주데카에는 이

"한때 그토록 매력적이던 주데카 정원들 가운데 마지막까지 살아남은" 에덴 정원

미 산업화가 상당히 진척되었습니다. (……)"¹⁵⁰ 앞서 많은
여름별장들이 포기된 이유는 산업화 때문이었다. 19세기
에 이 지역은 베네치아에서 근대적인 공장이 거의 없는 조
용한 휴양지였으나 양조장과 리큐어 공장이 들어서기 시
작했고 이후 많은 공장이 건설되었다. 가장 인상적인 사례
가 1895년 몰리노 스투키*Molino Stucky* 공장의 건설이었다(덧
붙이자면 하노버의 교수이자 건축가인 에른스트 불레코프*Ernst*
*Wullekopf*가 설계했다). 공장을 지을 때 상당한 논란을 불러
일으켰던 이 공장은 제분소로 시작하여 1955년까지 이탈리
아 최대의 곡물제분소 및 국수공장이었다(역주: 2003년 이
래 이 공장은 380개의 객실을 갖춘 '몰리노 스투키 힐튼 호텔'
로 용도가 변경되어 운영되고 있다). 차테레 맞은편에 위치한
이 거대한 벽돌건축물을 릴케는 1907년에야 볼 수 있었다.

그러나 에덴 정원에는 공장이 들어서지 않았으며 이 정원
은 1966년 해일로 큰 피해를 입기 전까지는 수십 년 동안
세계적인 수준의 현대 정원예술 가운데 하나로 손꼽혔다.
오늘날 이 정원은 베네치아에서 가장 큰 사설 정원이며 소
유주는 훈데르트바서 재단이다(역주: 오스트리아의 예술가
프리덴스라이히 훈데르트바서[1928~2000]는 1979년 에덴 정
원을 인수했다). 물론 이 공원은 겉보기에 이전의 에덴 정

원처럼 보인다. 그럴 것이 사람들은 공원 안으로 들어갈 수 없기 때문이다. 문이 굳게 닫혀 있어 정원사에게 물어볼 수도 없다. 한쪽은 담과 운하이고 다른 한쪽은 감시탑이 있는 감옥(이것 또한 주데카의 특색이다―19세기 중반 이곳에 있던 몇몇 수도원이 교회소와 감옥으로 개조되었다. 예를 들자면 *리오 델레 콘베르티테Rio delle Convertite*에 인접한 예전의 *콘베르티테Convertite* 수도원은 현재 여성감옥으로 사용되고 있다)의 울타리와 맞닿아 있다. *자르디노 에덴*의 뒤쪽은 잔디밭과 황량한 현대적인 공공주택이 있다. 길이 도움이 될까? 릴케는 이미 환히 알고 있었다. "정원은(가장 바깥쪽의 조용한 운하를 이용하여 섬의 항구에 닿습니다) 평평하며 오른쪽과 왼쪽의 가장자리에만 나무들이 있다고 생각하면 됩니다. 그 안에는 정원사가 기거하는 두 채의 수수한 건물 외에는 집도 정자도 없습니다. 그러나 돌로 만든 조각상들이 이곳저곳에 율동적으로 배치되어 있습니다. 이것들은 일련의 잎이 달린 실내장식처럼 서 있는데 빠르게 움직이는 그림자 때문에 지친 듯이 보입니다. 화사한 아치형의 통로에서는 아직은 연약한 7월의 포도나무 잎이 조각상들 위로 드리워져 있습니다. 가장 안쪽 어디엔가 양탄자처럼 푸릇푸릇한 탁한 대리석으로 가장자리를 둘러싼 습지가 있는데, 여기에는 연한 얼룩비단향꽃무, 키가 큰 당아욱, 장미 그리고 티에폴로의 창백한 하늘과 대비되는 새빨갛게 불타는 듯 피어나는 석류 등이 있습니다. 하지만 오래된 담과 전지한 나무울타리로 구분된 이 초록 공간 앞은 진지한 넓은 띠 모양의 잔디밭이 석호의 가장자리를 따라 물과 맞닿아 고독하게 형성되어 있습니다. 우리가 슬픈 자유를 원한다면 그 정원은 기이하면서도 부동하는 정원이 될 것이며, 우리가 그 정원을 내면의 이미지와 동경으로 채우지 않는다면 그것은 텅 비어 있게 될 것입니다. 당신이 그렇게 하고 있다면, 니케(역주: 릴케가 나니 분덜리히에게 사용한 애칭. '승리의 여신'이란 의미), 살그머니 당신 곁으로 다가가 비록 가로수가 늘어선 길은 아닐지라도 제 팔을 당신 팔 위에 다정스레 올려놓고 싶습니다."[151]

*주데카*에는 예전의 정원 문화가 거의 남아 있지 않다. *일레덴토레Il Redentore* 성당(이 성당은 어차피 팔라디오[역주: 안드레아 팔라디오1508~1580, 베네치아의 건축가] 때문이라도 방문해볼 만하다) 옆에 있는 수도원의 정원은 구경할 수 있다. 그곳에다 카푸친 교단의 승려들이―옛날 중세의 실용정원처럼―엉겅퀴, 꽃양배추, 야채 등을 옮겨다 심었고 포도, 복숭아, 사과 등을 재배하고 있다.

기타: 주데카의 식당 랄타넬라

주데카 섬에는 식당 랄타넬라 *L'Altanella*가 있는데 이미 릴케가 살았던 시대부터 좋은 음식으로 정평이 나 있었다. 다눈치오는 전통 베네치아 방식으로 절인 정어리 요리인 '사르데 인 사오르'를 매우 좋아했는데, 이것은 이 식당이 자랑하는 요리 중의 하나였다. 오늘날에도 이곳에서는 베네치아 전통 요리를 고요한 운하 옆의 아름다운 테라스에서 대접받을 수 있다. 한번 방문해볼 만한 가치가 있는 곳이다. 특히 많은 양의 절인 건포도에 그라파(역주: 이탈리아 특산 브랜디의 일종) 한 잔이 곁들여 나오는 '우베타 알라 그라파'는 후식으로 아주 훌륭하다.

◇

아홉 번째 산책

리도

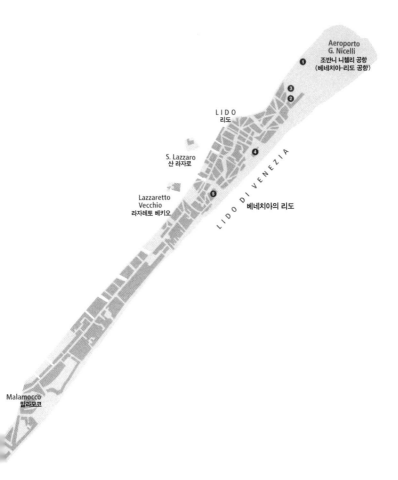

❶ 산 니콜로 교회 ❷ 유대인 묘지 ❸ 기독교인 묘지 ❹ 호텔 데 벵 ❺ 호텔 엑셀시오르

릴케는 다시 한 번 창작의 위기에 처한다거나, 또는 신경과민이 된다거나, 아니면 시로코 열풍이 괴롭힌다거나 하면, 증기보트를 타고 *리도*Lido 섬으로 가는 것, 그 한 가지 방법 외엔 해결책이 없었다. "저는 교회에도 모임에도 가지 않습니다. 오후 내내 리도에서 해변을 따라 거닐었습니다. 섬의 가장 끝인 산 니콜로 요새 근처에는 돌로 만든 제방이 도보로 45분가량 걸리는 거리만큼 바다 쪽으로 뻗어 있습니다. 더 이상 갈 수가 없습니다. 이따금씩 경비초소에서 출입을 허용하지 않을 때도 있습니다. 그러나 만일 더 갈 수 있다면 새파란 공간의 끝까지 달려갈 것입니다. 사방이 반짝이는 탁 트인 곳에서 완전히 혼자서 말입니다. 이것이야말로 진정한 축복입니다."[152]

19세기 중반까지 *리도*는 석호 앞에 있는 길게 뻗은 모래톱에 지나지 않았다. 북쪽에서 이탈리아로 내려온 여행객들 중 많은 사람들이 이곳에서 난생 처음으로 바다를 보았다—예를 들자면 괴테가 그러했다. 그는 1786년 10월 이곳에서 바다를 보자마자 열광했다. "나는 오늘 아침 일찍 수호신과 함께 대지의 혀, 리도로 갔다. 이 섬은 석호를 닿아 바다와 경계를 이루는 곳이다. (……) 나는 커다란 소리를 들었다. 바다였다. 내가 바다를 보자마자 바다는 고개를 쳐들고 해안을 향해 달려왔다. 정오 무렵이 되자 바다는 다시 물러갔다. 썰물 때였다. 이렇게 나는 바다를 내 눈으로 보았다. 나는 부드럽게 흔적을 남기는 아름다운 바닥에서 바다 쪽으로 걸어갔다. 그때 나는 조개 때문에 아이들이 있었으면 하고 바랐다. 나 스스로 어린아이가 되어 조개를 한껏 주워 모았다. (……)"153

130년이 흐른 뒤 릴케가 *리도*를 묘사했을 때는 그런 낙원 같은 자연 상태에 관한 언급은 더 이상 없다. "위치, 즉 자연적인 상태로 보자면 리도는 아무것도 잃을 수가 없습니다만, 리도 자체를, 아, 제가 있는 장소라고 생각하고 물어보십시오. 제가 리도가 아직 탁 트인 포도원과 들판이었던 십오륙 년 전에 리도를 알았더라면 얼마나 좋았겠습니까. 말라모코에서 끝에 있는 벽돌로 만든 파사드가 서쪽을 향하고 있는 산 니콜레토까지 정말 걸어서 수 시간 걸리는 베네치아의 '땅'은 저녁때면 낙조와 석양빛이 사방에서 부드럽게 천천히 반사되는 분위기 속으로 빨려들어갑니다. 아마도 성당 앞의 광장은 아직 이전의 상태가 약간 남아 있을 것입니다. 쾌활한 축제가 수백 년 동안 열려왔던 광장 옆의 작은 잔디밭이 최근 소박한 시골풍으로 저를 감쌌습니다. 아직 텅 빈 알베로 델리 아만티(역주: Albero degli Amanti. 연인들의 나무, 사랑의 나무)가, 거대한 플라타너스가 하늘에 수놓은 듯 황금빛으로 아름답게 형성되어 있습니다. 제가 언젠가 프랑스의 남쪽 끝단에서 한번 보았던 잘 자란 그 나무와 흡사하게 말이지요. 산 니콜레토에서 오다가 풀밭에서 꽃을 찾아다니면 마치 옛날로 되돌아간 기분이 듭니다. 하지만 그때 의외의 흥미진진한 놀라움을 경험하게 됩니다. 작은 숲의 좁은 오솔길로 들어서면 나무딸기 아래 어두운 곳에서 낡은 유대인 묘비들이 연달아 발견됩니다―그러다가 이제부터는 진부하고 무미건조한 질서가 확립됩니다. 히브리인들의 공동묘지가 달갑지 않은 높은 담으로 둘러싸여 있습니다. 사방이 정리되어 있고 공허하며 이미 길에는 공사판이 벌어지고 있습니다. 조금만 더 가면 끔찍한 별장 구역이 베네치아 쪽을 향해 이미 해변까지 우뚝 솟아 있습니다. 해변에는 지나치게 거대한 고층 호텔들이 갑자기 하늘을 차지하고 나타납니다. 건물들은 서른 채의 집을 집어삼켜 뚱뚱해진 것처럼 단조롭기가 짝이 없을 정도입니다. 마치 오백 번이나 잘못 복제한 저 창문들 뒤에서 단 한 명이 숙박해야 할 것처럼 말이지요. 그 사이에 진부하게 배열된 현대식 군용 건물들은 손상된 곳이라고는 전혀 없는 완벽한 상태로 음산함을 풍깁니다. 그만하지요, 그만요. (……) 그러나 물론 멋진 해변도 많이 남아 있고 정원 지역도 여전히 남아 있습니다. 해변에서는 말을 타고 달려갈 수도 있습니다, 끝도 없이 말이지요. (그리고 빛, 찬란하게 빛나는 하늘!)"[154]

리도의 서쪽 해변에 대한 릴케의 상황 묘사는 오늘날에도 여전히 유효하다. *산 니콜로*San Nicolo 주위에 상당한 지역을 차단하고 있는 군사시설들, 유대인 공동묘지는 건설현장이 되지는 않았지만 여전히 울타리로 둘러쳐져 있으며, 많은 아스팔트길이 생겼다. 또한 교회 앞의 광장도 아스팔트로 덮였으며 휑뎅그렁하고 지루하다.

그렇다면 *리도*의 유명한 해변은 어떤가?

릴케는 해변을 워낙 좋아해서 전형적인 베네치아식의 해변 막사인 *카파나*Capanna를 임차하기까지 했다. "저에게 삶은 믿기지 않을 정도로 임시적으로 등장합니다—하지만 저는 오늘 리도에 카파나를 하나 마련했습니다. 아마도 이것은 임시적인 삶에 대해 사소하지만 확정적인 것이 될 것입니다."[155] 릴케에게 문제가 되는 것은 전반적인 실존만이 아니었다. 릴케는 해수욕을 하러 이곳에 왔던 것이다. 수영복을 입은 릴케를 상상할 수 있겠는가? 물론 그러하다! 1897년 볼프라츠하우젠에서 여름을 보낸 이래 그는 채식주의자가 되었을 뿐만 아니라 여러 곳에서 언제나 건강한 생활방식을 영위하려고 노력했다. 1899년에 머물렀던 베를린 슈마르겐도르프에서 그는 도끼로 나무를 쪼개고 맨발로 멀리 숲길과 초원에서 걷는 것을 즐겼다. 두이노 성에서는 겨

리도에 새로 들어선 호화로운 숙박업소에 대해 시인은 몹시 분노했다. 사진은 '호텔 데 벵'

울에 "켄타우로스 양생법"을 통해 심신을 단련했다. 이것은 "육체적으로는 물론이고 정신적으로도 건강에 도움을 주는"[156] 공기욕이다.

1920년에 베네치아에서 *바포레토*가 파업을 했을 때 그는 심하게 불평했다. "바포레토가 일주일 전부터 파업을 유지하고 있는 것 외에는 새로운 소식이 더 이상 없습니다. 찌는 듯이 더운 날에는 리도로 도피하여 해수욕을 기분 좋게 즐겨야 하는데 그러지 못하니 여간 짜증스러운 게 아닙니다."[157]

19세기 중반부터 *리도*의 특징이 된 호사스런 해변 생활을 시인은 물론 탐탁스레 여기지 않았다. 릴케는 고독을 더 좋아했다. 그의 *카파나*는 호화로운 대형 호텔에 투숙하고 있는 부유한 관광객들의 번잡함에서 벗어난 해변의 가장 끝에 자리하고 있었다. 이것에 관해 더 많은 체험을 하고자하는 사람은 토마스 만의 작품을 읽어보는 것이 제일 좋다. 릴케도 그렇게 했다. 『베니스에서의 죽음』이 1912년 발간되자마자 그는 즉시 이 소설을 구입했다. 토마스 만은 이 작품에서 무엇보다도 1911년에 데 뱅 호텔*Hotel Des Bains*에서 묵었던 경험을 담았다. "그(구스타프 아센바흐)는 (……) 자신이 임대한 해변 막사를 배정받고 모래사장에 설치된 판자 바닥에 책상과 의자를 갖다놓게 했다. 그는 해변의자를 노르스름한 모래가 있는 바다 쪽으로 조금 더 밀어낸 다음 그 위에 느긋하게 몸을 뉘었다. (……) 단조롭고 얕은 바다가 첨벙대는 아이들과 수영하는 사람들 그리고 두 팔로 머리를 괴고 모래사장에 누워 있는 형형색색의 사람들 덕분에 생기를 띠었다. 또 다른 사람들은 빨간색과 파란색으로 칠한 용골이 없는 작은 보트를 젓다가 뒤집혀서 웃고 있었다. 길게 늘어선 카파나 앞에 설치된 판자 바닥에는 사람들이 작은 베란다에서처럼 앉아 있었다. 활발하게 움직이며 놀이를 하는 사람들, 사지를 쭉 펴고 늘어지게 휴식을 취하는 사람들, 서로 만나 수다를 떠는 사람들, 과감하면서도 편안하게 해변의 자유를 누리는 알몸의 사람들, 그리고 이들 옆에는 조심스럽게 아침의 운치를 즐기는 사람들도 있었다."[158] 이러한 묘사에 릴케는 흠뻑 빠져버렸다. 그는 소설의 전반부를 극찬해 마지않았다. "제가 읽은 토마스 만의 베네치아 소설 (……) 전반부는 놀라운 감동 그 자체였습니다. 그것은 탁월한 프락투어체(역주: 독일 고유의 장식 인쇄체)였으며, 거의 베네치아사람이 되다시피 한 저에게 특별한 매력이 있었습니다."[159] 이와는 달리 나중에 읽은 후반부에 대해서는 놀랍게도 날카롭게 비판했다. "생각해 보십시오(그것과 씨름하느라 틀어박혀 보낸 시간이 중요하지 않겠습니까?), 그와는 달리 『베니스에서의 죽음』 후반부는 당혹스러웠습니다. 저는 아직도 그 소설을 다시 집어들 마음이 내키지 않습니다. 확실히 이 작품은 과정임에 틀림없습니다. 숙명적으로 해소되고 해체되는 가운데 인광(燐光)을 뿜는 것이 말하자면 유일한 광원입니다. 그 빛 속에서 진행되고 있는 것이 인식될 수 있습니다. 또한, 윤곽이 계속해서 부여되는 것이 아니라 오히려 서로 뒤섞여 움직이는 안개와 냄새와 혼탁함만이 존재합니다. 이 모든 것을 저는 완전히 파악했습니다. 그러나 마치 독자에게 모든 것을 받아들일 수도 있는 어떤 관점도 제시하지 않으려 한 것처럼 보이는데 그 이유를 저는 모르겠습니다. 전반부에서 그토록 탁월했던 이야기하는 재주가 여기 후반부에서는 더 이상 드러나지 않고 있습니다. 그것은 흘러서 모든 것에 스며듭니다. 엎지른 잉크처럼 점점 더 크게 번져가는 것이 보입니다."[160]

한마디 덧붙이자면 오늘날 관광객은 카파나를 그렇게 쉽게 빌릴 수 없다. 수 세대 동안 대부분의 해변 막사는 베네치아 귀부인들의 손아귀에 확고하게 들어가 있었다. 사실 이곳에서 연로한 귀족이라도 만난다면 유감스런 일이 될 것이다. 예를 들자면, 발마라나 백작부인은 엑셀시오르 호텔

*Hotel Excelsior*의 전용 구역에 *카파나*를 하나 임대했다. 최고 등급의 이 작은 나무집을 두 달 간 사용하는 비용으로 그녀는 7,000유로를, 그리고 데 뱅 호텔에서 빌리는 비용으로는 5,000유로를 지불했다. 심지어 해변에서 볼품없는 아래쪽에, 호텔도 없는 곳이라고 해도 최고 등급의 *카파나* 하나를 임대하는 비용은 2,700유로에 달한다. 자진해서 베네치아인이 된 페트라 레스키의 아름다운 글을 찬찬히 읽어보면 이러한 사실을 잘 알 수 있다.

해변에서의 호사스런 생활을 즐기려는 사람에게 제안을 한다면 데 뱅 호텔에서 접이식 해변의자와 파라솔을 빌리라는 것이다. 비싸긴 하지만 하루 단위로 빌릴 수 있다. 그 의자에 누워 릴케를 읽어보라. 한때 마를레네 디트리히가 그랬던 것처럼 말이다. 1937년 나치 때문에 할리우드에서 독일로 들어올 수 없었던 이 여배우는 딸 루트 마리아와 전남편 루디 지버 그리고 전 애인 요제프 폰 슈테른베르크와 함께 휴가를 리도의 데 뱅 호텔에서 보냈다. 어느 날 아침 그녀는 호텔 앞의 해변에서 『서부전선 이상 없다』로 세계적인 명성을 얻은 작가 에리히 마리아 레마르크를 만났다. 베를린 태생의 레마르크는 1933년 나치가 그의 작품을 분서갱유한 이래 마를레네 디트리히처럼 미국에서 살았다. 마를레네 디트리히는 지적인 남자를 좋아했으나 레

마르크는 호텔에서 이 은막의 스타를 지금까지 모르는 척했었다. 그녀는 회고록에서 이때의 상황을 다음과 같이 말하고 있다. "나는 라이너 마리아 릴케의 책을 겨드랑이에 끼고 앉아서 읽을 만한 볕이 좋은 자리를 찾고 있었다. 레마르크가 나에게 다가와서 책의 제목을 보더니 상당히 빈정거리는 투로 "보아하니 좋은 작가를 읽으시는군요"라고 말했다. 나도 마찬가지로 반어적으로 응대했다. "시 몇 편을 낭독해드릴까요?" 언제나 회의적인 그의 눈초리가 나를 향했다. 그는 나를 신뢰하지 않았다. 여배우가 시를 읽는다고? 「표범」, 「레다」, 「가을날」, 「진지한 시간」, 「유년 시절」 등 내가 좋아하는 시들을 읊어주자 그는 깜짝 놀랐다. 그는 "우리 어디 다른 곳으로 가서 이야기를 좀 나누어볼까요"라고 말했다. 나는 그를 따라갔다. 나는 그를 따라 파리까지 갔다. (……)"[161]

마를레네 디트리히에게 릴케는 사랑을 목적으로 하는 수단 이상이었다. 이미 어린 소녀 시절부터 그녀는—그녀 세대의 많은 사람들이 그러했듯이—이 시인에게 열광했다. 그녀는 시를 낭송하기 위해 우선 배우가 되었다(적어도 그녀는 이렇게 밝히고 있다). 하여간 그녀의 방대한 장서에는 릴케의 작품이 열아홉 권이나 있었다. 그녀는 마지막 순간까지 릴케를 읽었고 1987년에 마지막 시집을 구입했다. 80세가 넘어서도 그녀는 독일 라디오 방송국에 〈마를레네 디트리히가 읽는 유대 유머〉와 〈마를레네 디트리히가 낭송하는 괴테와 릴케의 애송시〉를 녹음하자고 제안했다. 자유 베를린 방송국은 1만 달러의 사례금을 대가로 제시하면서 릴케의 시만 낭송해주기를 원했다. 보수가 적었기 때문인지, 아니면 두 프로젝트를 모두 원했기 때문인지—마를레네 디트리히는 결국 릴케 시를 녹음하지 않았다.

◇

산 폴로 구역,
프라리-교회,
카 레초니코

❶ 페스케리아(＝어시장) ❷ 에르베리아(＝채소시장) ❸ 산 폴로 광장 ❹ 산타 마리아 글로리오
사 데이 프라리(이 프라리) 성당 ❺ 카 레초니코 ❻ 바카로(＝포도주 주점) 도 모리 ❼ 파파도
폴리 정원

릴케는 베네치아의 평범한 사람들의 일상에는 전혀 관심이 없었지만 이 도시의 예술적 성격에는 지대한 관심을 보였다. 또한 자신의 일상 중 대수롭지 않은 부분에 대해서도 그는 많은 글을 남기지 않았다. 1920년 여름 베네치아를 마지막으로 방문했을 때에야 비로소 그는 목적 없는 산책, 쇼윈도 구경, 복권 게임, 쇼핑 등 사소한 체험들을 기록했다. 물론 이러한 수기(手記)들도 고도로 양식화된 것이다. 릴케는 결코 '단순하게 그렇게' 쓰는 법이 없었다. 베네치아 일상에 대한 그의 스케치는 대가답게 노련하게 구성되어 당초무늬 장식 같은 인상을 준다. "사람들이 '본다'고들 하는데 저는 거의 아무것도 '보지' 못했습니다. (……) 지금 저는 불안하게 호텔방에서 시간을 보내고 있습니다. 저는 좁은 골목길들을 지나고 계단이 있는 다리를 올라갔다가 내려갑니다. 다리에서 어깨가 기운 키 작은 베네치아 여인들이 검은 천을 두르고 다가옵니다. 붉게 또는 흑백으로 풍화된 궁전 앞에 놓인 거울의 내부처럼 투명한 공기 때문에 반신상처럼 겨우 절반쯤만 보입니다. 생전 처음 보는 투명한 공기, 공간적인 차원이라고는 거의 없습니다."[162] 유감스럽게도 릴케는 구체적인 장소를 거의 언급하지 않고 있기 때문에 우리는 분위기를 묘사한 그의 스케치를 체계적인 산책에서 '잘라낼' 수 없다. 그래서 릴케가 아무런 목적도 없이 베네치아의 가장 작은 구역(역주: 베네치아는 산 크로체, 산 폴로, 도르소두로, 산 마르코, 카나레조, 카스텔로 등 6개 구역으로 구분된다. '세스티에레'는 구역 또는 지역이라는 의미)인 *세스티에레 산 폴로Sestiere San Polo*로 추정되는 지역을 이리저리 걸어다녔듯이 우리도 그렇게 해보자고 제안하고 싶다.

(리알토 다리가 있는) 산 폴로 구역은 옛날에는 보석, 향료, 비단 등 동방에서 오는 귀중품을 거래하는 베네치아 무역의 중심지였다. 20세기에는 그 자리를 과일 과게, 채소 가게, 기념품 가게 등이 차지하고 있다. 어시장(페스케리아)과 채소시장(에르베리아*Erberia*)은 그대로 남아 있는데, 이곳은 릴케에게서 영감을 받은 아침 산책의 출발점으로 삼기에 적절하다. 여기에서 출발하여 산 폴로 광장*Campo San Polo*을 거쳐 티치아노의 그림으로 유명한 *산타 마리아 글로리오사 데이 프라리Santa Maria Gloriosa dei Frari* 교회(예술품이 없었다면 릴케는 가지 않았을 것이다)를 향해 걸어가보자. 이 산책은 베네치아에서 가장 아름다운 박물관인 카 레초니코*Ca' Rezzonico*에서 끝난다.

에르베리아와 페스케리아

릴케는 마지막 베네치아 여행 동안 가장 다채로운 글 중의 하나를 썼는데 그것은 과일을 꾸밈새 있게 배열하는 이탈리아 사람의 기술에 관한 글이다. 보는 이로 하여금 감탄을 자아내게 하는 이 기술은 오늘날에도 에르베리아나 *페스케리아*와 같은 베네치아의 시장에서 볼 수 있다. "감시하는 운명이 저를 그 순간 베네치아의 과일가게 주인으로 변화시키지 않은 것이 놀랍습니다. 이 모든 복숭아와 자두를 오후까지 신선함이 유지되도록 세심하게 관찰하는 직업, 그것은 사랑이 아닐까 싶습니다. 그리고 이미 완전히 시들어서 도착한 속이 꽉 찬 무화과들. 이런 근심스러울 데가. 이 무른 과일이 서늘하다고 착각하게 하려면 어떻게 해야 할까요? 라플란드의 동화라도 읽어주어야 할까요? 갖가지 종류의 '발명'을 좋아하는 이탈리아인은 환풍기가 웅웅 돌아가도록 합니다. 마치 대중 연설가처럼 말이지요. 여러 가게에서는 미친 듯이 돌아가는 팬에 종이테이프를 붙여놓습니다. 그러면 이 테이프는 과일들 위쪽에서 수평으로 나부끼면서 파리를 쫓아내게 됩니다. —그런 어둑어둑한 상점의 배후에는 공기를 회전시키고 움직이게 하는 통합 시스템이 작동하고 있는 듯합니다. 진짜 바람은 알아볼 수 없는 곳에 은신해 있다가

수천 년의 전통을 간직한 어시장. 카날 그란데에 인접한 어시장(페스케리아)

어둠 속에서 어떤 고양이의 삶이나 혹은 과일을 사러 온 베네치아 소녀가 갑자기 올려다보는 광경을 생각해보세요. 그녀의 편에서 보자면 그녀는 선택한 과일의 광채를 창백한 얼굴과 반짝이는 눈으로 전달하는 달의 여신입니다."[163]

산 폴로 광장

다음에는 산 폴로 광장으로 가보자. 이 광장은 베네치아에서 두 번째로 큰 광장임에도 불구하고 꽤나 평온하며 관광명소로 간주되지도 않는다. 1912년 이 광장은 릴케에게 굉장히 실존적인 고려를 하게 만들었다. "산 피에트로 광장이나 커다란 산 폴로 광장처럼 빨래를 말리고 있는 어떤 광장들은 저에게 어린아이의 눈으로 보는 듯한 착각을 불러일으켰습니다. 그 광장들은 너무나도 크고 고풍스러워 보여서 그 광경 때문에 저는 위축되었고 어쩐지 관망하는 풋내기가 되었습니다. 왜 그런지는 모르겠습니다. (……) 지금은 분명 이전보다 광장에 대해 훨씬 더 많은 연관을 맺고 있습니다. 그러나 제가 그곳에 살고 있다는 생각을 하거나 아무튼 어딘가에 살고 있다는 생각을 하기만 하면 녹아 없어지고 맙니다……. 여전히 저에게는 어떤 광장도 더 이상 존재하지 않은 듯하며, 여전히 저에겐 미래가 공기펌프 아래 놓인 개구리의 실존처럼 사라지고 없습니다."[164]

산타 마리아 글로리오사 데이 프라리

산타 마리아 글로리오사 데이 프라리 교회는 릴케가 1920년에 방문했던 소수의 관광명소 가운데 하나였다. 마침내 이곳에서는 릴케가 좋아하는 그림 중의 하나를 아카데미아 미술관이 아니라 처음 그림이 걸렸던 원래의 환경에서 볼 수 있었다. 그것은 바로 티치아노의 작품인 〈마리아의 승천〉이다. 다시 한 번 성모 마리아를 소재로 삼은 그림이다. 1897년 릴케는 이 작품을 입에 침이 마르도록 칭찬했다. "부드러운 구름물결 위에 큐피드가 만개한 꽃송이처럼 모여 있고, 월계관 구름 위의 성모 마리아는 영원한 광채 속에서 성부가 환영하는 자비로운 마음으로 그녀의 순수성을 고대하고 있는 저 먼 곳으로 떠올라갑니다. 물결치는 구름이 떠받쳐 올리는 듯 그녀는 가치 있는 변용의 태양이 있는 높은 곳으로 천천히 올라갑니다. 위쪽으로 응시하는 눈에서 믿음과 감사─그리고 약간의 호기심과 천상과 창조주의 장엄함, 빛나는 은총과 새로운 영원한 봄의 고향이 보입니다. ─이렇듯 마리아는 신비

프라리 교회에 있는 티치아노의 〈아순타〉(=성모 승천)는 시인을 열광케 했다.

스런 동경의 여명 속에서 아버지의 권리를 위해 아들을 찾는 신의 처녀가 아닙니다. 약간 방황을 하다가 고귀한 여성이 보여주는 천연의 숭고 상태로 되돌아온 축복받은 여성입니다. 그녀의 눈에 담긴 하늘을 빛나게 하고 그녀의 입술에 미소를 짓게 하는 것은 저 위쪽의 광채가 아닙니다. 자신의 은총과 자신의 손을 희생하는 상황이 그녀를 성스럽게 합니다. 교회가 심오한 교리의 결실로 찬양하는 비로 그 그림들은 모든 기독교 도그마에 대한 반대이며 영원히 계시되지 않는 선과 평화의 종교에 대한 빛나는 증거입니다."[165] 릴케의 해석은 복잡하긴 하지만 그가 중시하는 것이 무엇인지를 상기해보면 납득할 만도 하다. 릴케가 이탈리아 여행을 처음 했을 때의 목적은 예술가로서 궁극적인 창작활동에 착수하는 것이었는데, 그는 이것을 "예술가의 축성식을 거행하다"라는 말로 표현했다. 위의 텍스트가 상당히 종교적으로 들리기는 하지만 릴케는 티치아노의 종교적인 마돈나를 가져와서 그녀를 환속시켰고 동시에 세속화된 여성을 어머니로 신성시했다. 티치아노의 예술가적 기교로 세속화된 마리아는 새로운 성스러움을 획득하게 된다. 교회가 아니라 예술작품이 "영원히 계시되지 않는 선의 종교"를 계시하는 것이다.

약 사반세기 후에 릴케는 이 그림에 대해 다시 한 번 언급하는데 이때는 다르게, 다시 말하자면 훨씬 더 종교적인 분위기를 풍긴다. 지금도 종교성은 여전히 예술작품이다. "근처에는 거대한 쇠 귀고리 모양의 길쭉한 포탄 같은 것이 걸려 있는데, 이것은 마치 다른 피해를 주지 않으려고 목표물을 비껴 떨어진 듯합니다. 이 교회는 새로운 차원을 획득했습니다. 부연하자면, 단지 티치아노의 〈아순타Assunta〉(역주: 성모 승천)를 대제단의 틀 속에 다시 끼워 넣은 것만으로도(역주: 이 그림은 1818년부터 1919년까지 아카데미아 미술관에 보관되어 있다가 1919년에 원래의 자리로 되돌아왔다) 교회의 위상은 더 높아졌고 더 높이 떠올랐고 천상에 더 가까워졌습니다. 우리가 알고 있는 아카데미아 미술관에 있던 이 마리아의 승천은 현학적인 미술 지식의 대상이었습니다. 사람들은 그 그림에 대한 모든 것을 보고 예측할 수 있었습니다. 이제 맨 처음 걸려 있던 자리로 되돌아옴으로써 이 그림은 마리아적 완전성과 티치아노적 도취라는 이중의 기적을 다시 행사할 수 있게 되었습니다. ―제단의 바닥 위에 있는 순수한 형상이 흔들거리면서, 신성한 작별로 충만하여, 올라가고, 무리를 지어 모이고, 승천하고 그리고 교회 전체를 위쪽으로 궁극적인 천상의 무한한 지복(至福) 속으로 당겨 올립니다……."[166]

카 레초니코

　　　　　　　　이 산책의 마지막은 카날 그란데에 인접해 있는 *카 레초니코*Ca' Rezzonico 박물관인데, 이곳에서는 베네치아의 18세기 생활상을 엿볼 수 있다. 1903년 릴케는 당시 이곳이 개인 소유였음에도 불구하고 찾아가는 수고를 아끼지 않았다. 1889년 이곳에서 영국 시인 로버트 브라우닝이 죽었다(여주: 브라우닝의 아들이 1885년 늙은 아버지를 위하여 이 집을 구입했다). 그의 아내는 역시 시인인 엘리자베스 배럿-브라우닝이다. 이들 부부의 사랑 이야기는 매우 극적이다. 아버지의 반대를 무릅쓰고 엘리자베스는 여섯 살 연하의 동료 작가 로버트 브라우닝과 1846년 몰래 결혼했다. 병약한 그녀는 브라우닝과 함께 피렌체로 도망가서 그곳에서 남편보다 훨씬 앞서 1861년에 죽었다. 릴케는 물론 그러한 여성의 운명에 많은 관심을 가졌으며 1908년에는 엘리자베스 브라우닝의 소네트를 두 편의 셰익스피어 소네트와 함께 번역했다. 이것은 그가 영어 작품을 독일어로 번역한 유일한 것이다.

릴케가 이 여류시인에 관해 알게 된 것은 스웨덴의 여류 교육학자 엘렌 케이의 책을 통해서였다. 그는 그녀에게 도와줄 수 있겠느냐고 물었다. "오늘, 황급히 문의 드립니다. 베네치아에서(우리〔=릴케와 클라라 부부〕는 이곳에 이틀간 머물 예정입니다) 팔라초 레초니코를 방문하는 것이 가능하겠는지 그리고 이러한 편의를 얻으려면 어떻게 해야 하는지요? (……) 그러한 호사를 누리는 기쁨은 저에게 매우 의미 있는 일입니다. 저는 브라우닝 가문 사람들의 손길이 한동안 머물렀던 사진과 물건들을 구경할 준비가 되어 있습니다."[167] 엘렌 케이는 이렇게 대답했다. "*레초니코의 문지기에게 한번 물어보세요. 브라우닝 부부를 존경하는 사람이라고 말씀해보세요—1리라 정도를 팁으로 주면 가능하리라고 생각됩니다. 제가 나중에는 브라우닝 가문의 허가를 받아낼 수 있지만 지금은 그럴 시간이 없군요.*"[168] 릴케 부부는 그럼에도 불구하고 들어갔다. "팔라초 로체니코에서 우리를 즉각 들여보내 주었습니다. 그 안에서 우리는 좋은 생각으로 가득 차서 거닐었습니다. 그 집은 비어 있는 것이 아니라 시인 부부의 흔적으로 가득 차 있었으며(그들은 우리에게 당신의 훌륭한 책〔역주: 브라우닝 부부를 다룬 엘렌 케이의 책 『인간. 두 인물 연구』(독일어판 1903)로 추정됨〕을 선물해주었습니다) 그들의 삶이 집 내부를 감돌면서 좀처럼 사라지지 않음을 알게 되었습니다. 그 집은 진지하고도 숭고한 모습으로 그곳에 있었고 높은 창문들 앞에는 흐드러지게 피어난 붉은 진달래가 대리석 창문턱 위로 청춘과 영원을 상징하듯 빛나고 있었습니다……."[169] 덧붙이자면 당시 카 레초니코에 들어가는 것은 그리 어려운 일이 아니었다. 공식적으로 매일 9시부터 16시까지 입장 가능했는데 오늘날에도 마찬가지다.

오늘날 카 레초니코는 무제오 델 세테첸토 베네치아노*Museo del Settecento Veneziano*, 즉 18세기 박물관이다. 이곳은 릴케가 그토록 좋아했던 베네치아의 18세기의 상황을 공감할 수 있는 놀라운 장소이다. 전적으로 릴케의 의미에서 말이다. "우리가 생각하는 베네치아의 모든 것에, 작지만 자상한 배려처럼, 커다란 선물을 더 친밀하고 더욱 매력적으로 만드는 향기처럼, 베네치아의 18세기가 덧붙여진다면, 베네치아는 마지막 생생한 몸짓으로 여전히 눈앞에 다가올 것입니다. 이를테면 어두운 피에트로 롱기의 작품이나 밝게 빛나는 과르디의 작품으로 말이지요. 여기에 나타난 이미 좀 탁해진 거울들이나 신사들과 숙녀들을 보세요. 곤돌라를 타고 소리 없이 따로따로 미끄러져 가려고 마드리갈(역주: 반주 없이 부르는 합창곡)처럼 익명으로 바우타(역주: bautta, 베네치아의 가장복. 보통 모자 달린 검은 망토, 삼각모자, 반가면 등으로 구성됨)에 몸을 숨긴 채 서로 만났다가 헤어지는 그 신사 숙녀들 말입니다. 제가 보기에는 여기에서부터, 끝나가는 이 마지막 무언극에서부터 이 놀라운 베네치아를

(······) 가장 확실하게 이해할 수 있다고 생각됩니다."[170] 이 글은 오로지 이 박물관을 위해 쓴 것처럼 보이지만, 사실 릴케는 이 박물관을 알지 못했다. 그럴 것이 이 박물관은 1936년에 개관했기 때문이다.

이곳에는 릴케가 다른 곳에서 보았던 많은 그림들이 걸려 있다. 이 그림들은 18세기의 다채로운 분위기를 재현하고 있다. 이 궁전은 이미 17세기에 짓기 시작했는데 건축가 발다사레 롱게나가 죽은 다음 소유주도 파산하고 말았다. 18세기 중반에 완성된 단층 건물을 제노바에서 이주해온 부유한 레초니코 가문에 팔았다. 이 가문은 이곳에 오자마자 베네치아의 귀족 지위를 금화 십만 두카텐(좌우간 당시 베네치아 공화국의 일 년 총수입의 2퍼센트에 해당하는 금액)에 사들였고 여기에다가 추가로 육만 두카텐을 자선을 목적으로 기부했다. 또한 궁전을 손보는 데 비용을 조금도 아끼지 않고 최고의 건축가들과 실내 장식가들을 고용했다. 이 궁전은 1756년에 완공되었다. 이것은 매우 시기적절했다. 왜냐하면 카를로 레초니코가 1758년 교황으로 선출되었기 때문이다. 자신을 교황 클레멘스 13세라고 불렀던 레초니코의 보호 아래 이 궁전은 베네치아의 문화적 중심이 되었는데 물론 이것은 종교적 활동은 아니었다. 이곳에서는 매우 호화로운 연회, 사육제의 가장 화려한 가장무도

피에트로 롱기, 가면들 간의 담소, 1750~1760.
카 레초니코는 릴케가 그토록 좋아했던 베네치아의 18세기의 상황을
공감할 수 있는 놀라운 장소이다.

회, 연주회 그리고 연극 공연 등이 개최되었다. 당시의 이러한 분위기는 오늘날에도 감지된다. 일층의 커다란 홀에는 옛날에는 모든 귀족들이 소유했던 공들여 가공한 곤돌라가 전시되어 있으며, 커다란 돌계단을 오르면 거대한 무도회장이 있는 피아노 노빌레가 나타난다. 여기에는 엄청나게 화려한 안락의자들과 꽃병받침대들 그리고 다른 호화로운 가구들이 비치되어 있다. 이러한 분위기에서 18세기의 그림들은 특별히 좋은 효과를 나타낸다. 피에트로 롱기Pietro Longhi(1702~1785)의 그림으로 가득 채워진 방은 평범한 베네치아 사람들의 일상과 사육제 가면 그리고 코뿔소와 같은 진기한 장면도 보여주는 작은 풍속화들을 선보이고 있다. 프란체스코 과르디Francesco Guardi(1712~1793)는 수도원의 창살 뒤에서 친척을 맞이하는 젊은 귀족 수녀나 사치스럽게 치장한 가면을 쓰고 화려한 팔라초 모이제Palazzo Moisè에서 사육제를 벌이는 사람들 등 상류사회의 풍속을 그렸다.

베네치아의 여류화가 로살바 카리에라Rosalba Carriera도 등장한다(그녀의 많은 작품들은 아카데미아 미술관에도 전시되어 있다). 릴케는 그녀의 파스텔풍의 초상화를 특히 좋아했다. 회화적으로 더 중요한 것은 2층 접견실에 있는 잠바티스타 티에폴로Giambattista Tiepolo(1696~1770)가 그린 거대한 천장화이다(역주: 1758년 1월에 예정된 루도비코 레초니코와 파우스티나 사보르냔의 결혼을 기념하기 위해 1756년 겨울에 티에폴로와 그의 아들 잔도메니코 티에폴로 그리고 트롱프뢰유[착시 그림] 전문화가 제롤라모 멩고치 콜로나가 공동 제작한 프레스코화이다. 네 필의 말이 이끄는 아폴론의 마차에 신랑과 신부가 타고 있고, 눈을 가린 큐피드가 마차를 인도하고 있으며, 마차 주변에 좌하에서 시계 방향으로 알레고리저 인물인 삼미신, 명성, 지혜, 그리고 월계관을 쓰고 두 가문의 문장을 수놓은 깃발을 들고 있는 노인[발치에는 베네치아를 상징하는 사자]을 배치하고 있다). 천장화에는 연속적으로 다른 알레고리적 인물들(명성, 지혜, 힘, 가치)이 몸을 가리기보다는 드러내어주는 화려한 비단옷을 입고 관능적인 자세를 취하고 있다. 티에폴로는 무엇보다도 축제 분위기의 베네치아를—그리고 자연스럽게 부유한 청탁자인 레초니코 가문을 찬미하고 있다.

이러한 부드러운 로코코 세계와 명암이 대비되는 작품도 이 박물관에 있다. 그것은 바로 티에폴로의 아들 잔도메니코가 레초니코 집안의 여름별장인 빌라 치아니고 Villa Zianigo를 장식하기 위해 그렸던 프레스코화가 보존되어 있는 방이다. 그림을 청탁한 귀족을 위해 종종 공동 작업을 했던 아버지와 아들은, 릴케가 「베네치아 게토의 한 장면」에서 언급했던 "하얀 비단 바탕에 그린 밝은 그림"을 그렸다. 그 집에서 잔도메니코는 이 세계의 다른 측면을 보여주었다. 하양은 그의 지배적인 색채였다. 물론 여러 단계의 농담이 있는 탁한 흰색이었다. 밝은 바탕에 순전히 추한 용모의 사람, 기괴하게 생긴 사람, 외설적으로 긴 코를 가진 곱사등이, 주름투성이의 얼굴을 한 사람들이 화폭 속에서 뛰어다니고 있다. 많은 그림들의 중심이 되는 인물은 나폴리의 무뢰한 풀치넬라Pulcinella인데 매우 혐오감을 주는 사육제 가면들 중의 하나이다. 잔도메니코 티에폴로의 프레스코화 연작은 격식을 갖춘 세계에 대한 우스꽝스런 풍자화 이상으로, 18세기 베네치아 공화국의 몰락에 대한 개인적인 기록문서이다.

기타: 바카로 도 모리에서 옴브라 한 잔을

음식이나 음료에 있어서 베네치아식을 릴케보다 더 좋아하는 사람이라면 그리고 소음이나 북적거림 그리고 옹골진 음식을 꺼리지 않는다면 산 폴로 구역에서 옴브라Ombra(역주: 원래 '그늘'이란 의미이나 바카리에서는 백포도주 작은 한 잔을 뜻한다), 즉 그늘에서 포도주 한 잔을 즐기는 것도 권할 만하다. 간단한 음식을 파는 아주 작은 포도주 전문주점인 *바카리*Bacari(역주: 포도 주의 신 바쿠스Bacchus에서 유래된 것으로 추정됨. 단수 형태 는 바카로Bacaro. 바카로는 베네치아의 규모가 작은 오스테리아 Osteria[전통적인 포도주 주점]라고 할 수 있음)에서 사람들은 (대개 서서) 백포도주나 프로세코(역주: 이탈리아 산 발포성 백포도주)를 마시고 수많은 변종이 있는 간단한 전채 *치케 티*Cicheti(역주: 대개 작은 샌드위치, 언어를 넣어 민든 그로깻, 어포와 야채로 만든 카나페, 쌀과 다진 고기로 만든 튀긴 경단, 정어리 롤, 절인 오징어, 구운 가지, 반숙한 달걀, 엉경퀴, 올리 브 등등 이 중 몇 가지를 작은 접시에 한 입 크기로 담아낸다) 를 먹는다—베네치아 사람들은 아침나절부터 이것을 먹기 시작한다. 베네치아에서 가장 오래된 *바카리*에 속하는 도 모리에서는 매우 신선하고 맛있는 베네치아의 프로세코를 맛볼 수 있다.

◇

작별: 산 조르조 마조레

❶ 산 조르조 마조레 성당

릴케는 기젤라 폰 데어 하이트에게 베네치아 여행의 마지막 날에 대한 제안을 했다. "그러나 저녁 무렵에 *산 조르조 마조레*San Giorgio Maggiore를 꼭 한번 방문해보기 바랍니다. 거기서 보는 달은 해의 맞은편에서 언제나 창백한 빛을 발합니다. 이것이 베네치아입니다. 베네치아를 떠날 날을 앞두고서, 아니면 베네치아에서 보내는 마지막 바로 그날에 탑을 올라가보세요. 돌출된 종 아래로 나서면 눈이 닿지 못하는 곳까지 사방으로 펼쳐진 멋진 광경을 보실 수가 있습니다. 거기에서 보이는 돔, 탑, 건물의 반짝이는 정면 모습으로 그것이 어떤 건물인지 짐작하실 수 있을 겁니다. 이 모든 것들은 비현실적이고, 도달하기 어려우며, 환상적인 어떤 요소(……)를 지니고 있습니다."[171]

작은 섬 산 조르조 마조레는 *피아체타*Piazzetta와 두칼레 궁전의 맞은편에 *바포레토*로 2분이면 닿는 거리에 위치하고 있다. 대부분의 관광객들은 안토니오 팔라디오가 설계하고 틴토레토의 유명한 후기 작품들(특히 1594년 작품인 〈최후의 만찬〉)이 있는 성당 건물만을 방문한다. 그러나 더욱 볼 만한 것은 *캄파닐레*Campanile(역주: 독립 건물로서의 종탑)에서 바라보는 베네치아 풍경이다. 종탑의 승강기를 운전하는 베

베네치아 여행 마지막 날에 대한 릴케의 조언: 산 조르조 마조레 섬.
팔라디오가 설계한 동명의 성당이 있다.

네딕트회 승려에게 작은 동전을 하나 주면 여러 운하들과 주변에 놓인 섬들 그리고 석호의 물 등을 포함한 숨이 턱 막히는 베네치아의 파노라마를 마주할 수 있다. 그렇지 않으면 지도나 오래된 동판화에서나 볼 수 있는 도시 전체와 도시의 구석구석의 모습을 조망할 수 있게 된다. 특히 인상적인 것은, 역사적인 보트 경주가 개최되는 경우라면—카날레토(역주: 본명은 조반니 안토니오 카날[1697~1768], 베네치아의 유명한 베두테 화가, 풍경화가)의 베두테(역주: 도시나 풍경의 모습을 사실적으로 묘사한 그림)에서처럼—화려하게 치장한 곤돌라들이 바로 탑 아래쪽에 있는 *산 마르코 내만(內灣)Bacino di San Marco*으로 모여드는 광경을 볼 수 있다. 여행 기획의 측면에서 보더라도 시인이 젊은 신부에게 조언해준 이곳은 베네치아와 작별을 나누기에는 더할 나위 없이 좋은 장소이다.

정작 릴케 자신이 베네치아와 작별을 고했을 때는 이런 좋은 분위기가 연출되지 않았다. 1912년 이후 그의 두 번의 베네치아 방문은 불화와 다툼 그리고 실망으로 점철되었다. 1914년 5월 시인은 나흘 동안 석호의 도시 베네치아에서 피아니스트 마그다 폰 하팅베르크('벤베누타'로 더 잘 알려진 릴케 애호가, 릴케는 그녀를 "디 빌코메네"[＝환영받는 여인]라고 불렸는데 '벤베누타'는 같은 뜻의 이탈리아어)와 함께 보냈다. 그는 그녀를 편지에서 자신의 큰 사랑 가운데 하나라고 한 바 있다. 실제 함께 사는 것은—언제나 그렇듯이—어려운 일이었다. 두 사람은 두이노 성을 방문했을 때 끔찍한 체험을 한 다음(후작부인은 마그다를 좋아하지 않아 고용된 사람처럼 그녀에게 다른 손님을 위해 피아노를 연주하도록 했다) 베네치아에서 헤어졌다. 릴케가 후작부인 앞에서 실컷 울자 그녀는 언짢은 속내를 내비쳤다. "세라피코 박사!!! 애초에는 당신에게 욕을 퍼부어주려고 했어요—당신은 어린아이처럼 꾸지람을 들을 필요가 있다고 생각해요—당신은 위대한 시인이긴 하지만 어린애이기도 해요…… 세라피코 박사! 인간은 누구나 고독해요, 그래야만 하구요, 그걸 견뎌내야만 해요. (……) 당신은 줄곧 멍청한 거위들(역주: 어리석은 여자)을 구해주려고 하는데, 거위들은 스스로를 구원해야 해요—그렇지 않으면 악마가 데리고 가거나 (……) 세라피코 박사, 죽은 돈 후안이 당신 옆에 있던 시종이 아니었을까라는 생각이 문득 드네요. —그래서 당신은 언제나 실제로는 전혀 슬프지 않은 수양버들(역주: 독일어 수양버들Trauerweide은 슬픔Trauer과 버드나무Weide가 결합된 합성명사이다)을 찾아다니고 있어요. 제 말을 믿으세요—당신이, 당신 자신이 이 모든 눈에 비춰지고

264

있어요 -."[172]

릴케가 베네치아를 마지막으로 방문한 것은 1920년 6월 11일부터 7월 13일까지였는데 그 과정은 매우 복잡했다. 모든 것이—언뜻 보기에는—여느 때나 마찬가지였다. 유럽 호텔에 잠시 머문 다음 릴케는 언제나처럼 후작부인의 메자닌으로 옮겼고, 저녁이면 발마라나와 같은 여성들과 수다를 떨었으며 낮이면 시내를 거닐었다. 하지만 릴케는 변했다. 도시도 변하긴 마찬가지였다. 제1차 세계대전은 시인에게 "과거와의 치유할 수 없는 단절"을 의미했다. 사실 릴케는 이 세계대전 동안 빈에 있는 군사문헌보관소에서 손끝 하나 다치지 않고 살아남을 수 있었다. 그러나 전쟁 내내 그는 좀처럼 창작활동을 할 수 없었다. 『두이노의 비가』는 파편인 상태로 남아 있었다. 릴케는 합스부르크 제국이 붕괴된 것과 더불어 귀족적 시인이라는 지금까지의 자기 실존에 대해서도 의문이 제기되었다고 어렴풋이 느꼈다. 나이 또한 그를 번민하게 만들었다. 마흔이 된 그는 더 이상 야심만만한 시인이 아니었다. 릴케가 이 당시 자주 사용했던 단어는 '단절'이었다. 베네치아에서 그는 1914년의 '단절'(역주: 제1차 세계대전을 의미)에, 친교, 투른 운트 탁시스 후작부인의 후원, 옛날 생활방식 등을 연결시키려고 했지만 수

포로 돌아갔다. 형식적으로만 가능할 뿐이었다! 오스트리아인인 릴케는 베네치아에 도착하는 과정에서 여권 문제로 갖가지 어려움을 겪어야만 했다. 그러고 나서는 높은 물가와 맞닥뜨리게 되었다. "리라의 화폐 가치가 낮다는 것은 특히 외국인에게 요구하는 엄청난 액수로 감지됩니다(예를 들어보자면, 면도용 솔을 가져오지 않아서 하나 샀는데 무려 50리라를 주었습니다. 그렇다고 품질이 썩 좋은 것도 아닙니다. 화폐단위가 오른 셈입니다. 이 금액이라면 면도솔을 두세 개 이상 살 수 있는 돈입니다)."[173] 물가가 올라서 고통받기는 베네치아 토착민도 마찬가지였다―이전에는 돈 문제는 생각도 하지 않고 생활했던 귀족들조차도 이제는 절약해야 했다. 베네치아의 사회구조 전체가 변화된 것이었다. 물론 이 사실을 시인도 알고 있었다. "아늑하고 멋진 피난처인 메자닌으로 옮겼음에도 불구하고 이전에 비해 모든 것이 정말 비쌉니다―, 발마라나 집안처럼 아직도 곤돌라를 소유하고 있는 베네치아 사람들은 극소수입니다. 곤돌라 사공들이 안정된 일자리임에도 여타의 특혜 외에 매일 40리라를 더 요구하기 때문입니다. 외국인들은 이제 시간당 10에서 12프랑을 지불해야 합니다. 보통 때 같으면 곤돌라를 기다리게 할 수 있었지만 이제는 어림도 없습니다.―도처에 얼마만큼 변화가 일어났는지 좀 더 자세히 살펴보자면, 산 마르코 광장에 있는 전통 있는 카페 플로리안이나 콰드리에서 '사교'를 하는 모습을 더 이상 찾아보기 어렵게 되었습니다. 나이든 베네치아 토박이들은 전혀 찾아볼 수 없고 기껏 몇몇 신사들만 잠시 들렀다 갈 뿐입니다. 저녁 무렵 운하에도 마찬가지입니다―, 몇몇 외국인들만 보일 뿐 그밖에는 아무도 없습니다. 곤돌라 대신 평상시에는 아주 보기 어려운 돛대 없는 작은 배들이 많이 보입니다. 이 배는 예를 들자면 낮에 돈을 충분히 번 곤돌라 사공 같은 사람들이 가족들과 함께 돌아다닐 때 사용됩니다 …… 열하루 전부터 '바포레토'는 찾아보려야 보이지 않고, 파업하는 직원들은 드러내놓고 매일 산책을 합니다. 이들은 조용하게 시내를 이리저리 배회하고 있습니다. 이토록 세세한 파업에 사용되는 돈은 어디서 나오는 것일까요?"[174]

파업이 이어졌다―우체국(글을 많이 쓰는 릴케로서는 재앙이었다)이 파업을 하면, 다음에는 증기선이 파업했다. "바포레토가 파업한 지 일주일 되었습니다. 곤돌라라도 그토록 비싸지 않다면 이 파업을 고맙게 여길 텐데 말이지요."[175] 릴케는 베네치아에서 지금까지 영위했던 생활방식이 현실과 더 이상 부합되지 않는 고통스러운 체험을 했다.

"삶이라는 것이 제가 생각했던 대로 흘러가지 않는다는 것을 잠정적으로 깨달았습니다. 전쟁이 일어나면서 단절되었던 그 부분에 연결되지 않는군요–. 하지만 모든 것이 변했습니다. 그래서 '향유'하기 위한 여행, 천진난만하게 아무튼 어느 정도 느긋하게 받아들이려고 의도하는 여행, 간단히 말하자면 유람하면서 '교양을 쌓는' 여행은 이제 영원히 끝나버렸습니다. 미래에는 여행이 '공허하게 될' 것입니다. 물론 그렇다고 끝난 시도에 대한 해명도 없이 많은 사람들이 계속해서 여행하는 일이 방해받는다는 의미는 아닙니다. 직접적인 성과가 아닌 모든 미학적 관찰은 앞으로는 불가능하게 되리라는 것이 제 생각입니다—이를테면 성당에서 '그림을 보고 감탄하는 일'은 근본적으로 불가능하게 될 것입니다. (……) 후작부인, 당신께서는 얼마나 바뀌었는지, 세상이 얼마나 변했는지 믿지 못하실 것입니다. 이 점을 이해하는 것이 관건입니다."[176]

자신을 도와주는 귀족 후원자와 자신을 궁극적으로 귀족과 갈라놓는 사회적 심연에 대해 릴케가 비판적으로 발언하는 것을 우리는 여기서 처음 접하게 된다. "(여담이지만) 발마라나 가문이 제가 필요로 하는 것에 그토록 무신경할 수 있는지 또다시 느꼈습니다. 신경 써 주지 않기로는 탁시스 후작부인도 마찬가지입니다. 그녀는 제가 대체로 최소한도의 필요한 것들만으로 생활하고 있다는 사실을 잘 모르고 있고, 필요한 것들은 결국 이 최소한도의 범위 안

윌리엄 터너, 산 조르조 마조레,
도가나에서 본 풍경

에서 충족되어야 하기 때문에 그중에서 열 가지를 정하자면 얼마나 주도면밀하게 선별해야 하는지도 모르고 있으며, 나의 생존이 보장되려면 분명하고 생산적이어야 한다는 사실도 모르는 듯합니다. 그녀에게는 혜안도 사랑도 인내도 결여되어 있습니다. 이러한 부류의 사람들은 수백 년 전부터 '실제적인 생존 조건들은 궁극적으로 집안 문제이다'라고 생각하는 데에 굉장히 익숙해져 있습니다. 이 경우 그들은 바로 환경의 토대를 인식하지 못함에 틀림없습니다. 바로 그곳에서 집안의 범위와 업적이 시작됩니다. 놀라우리만치 잘 가꾼 그들의 집에서 결국에는 행복하지 못함을 설명해줍니다. (……)"[177]

엘레오노라 두제가 오겠다고 알렸을 때 릴케는 그것을 좋은 구실로 삼았다. 그는 1920년 7월 13일 황급히 도피한 후 시인은 베네치아로 다시는 돌아오지 않았다. 그는 스위스에서 새로운 제2의 고향뿐 아니라 새로운 모성적 여자 친구도 발견했다. 그녀는 귀족이 아니라 기업가의 부인인 나니 분더를리-폴카르트Nanny Wunderly-Volkart였는데, 아주 올곧고 자비심이 많고 배려심이 있고 노련한 여성이었다. 릴케는 그녀에게 소위 소망 목록을 보냈다. 그녀는 편지봉투에서부터 '수면 양말'에 이르기까지 모든 것을 마련해주었다. 시인은 1922년 뮈조Muzot에서 『두이노의 비가』를 완성했다. 그는 옛 여자 친구이자 후원자인 후작부인에게 바치는 헌사를 『비가』의 첫머리에서 특이한 방식으로 표현했다. "두이노의 비가. 마리 폰 투른 운트 탁시스-호엔로에 후작부인의 소유에서."

릴케는 이미 1908년에 베네치아 시 중의 한 편인 「베네치아의 아침」에서 산 조르조 마조레에 대해 썼다. 이 시는 아름다우면서도 난해하며, 베네치아를 무한한 거울상들 속에서 구성되는 도시로 다루고 있다. 반영적 실존으로서의 베네치아는 매우 흔한 베네치아 모티프여서 거의 상투적 표현이 되다시피 했다. 그러나 여기에서는 특별한 무엇, 즉 베네치아의 도시 개발과 연관된 시설물이 발견된다. 릴케의 시에서 베네치아는 *산 조르조 마조레*에 반영된다. 이것은 은유 이상이다. 이것은 도시의 가장 중요한 건축물들과의 전체적인 조화에서 섬이자 성당인 장소를 정확하게 표현하고 있다. 피아체타와 두칼레 궁전에서 보면 팔라디오가 설계한 성당의 정면이 보인다. 이를 위해 베네치아 정부는 17세기에 당시 성당 앞에 있던 수도원 건물을 허물어서 "무엇보다도 성당이 산 마르코 광장이나 두칼레 궁전에서 보일 수 있도록"[178] 했다. 이 성당은 돔을 가진 개별 건물로 인상적인 영향을 끼치는 것이 아니라, 베네치아의 다른 건물들이나 다른 성당의 돔과 도시 개발과 연관된 대화를 하는 가장 중요한 주인공이 된 것이다. 도시의 전체적인 건축학적 인상은 어떤 위치에서 바라보느냐에 따라, 그러한 시선의 축에서, 말하자면 반영에서, 비로소 항상 새롭게 생겨난다. 릴케의 시에서처럼 말이다.

베네치아의 아침
리하르트 베어-호프만에게 바침

응석받이 왕자 같은 창문들은 항상 바라보네,
때론 마지못해 우리에게 수고 끼치는 것을.
그 도시는, 언제든지, 하늘의 미광이
밀물의 감정과 조우하는 때면,

시도 때도 없이 존재함이 없이 형성되네.
매일마다 아침은 우선 어제 걸쳤던
오팔을 그녀에게 보여주어야 하네, 그리고 반영의
윤무를 운하에서 끌어와야 하네,
그리고 지나간 일들도 상기시켜줘야 하네.
그러면 그녀는 그제야 수긍하고 그때를 떠올리네

제우스를 받아들였던 님프처럼.

그녀의 귀에 매달린 귀고리가 울리기 시작하네,
그러나 그녀는 산 조르조 마조레를 들어 올리고
아름다운 것을 향해 나른한 미소를 짓네.[179]

(끝)

릴케의 눈으로 보는 베네치아

1. 비르기트 하우스테트

릴케의 발자국을 따라 베네치아를 우리에게 소개하고 있는 비르기트 하우스테트는 문학박사 학위를 취득한 후 이탈리아로 가서 독일학술교류처(DAAD) 강사와 이탈리아 살레르노 대학 객원교수를 역임했다. 독일로 귀국한 다음부터는 자유기고가로서 활동하면서 17개 국어로 발행되는 르포 잡지 〈게오(GEO)〉와 여행 잡지〈메리안Merian〉에 정기적으로 기고하고 있다. 저서로는 고대부터 현대에 이르기까지 문학에 나타난 유혹하는 사람을 소재로 다룬 『유혹의 기술』(1997), 오늘날까지도 이름이 남아 있는 상대적으로 저명한 여성들의 삶의 방식을 1920년대 베를린을 배경으로 다룬 『화끈했던 베를린의 시절. 소문사와 문화사』(2002), 『릴케의 베네치아 여행. 문학 산책』(2006), 『로마. 여행안내서』(2008), 『피렌체. 여행안내서』(2012), 『잉그리드 버그만』(2015), 『함부르크. 즐겨 찾는 곳』(2015), 『베네치아. 즐겨 찾는 곳』(2017) 등이 있다. 그녀는 도시를 소개할 때 관광명소에 대한 정보의 제시에 그치는 것이 아니라 그곳의 문화를 함께 소개하려는 노력을 한다. 『릴케의 베네치아 여행』(2006)은 2006년 도시박람회에서 독일 주재 이탈리아 관광센터ENIT로부터 '2006년에 발간된 최고의 이탈리아 여행안내서'로 선정되기도 했다.

2. 릴케와 함께하는 베네치아 기행

릴케가 베네치아를 처음 보았던 1897년 3월부터 베네치아는 그에게 동경의 도시가 되었다. 그 이후 1920년 7월까지 그는 틈이 날 때마다 그곳으로 가서 짧게는 며칠, 길게는 몇 달씩 머물면서 베네치아를 구석구석 돌아다녔다. 릴케는 두이노 성의 도서관과 베네치아의 도서관에서 베네치아에 관한 책은 모두 독파했을 정도로 이 도시에 대해 많은 지식을 가졌으며 나중에는 미로 같은 베네치아의 골목에서 길을 묻는 사람에게 길 안내를 해줄 정도로 베네치아에 대해 정통했다. 베네치아를 릴케보다 더 잘 안내할 수 있는 사람도 흔치 않을 것이다.

그러나 매우 섬세한 감수성의 소유자인 릴케는 호불호가 강한 주관적인 태도를 보여주며, 경우에 따라서는 변덕스럽기도 하다. 베네치아에 대한 그의 언급은 여러 자료에 분산되어 산만하고, 응축된 시적 표현들이 자주 등장한다. 하우스테트는 독자들이 릴케의 발자취를 따라 베네치아를 쉽게 둘러볼 수 있도록 베네치아를 지역별로 나누어 열한 번의 산책으로 재구성했다. 열한 번의 산책은 릴케가 방문했던 곳과 그에게 창조적 영감을 불러일으켰던 곳으로 독자를 안내한다. 산책이 시작되는 곳에는 지도를 배치하여 이해를 돕고 있다.

산책이 거듭될수록 독자는 베네치아라는 매혹적인 도시와 릴케에게 문학적으로 인간적으로 한 걸음 더 가까이 다가갈 수 있다. 그녀는 릴케의 뒤를 쫓으며 릴케의 행동이나 말의 전후 맥락에 대해 객관적인 거리를 둔 관점에서 부연 설명을 해줌으로써 친절하게 독자의 이해를 도와준다.

이 책은 일반적인 여행안내서가 아니라 여러 가지 미덕을 함께 갖춘 문학기행이다. 미덕을 몇 가지 열거해보자면 첫째, 이 책을 통해 독자는 릴케와 함께 베네치아를 둘러볼 수 있다. 릴케나 릴케 지인들의 일기나 편지, 릴케의 작품에 언급된 베네치아 등의 다양한 자료를 활용하여 릴케가 베네치아에서 방문했던 특별한 장소들, 즉 성당, 궁전이나 저택, 미술관과 박물관, 묵었던 숙소, 정원, 아르세날레, 게토, 카페, 식당 등을 소개하고 있다. 나아가 그러한 장소에 대한 릴케의 인상은 물론이고, 필요한 경우에는 그 장소의 역사와 거기에 깃든 정신까지도 곁들여 설명하고 있다. 릴케는 당시의 관광안내서에서는 언급도 되지 않았던 아르세날레와 게토 그리고 정원에 대해서 매우 깊은 인상을 받았고 이들에 대해 상세하고 다양하게 언급하고 있다.

둘째, 시인 릴케뿐 아니라 인간 릴케의 일면도 만나볼 수 있다. 여기에는 릴케가 베네치아에서 만났던 여러 여성들, 특히 사랑했던 여성들과의 관계가 소개되어 있다. 릴케를 베네치아로 초대하고 나중에는 두이노 성에서 머물게 해주었으며, 릴케를 물심양면으로 보살펴준 후견인 마리 폰 투른 운트 탁시스-호엔로에 후작부인, 릴케가 곤돌라에서 무릎을 꿇고 사랑을 고백했던 미미 로마넬리, 편지를 주고받으면서 사랑이 뜨겁게 타올랐다가 단 한 번의 만남을 끝으로 헤어지고 만 피아니스트 벤베누타에 대해서, 그리고 릴케가 10년 이상이나 열광했으며 당대 유럽 최고의 여배우이자 17년 연상의 여인 엘레오노라 두제와의 고슴도치 사랑 이야기도 베네치아를 배경으로 펼쳐진다. 위대한 시인이 여난으로 곤경에 처해 있을 때 후작부인이 그에게 어머니가 철없는 어린애를 꾸짖듯이 조언하는 장면을 떠올려보면 슬며시 미소가 떠오를 것이다.

셋째, 예술 애호가로서의 릴케의 면모가 속속들이 드러나 있다. 릴케는 미술사로 박사학위를 할 생각으로 대학에서 3년 동안 공부하다가, 주관적 감성과 전통적이고 객관적인 학문 세계의 충돌을 감당하지 못하고 결국 포기하고 만다. 학술적인 연구는 포기했을지라도 조형예술에 대한 그의 열정은 대단한 경지였다. 그는 로댕과 세잔의 작품에서 배운 조각가의 시선과 화가의 시선을 소화하여 시인의 시선으로 전환시켰고, 이러한 시선으로 본 베네치아의 특정한 장소나 분위기 또는 인상을 시나 산문으로 표현했다. 독자는 릴케의 발자취를 찾아 베네치아의 건축물이나 미술품들을 둘러보다 보면 어느샌가 베네치아의 르네상스와 바로크의 풍성한 문화 속에 빠져 있는 자신을 발견하게 될 것이다. 그리고 릴케가 대상을 보는 방식에 대해서도 어느 정도 이해하게 된다. 그는 예술품의 유명세나 특정 양식, 예술사적 중요성 등에 신경 쓴 것이 아니라, 겉으로 드러나는 모습 배후에 있는 정수를 보려고, 즉 '진짜' 베네치아가, 베네치아의 역사가, 베네치아의 삶이 어떻게 드러나고 있는지에 주목했다. 그는 시대정신을 담고 있는 그림들은 "세계의 본질을 이성적으로 통찰하는 데 도움을" 준다고 생각했다.

넷째, 릴케의 여행 방식을 뒤따르다 보면 여행의 의미에 대해 다시 한 번 생각해보게 된다. 고독을 좋아한 시인 릴케는 관광객들이나 번잡한 단체 관광을 혐오했다. 비록 릴케의 여행 방식이 체계적이지는 않았으나 당시로서는 (그리고 지금으로서도) 그만의 새로운 방식이었다. 그는 열정적인 산책가였고 걸어서 구석구석 돌아다니기를 좋아했다. 산책을 할 때면 항상 메모장을 휴대했고, 하찮은 것이라도 모든 것을 눈여겨보았으며, 인습적인 시각을 벗어나 모든 것을 다르게 보고 다르게 받아들였다. 그는 유명한 관광 명소로 몰려다니는 단체관광을 혐오했다. 그는 "진정한 즐거움"을 만날 수 있는 여행을 추천하고 있다. 다시 말하자면, 릴케는 여행에서 남들이 좋다고 또는 유명하다고 하는 것을 무작정 따라갈 것이 아니라, 내가 '생생하게, 독특하게, 친근하게' 느낄 수 있는 추억을 만들어보라고 권하고 있다.

다섯째, 릴케와 함께 베네치아를 여행하면서 독자들은 릴케의 창작 방식의 한 가지를 엿볼 수 있다. 이것은 릴케와 난해한 릴케의 작품에 한 발짝 더 다가갈 수 있게 해준다. 릴케에게 여행이란 단순한 기분전환이나 판에 박힌 일상을 벗어나 휴식을 취한다는 의미 이상이었다. 릴케에게 여행은 "열정이자 생활방식이었고", 또한 "글쓰기 작업의 연장이자,

시인이라는 직업의 일부였다"(하우스테트). 그는 베네치아의 일상에서 받은 인상들과 건축물과 미술작품들을 보고 느낀 점들을 많은 편지에서 표현했고, 그러한 표현들을 다시 고운 체로 걸러서 나중에 시나 소설에서 사용했다. 두칼레 궁전이나 산 마르코 성당이 또는 카르파초나 티치아노 그리고 틴토레토 등의 그림들이 릴케의 시에 얼마나 정확하게 반영되어 있는지, 그리고 그러한 엄밀한 반영의 배후에는 얼마나 깊은 미학적 통찰과 역사적 통찰이 스며 있는지를 살펴보면 릴케의 창작 방식과 표현 방식을 이해하는 데 커다란 도움이 될 것이다.

3. 본질에 대한 탐구와 「베네치아의 늦가을」

베네치아의 늦가을

이제 도시는 떠오른 모든 날을 낚는 미끼처럼
더 이상 떠돌지 않는다.
네 시선에 닿은 유리 궁전들이 더욱 바스라질 듯
울린다. 그리고 모든 정원에서부터 여름이

거꾸로, 피곤에 절어, 살해당한 채,

한 무더기 마리오네트처럼 매달려 있다.
그러나 바닥에서 오래된 뼈다귀숲에서
의지가 솟아오른다: 다가오는 아침바람을

함대로 타르칠 하려고, 해군 제독이
불 밝힌 아르세날레에서 밤새
갤리 선단을 곱절로 늘이라고

다그치듯이, 그 함대는 힘차게 노를 저으며
돌진하다가 돌연, 무수한 깃발이 부풀어오르며,
거대한 바람을 만난다, 찬란하게 운명적으로.

Spätherbst in Venedig

Nun treibt die Stadt schon nicht mehr wie ein Köder,
der alle aufgetauchten Tage fängt.
Die gläsernen Paläste klingen spröder
an deinen Blick. Und aus den Gärten hängt

der Sommer wie ein Haufen Marionetten
kopfüber, müde, umgebracht.
Aber vom Grund aus alten Waldskeletten
steigt Willen auf: als sollte über Nacht

der General des Meeres die Galeeren
verdoppeln in dem wachen Arsenal
um schon die nächste Morgenluft zu teeren

mit einer Flotte, welche ruderschlagend
sich drängt und jäh, mit allen Flaggen tagend,
den großen Wind hat, strahlend und fatal.

릴케에 대한 책인데 그의 시에 대한 소개가 없어서야 되겠는가. 이 책에서는 릴케가 베네치아에서 영감을 얻어 창작한 베네치아 시들이 몇 편 소개되어 있는데, 그중에서도 「베네치아의 늦가을」을 좀 더 구체적으로 살펴보기로 하자. 「베네치아의 늦가을」은 릴케가 여타의 작가들처럼 베네치아를 몽환적인 도시나 병적이고 퇴폐적인 도시로 간주하는 것이 아니라, 오히려 베네치아를 엄청난 잠재력을 품고 있는 도시로 보고 있으며, 베네치아의 역사에서 아르세날레가 심장 역할을 했음을 그 누구보다도 일찍이 제대로 통찰했음을 보여주고 있다. 그래서 하우스테트는 시의 이해를 도와주려고 아르세날네의 역사를 친절하게 설명하고 있다. 그런데 병기창이자 조선소이자 해군기지인 아르세날레가 가을과 무슨 관계가 있는가? 이 시의 내용과 유사한 구절이 『말테의 수기』에 있는데 우선 그 대목부터 살펴보기로 하자.

> 곧 추워질 것이다. 외국인들의 편견과 욕구로 만들어진 부드럽고 마취제 같은 베네치아는 몽롱한 그들과 함께 사라질 것이다. 그리고 어느 날 아침 다른 베네치아가, 현실적이고, 깨어 있으며, 깨질 정도로 연약한, 전혀 몽상적이지 않은 베네치아가.

여름이 끝나면 관광객들의 발길이 뜸해지고, 관광객들이 생각하는 몽환적인 베네치아 이미지도 같이 사라지게 될 것이라고 말테는 생각한다. 그러면 "전혀 몽상적이지 않은 베네치아", 즉 진짜 베네치아, 베네치아의 본질이 드러나게 된다는 것이다. 그럼 진짜 베네치아는 어떤 모습인가? 앞의 인용에 이어지는 구절을 보자.

> 가라앉은 숲 위 아무것도 없는 한가운데서, 원했고, 강제하였고, 그리하여 마침내 철저하게 존재하게 된 그런 베네치아가 여기 존재하게 될 것이다. 필수불가결한 것에만 제한된 단련된 육체, 그 육체에 밤에도 깨어 있는 아르세날레가 일을 하여 피를 공급했다. 그리고 이 육체에 배어든 지속적으로 확장되는 정신, 이 정신은 좋은 향이 나는 나라의 향기보

다 더 진했다. 궁핍한 상황에서 소금과 유리를 여러 민족의 보물과 교환했던 이 암시적인 국가. 장식 속까지 점점 더 섬세한 신경조직을 갖춘 잠재적인 에너지로 가득 차 있는, 세계의 아름다운 균형추가. 그런 베네치아가 존재하게 될 것이다.

릴케는 산문도 시에서처럼 함축적이고 비유적인 언어를 사용하기 때문에 이 구절도 머리에 선뜻 들어오지 않는다. "가라앉은 숲 위 아무것도 없는 한가운데서"라는 첫 구절부터 만만하지 않다. 베네치아의 성장 과정을 압축하고 있는 이 구절을 이해하기 위해서는 베네치아의 역사에 대한 이해가 선행되어야 한다.

베네치아는 본토에서 석호로 흘러드는 강과 바닷물이 퇴적시킨 습지에 세워진 도시이다. 1797년 베네치아를 침입한 나폴레옹이 감탄했던 'S' 형태의 카날 그란데는 원래 본토에서 석호로 흘러드는 브렌타 강의 북쪽 지류였다. 이 지류의 양안을 중심으로 수면 위로 얼굴을 내민 갯벌이 있었다. 베네치아인들은 일찍이 갯벌의 아래쪽에 단단한 지층이 있음을 발견했다. 그래서 갯벌 아래 모래층과 점토층을 지나 단단한 지층까지 충분히 닿을 수 있는 긴 말뚝을 촘촘하게 박아 기초공사를 하고 그 위에 건물을 지었다. 공사에 필요한 말뚝은 본토와 아드리아 해 인근 지역에서 운반해 왔다. 큰 건물을 하나 짓기 위해서는 수백만 개의 말뚝이 필요하고 수 년의 시간이 필요했다. 이렇게 건설한 한 구역은 하나의 섬이 되었고, 시간이 지남에 따라 현재는 118개의 섬이 바닷물 위로 솟아 있다. 현재 170개가 넘는 크고 작은 운하가 이 섬들을 분리하고 있고, 400개가 넘는 다리가 이 섬들을 서로 연결하고 있다. 따라서 "기러앉은 숲 위 아무것도 없는 한가운데서"라는 구절은 일반적으로 건물을 지을 수 없는 열악한 환경을 극복하고 말뚝으로 기초 공사를 한 다음에 도시를 건설한 베네치아의 탄생을 가리킨다.

베네치아는 9세기부터 지속적으로 발전하여 15세기에는 지중해와 세계무역을 손아귀에 넣은 전성기를 구가했다. 외적으로는 무역업이, 내적으로는 국내산업이 촉진되었다. 탁월한 능력을 가진 지도자들이 연이어 등장하여 외교력과 군사력이 증대되었다. 베네치아가 가진 천연자원이라고는 갯벌과 습지뿐이었다. 이들은 "궁핍한 환경"에서 소금을 만들었고, 모래를 가공하는 유리산업을 발전시켰으며, 향기 나는 비누와 양초를 제조했고, 우수한 품질의 레이스와 자수 제품을 생산했다. 베네치아의 향초와 향비누는 다른 나라의 꽃이나 향수보다 '더 진한 향기'를 풍겼고, 그의 유리 공예품과 레이스는 다른 나라의 보석보다 더 아름다웠다. 외국에서 들여온 설탕을 가공하여 많은 이익을 남겼으며, 인쇄술도 발전했다. 이렇게 되자 유럽 각지에서 우수한 기술자들이 베네치아로 몰려들었다.

이들은 또한 조선술과 항해술을 발전시켰으며, 대형 무역선단에 호송선을 포함시켜 무역선을 해적으로부터 보호했다. 많은 물량과 다양한 상품을 중개무역함으로써 이들은 경쟁자들을 배제해나갔다. 이들은 무역과 상업에서 효율성과 혁신을 꾀했다. 복식부기와 지로 제도를 발전시켜 복잡한 국제간의 무역거래를 효율적이고 신속하게 그리고 안전하고 정확하게 성사시켰다. 그러자 세계 각국에서 베네치아와 거래하려는 상인들의 수가 늘어났다. 이것을 가능하게 한 것이 베네치아라는 "육체에 배어든 지속적으로 확장되는 정신"이었고, 이 육체에 피를 공급한 것은 아르세날레였다.

"필수불가결한 것만 제한된 단련된 육체"라는 다음 문장의 첫 구절은 베네치아를 의인화한 표현이다. 이렇게 인공섬 위에 건설된 도시 베네치아는 면적이 좁기 때문에 불필요한 것들까지 늘어놓을 공간이 없다. 따라서 지속적으로 군더더기는 제거하고 필요한 것에만 제한하고 '강제'하는 식으로 땅을 활용할 필요가 있었다. 베네치아라는 육체에 피를 공급하는 심장 역할을 한 것이 아르세날레였다. 해군

력과 해상권 장악, 이로 인한 무역로 개척과 확보 등 베네치아의 영광을 이룬 과정은 아르세날레가 없었으면 성취될 수 없는 일이었다.

베네치아는 무역과 국내산업으로 축적한 부를 학문과 예술을 진흥시키는 데 지원했다. 이것이 베네치아에서 르네상스 문화가 꽃피게 된 원인이다. 북부의 한자동맹 도시들이 부를 축적하긴 했지만 거기에선 베네치아처럼 문화가 융성하지 못한 까닭 중의 하나도 여기에서 찾을 수 있다. '단련된 육체'가 '향기 나는 정신'과 결합된 베네치아. 이것이 시인 릴케가 본 베네치아의 본질이다. 릴케는 베네치아의 육체를 단련시키고 그의 정신이 향기를 풍기게 한 동력이자 근원을 아르세날레에서 찾고 있다. 아르세날레는 마치 컨베이어벨트처럼 독dock을 중심으로 분업적으로 배치된 다양한 작업장에서 생산해낸 부품을 조립하여 선박을 제작했다. 아르세날레는 현대적인 의미의 복합공업단지를 이미 13세기에 성취한 셈이다. 이러한 선지식을 가지고 다시 「베네치아의 늦가을」로 돌아가보자.

소네트 형식을 취하고 있는 이 시는 내용상 7행의 '그러나'를 축으로 양분된다. 전반부는 베네치아의 가을 풍경을 매우 사실적으로, 그러나 비유적으로 표현하고 있다. 1797년 베네치아 공화국이 멸망한 이래 베네치아는 쇠락을 거듭했고, 세기 전환기 무렵 베네치아의 여름 거리는 붐비는 관광객과 이들을 상대로 구걸하는 걸인들로 가득했다. 1연은 관광철인 여름이 지나고 가을이 깊어가니 베네치아를 찾는 관광객의 발길이 끊어진 상황을 그리고 있다. 1900년대 초반의 퇴락한 도시 베네치아는 관광 외에는 이렇다 할 산업이 없었다. 베네치아는 날이 밝기만 하면 이리저리 떠돌면서 관광객을 낚는 초라한 '미끼'로 등장한다. 1행의 첫 단어 '이제'는 과거와의, 즉 여름과의 구분을, 여름과는 다른 변화가 있음을 암시한다. 이제 가을이 되니 관광객도 뜸해졌을 뿐만 아니라 공기가 맑아서 아름다운 건물들이 더욱 선명하게 보인다. 하지만 지난날 화려했던 건물들("유리궁전들")은 이제는 눈길만 닿아도 허물어질 듯하다. 퇴락한 도시의 모습을 공감각적으로 표현한 대목이다.

늦가을을 가장 시각적으로 전달하는 것이 시들거나 떨어진 나뭇잎이다. 이 시의 화자는 가을을 '정원에서부터' 본다. 나무에 매달린 시든 나뭇잎들이 마리오네트에 비유되고 있다. 줄을 매달아 조종하는 인형인 마리오네트를 사용하는 인형극은 예로부터 이탈리아에서 성행한 오락거리였다. 오늘날에도 베네치아에는 전통 마리오네트를 만드는 공방이 있다. 여름 동안 관광객의 '미끼' 역할을 했던 마리오네트는 행락철이 끝나자 이제 한쪽 구석에 퇴물처럼 걸려 있다. 그 모습이 마치 여름 동안 밥벌이를 위해 너무나 열심히 일을 해서 죽을 만큼 피곤한 사람으로 의인화되어 있다. 시의 전반부인 6행까지는 현재 늦가을을 맞이한 베네치아의 풍경을 사실적으로 묘사하면서 과거의 찬란했던 영광이 사라지고 만 퇴락한 도시의 분위기를 전하고 있다.

7행의 첫 단어 "그러나"는 극적 반전을 암시하는 신호이다. 이후의 후반부는 모든 면에서 전반부와 대조된다. "바닥에서 오래된 뼈다귀숲에서"는 앞에서 인용한 "가라앉은 숲 위 아무것도 없는 한가운데서"와 유사한 의미이다. "가라앉은 숲"은 건물을 짓기 위한 기초공사에 사용된 수많은 말뚝을 가리킨다. '뼈다귀숲'은 가지를 쳐낸 줄기인 나무말뚝이 숲을 이룰 정도로 많다는 의미이다. "바닥"은 베네치아의 지형적인 바닥을 의미할 뿐만 아니라 시간적 또는 역사적 바닥을 함의한다. 바닷물 아래에서부터, "아무것도 없는" 갯벌에 그런 말뚝으로 기초공사를 한 "바닥에서" 베네치아라는 부와 영광과 위엄이 넘쳐나는 매혹적인 도시가 탄생한 것이다. 원자재가 부족한 척박한 환경에서 베네치아는 광산에서 캐낸 화려한 보석 대신 모래에서 유리제품을, 꽃을 재배할 땅이 부족한 대신 아름다운 자수와 레이스를, 향수 대신 향초와 향비누를, 바닷물에서는 소금을 만들어냈다.

아래에서 위로 상승하는 힘, 아무것도 없는 것에서 도시가 위로 솟아오르게 한 힘의 근원을 화자는 강한 "의지" 때문이라고 생각한다. 척박한 자연조건이나 부족한 천연자원을 극복하거나 보상하거나 대체한 과정이 "의지"의 단련 과정이었다. 강한 의지는 "바닥에서 오래된 뼈다귀숲에서" 올라온다. 전반부의 현실적인 시공간이 후반부에서는 역사적인 시간과 시적인 공간으로 확장된다.

그 의지는 아르세날레에서 제독이 인부들을 독려하고 호령하여 하룻밤 사이 갤리 선단을 곱절로 만들어낸 저력에서 가시화된다. "아침 바람을 / 함대로 타르칠 하려고" 제독은 갤리선을 곱절로 건조하라고 명령했다. 타르 작업은 선체에 물이 스며들지 않도록 하기 위해 인부들이 배의 외부를 타르로 칠해 막을 입히는 일이다. 붓으로 배의 표면을 칠하는 것이 아니라, 타르 칠을 한 함대가 붓이 되어 바람에 타르를 칠한다는 표현은 엄청난 과장이자 시각의 전환이다. 타르 냄새가 채 가시지도 않은 수많은 배들이 바다에서 바람을 맞으니 타르 냄새가 바람에 실려 마치 타르 바람이 부는 듯한 인상을 준다. 인습적인 시각을 탈피한 이러한 표현은 거대한 역동성을 느끼게 한다.

후반부에는 속도감이 강조되어 있다. 사용된 어휘들이 능동적이고 동적이고 적극적인 의미를 지닌다. 또한 후반부는 중간에 마침표가 없는 단 하나의 문장으로 구성되어 있다. 낭송을 할 때는 마침표가 갖는 휴식이나 지연 없이 대미까지 내리 읽힘으로써 소네트라는 엄격한 시행 형식과 운율 도식을 의도적으로 해체하려는 적극적인 '의지'가 엿보인다. 전반부의 베네치아의 늦가을이라는 현실적인 시공간이 후반부에서 역사적인 시공간으로 확장되고, 확장의 동인인 베네치아의 잠재된 '의지'는 예술적인 공간 구조인 시 형식을 강력한 힘과 속도로 파괴하여 내용과 형식이 절묘한 조화를 이루게 한다. 게다가 반복되고 중첩된 장모음 [a:]와 [e:]는 함대의 배들이 뱃고동을 울려 서로 신호를 주고받는 듯한 느낌을 주고 있다.

함대는 힘차게 노를 저으며 돌진하다가, 거대한 바람을 만나 돛이 부풀어 오른다. 노와 돛을 이용해서 움직이는 갤리선이 거대한 바람을 만난다면 전광석화처럼 빠른 이동이 가능하다. 마지막에 배치된 두 수식어 "찬란하게"와 "운명적으로"는 다의적인 해석이 가능해 보이지만, 긍정적인 시각으로 보자면 "찬란한" 베네치아 함대를 만난 적은 "운명적으로" 패할 수밖에 없다. 마지막 단어 '운명적으로'에서 강음으로 끝나는 장모음은 화룡점정을 이룬다([fatá:l]). 바닥에서 솟아오른 의지는(7~8행)는 긴장을 늦추지 않고 팽팽하게 끝까지 내달려 마지막 모음에서 폭발한다(14행). 누가 감히 이러한 함대에, 누가 감히 이러한 힘과 의지에 맞서겠는가?

이 시의 전반부는 표류, 무기력, 몰락, 죽음 등 하강의 이미지가 지배하고 있는 반면, 7행의 '그러나' 이후로는 상승의 이미지가 부각되어 있다. 또한 전반부의 이미지가 수평적이고 수동적이고 소극적이고 느리다면, 후반부에서는 힘차고 강하고 빠른 속도감을 느낄 수 있다. 굼뜨게 움직이는 미끼와 무기력하게 걸려 있는 마리오네트는 밤을 낮 삼아 엄청난 에너지로 아르세날레에서 건조되어 거대한 의지를 장전하고 역동적으로 움직이는 함대와 극적인 대비를 이룬다. 이렇게 시인은 세기 전환기의 퇴락한 베네치아의 현재를 관찰하고, 여기에서 그 배후에 잠재되어 베네치아의 힘과 의지, 과거의 영광과 권력과 부, 그것의 바탕이 되었던 아르세날레, 베네치아의 탄생과 융성을 간파하고 있다. 객관적 사실과 주관적이고 미학적인 상상력이 상호작용하여, 현재의 객관적 사실의 틈을 비집고 시적 공간을 창조했다. 시인은 베네치아의 과거를 시의 미학적 공간 안에서 가시적으로 부활시켜 퇴락한 베네치아의 현재와 대비시킴으로써, 베네치아의 잠재력이 소진되지 않았음을 기예적으로 보여주고 있다. 관광객들이 본 "부드럽고 마취제 같은 베네치아"와는 달리, "잠재적인 에너지로 가득 차 있는" 베네치아, 이것이 시인이 보고자 했던 진짜 베네치아이며 베네치아의 본질이다. 베네치아는 아무것도 없는 척박한 곳에서 환경과 상황의 결핍과 제약을 극복하여 공간적으로는 바다의 지배자가 되었고 세계무역의 중심지가 되었으며, 시간적으로는 아름다운 건축물과 미술품을 비롯한 예술작품을 창조하여 오늘날까지도 전해주고 있다. 릴케가 가시적인 베네치아를 보고 실질적인 베네치아를 미학적 공간에서 창조한 것은 아무것도 없는 상태에서 세계무역을 독점하고 찬란한 예술을 꽃피웠던 베네치아의 역사와 유사하다. 베네치아가 일구어낸, 무에서 유를 창조한 역사는 바로 시의 창작 과정과 일맥상통한다. 그 때문에 릴케가 베네치아에 그토록 애착을 가졌고 매혹되었는지도 모를 일이다.

릴케가 베네치아의 탄생에서 번영까지의 몇 세기에 걸친 역사 과정을 비록 불과 몇 행밖에 되지 않는 시에서 핵심적으로 그려내고 있긴 하지만, 한 나라의 본질을 한 편의 짧은 시에 담기란 쉽지 않은 일이다. 릴케의 베네치아 시들에서 반영 모티프가 빈번하게 사용되고 있는 것처럼, 베네치아 시들은 상호보완적으로 기능한다.

「통령」은 베네치아의 정치조직과 권력 암투를 그리고 있다. 베네치아의 역사에 정통하지 않으면 이런 시가 나올 수 없을 것이다.「베네치아의 아침」에서는 베네치아의 저항할 수 없는 아침의 매력이 신화적 창조와 예술적 창조에 비교되고 있다. 이 시는 동이 트는 시각 베네치아의 풍경을 다각도로 면밀하게 관찰하는 데서 출발하고 있다.「베네치아의 늦가을」이 남성적이라면 이 시와「매춘부」는 여성적이다.「산 마르코 성당」은 베네치아 흥망성쇠를 릴케 당시의 베네치아와 비교하고 당대의 쇠락한 베네치아에 대한 애상을 무수한 난관을 이겨내고 살아남아 우뚝 버티고 서 있는 네 필의 말로 달래고 있다. 본문에도 인용되었듯이 전반부에 나타난 성당의 내부 묘사는 건축 전문가의 시선으로 보더라도 매우 엄밀하고 정확하게 묘사되어 있다.「매춘부」에는 베네치아가 가진 항구적인 아름다움과 에로티시즘, 그리고 이것의 치명적인 매력이 팜므파탈로 의인화되어 나타나고 있으며, 나아가 베네치아의 몰락이라는 역사성도 함의되어 있다. 얼핏 보기에 이 시는 마치 카르파초의 그림을 글로 옮겨놓은 듯하다. 이 시가 카르파초의 그림에서 영감을 얻은 것이 분명하긴 하지만, 카르파초 그림의 등장인물이 실제로 매춘부냐 아니냐는 사실은 여기서 전혀 문제되지 않는다. 릴케는 카르파초의 그림에서 베네치아의 매력과 역사를 꿰뚫어보고 그것을 소재로 한 편의 예술작품을 창조했다. 시인은 화가의 그림을 객관적으로 면밀하게 관찰한

다음 그것을 시인의 상상력으로 베네치아의 본질과 연결시 킨 것이다.

간단히 살펴보았듯이 릴케는 구체적인 사물을 정확하고 엄 밀하게 관찰하는 일을 창작의 출발점으로 삼고 있다. 가시 적이고 구체적인 현재의 베네치아를 시라는 형식의 미학적 공간으로 이끌어들인 다음 현재라는 시간구조를 과거로, 과거를 현재로 착종시킨다. 그러면 비가시적이고 역사적인 베네치아가 가시화되어 현재와 과거 사이에 역동적인 관계 가 생성되고, 과거라는 시간구조는 과거에만 머물지 않고 현재에 영향을 미칠 수 있는 잠재적인 에너지로 초시간적 인 힘을 얻게 된다. 이것이 바로 릴케가 본 베네치아의 본 질이다.

4. 릴케식의 여행

베네치아는 이탈리아 동북쪽 아 드리아 해와 맞닿아 있는 석호 안에 건설된 도시로서 697 년부터 독자적인 도시국가인 베네치아 공화국으로 존재했 다가 1797년 나폴레옹 군대의 침입으로 멸망하여 프랑스 의 통치를 받았다. 1815년 나폴레옹 패망 이후 다시 오스 트리아에 귀속되었다가 1866년 이탈리아 왕국에 편입되어 오늘날에 이른다.

베네치아는 1100년 동안 베네치아 공화국의 수도였던 도시로서 베네치아만큼 별명이 많은 도시도 드물다. 베네치아는 예로부터 라 도미난테(＝지배자), 세레니시마(＝고귀한 자, 최고의 귀족), 아드리아 해의 여왕, 물의 도시, 가면의 도시, 수상 도시, 운하의 도시, 다리의 도시, 석호도시, 바다의 신부 등등 수많은 별명으로 불리어왔다. 그 외에도 수많은 도시들이 작은 베니스, 북부의 베니스, 폴란드의 베니스 등등으로 베니스라는 도시 이름을 차용하고 있다.

1574년 겨울, 앙리 3세는 베네치아를 보고 첫눈에 매혹되어 "내가 프랑스의 왕만 아니라면 베네치아의 시민이 되고 싶다"고 했다. 몽테뉴, 바이런, 괴테, 토마스 만, 니체, 헤세, 디킨스, 프루스트, 셸리, 브라우닝, 파운드, 헤밍웨이 등등 세계 각국의 문인들뿐 아니라, 수많은 건축가, 음악가, 화가 등 헤아릴 수 없을 만큼 많은 예술가들이 "마법의 도시"(하이네) 베네치아에서 창작의 영감을 얻어갔다.

오늘날 유네스코의 세계문화유산으로 등재되어 있는 석호를 포함한 베네치아는 세계적인 관광지로서 각광받고 있을 뿐 아니라, 세계에서 가장 유명한 축제 중의 하나인 베네치아 카니발이 열리는 도시이다. 또한 릴케도 당시 정기적으로 방문했던 '베네치아 비엔날레' 등의 국제 행사의 장소로도 유명세를 떨치고 있다. 1895년에 처음 개최된 베네치아 비엔날레는 양차 세계대전 기간을 제외하고는 계속 이어져 왔으며, 해를 거듭함에 따라 현대음악제(1930년부터), 영화제(1932년부터), 연극제(1934년부터), 건축제(1980년부터), 현대무용제(1999년부터) 등의 국제문화제로 확대되었다. 영화제 등의 행사는 매년 개최되고 있으나, 2000년부터 미술 축제인 비엔날레는 짝수 년에, 건축제는 홀수 년에 개최되고 있다. 미술 비엔날레와 영화제는 세계에서 가장 오랜 역사를 가진 행사인 동시에 가장 중요한 문화 축제 중의 하나로 인정받고 있다. 과거의 문화뿐 아니라, 이렇듯 현대의 문화에 대해 언급할 때도 베네치아는 이미 빼놓을 수 없는 중요한 자리를 차지하고 있다.

릴케가 베네치아에 대해 언급한 것은 100여 년 전의 사실이지만 아직까지도 유효하다. 릴케는 베네치아의 겉모습뿐 아니라 자신만의 방식으로 베네치아의 본질을 꿰뚫어보고자 했다. 그러나 릴케의 언급은 상세한 해설이라기보다는 암시적이면서도 정제된 문학적 언어이다. 그럼에도 불구하고 매우 정확하고 사실적이다. 릴케가 베네치아에서 영감을 받아 쓴 작품들은 베네치아의 여러 다른 예술품과 더불어 초시간적으로 존재하게 될 것이다. 오늘날의 베네치아 모습과 릴케의 언급 사이의 공백을 하우스테트는 여러 가지 자료를 활용하여 잘 메워주고 있다.

베네치아는 별의 도시이다. 밤하늘에 수많은 별이 빛날 뿐 아니라 이것들은 물에서도 반영되어 빛난다. 또한 북적거리는 관광객의 손에 들린 수많은 여행안내서에도 별들이 넘쳐난다. 한때는 게토에도 노란 별이 있었다. 릴케는 여행안내서의 별을 '독단적'이라고 비판한다. 릴케는 여행안내서 『배데커』가 베네치아에서 관광객을 상대로 동냥하는 거지를 피하는 요령을 제시한 것을 보고 다음과 같이 비판한다. 그는 여행안내서의 별을 무작정 따르다가 아무런 수확이 없이 끝나는 여행보다는, 차라리 하늘의 별을 보고 무엇인가를 느끼고 체험할 수 있는 여행을 권하고 있다.

> 『배데커』가 지시한 대로 따르기보다는 차라리 베네치아 사람인 것처럼 작은 운하들의 화려한 움직임을 가능한 한 느긋하게 바라봅니다. 그러면서 자신이 항상 옳다고 주장하는 여행안내서의 별들 속에서 길을 잃기보다는 베네치아의 가슴 어디에선가 높은 돔 위로 나타나게 될 첫 저녁별을 기다립니다.(릴케)

릴케는 틀에 박힌 대중 관광, 남이 하는 대로 맹목적으로 따라 하는 여행을 거부했다. 그는 여행을 할 때는 길잡이를 이성에게만 맡길 것이 아니라 감성과 우연에게도 맡기라고

한다. 여행에서 마주치는 우연이 주는 "소소한 아름다움"과 "충만한 즐거움"을 만끽하길 권한다. 그리하여 자기만의 "진정한 즐거움"을 찾길 바란다.

> 이탈리아에서 그들은 수천 개의 소소한 아름다움을 그냥 스쳐 지나서 널리 알려진 관광명소로만 맹목적으로 몰려간다. 하지만 그들은 대개 실망만 할 뿐이다. 왜냐하면 그들이 얻는 것이라고는 그 명소에 대한 어떤 관계 대신에, 조급함으로 인한 짜증과 예술사 교수의 격식을 차린, 쓸데없이 현학적인 설명 사이에서 느끼는 거리감뿐이기 때문이다. (……) 그럴 바에는 차라리 베네치아에 대한 훨씬 더 큰 첫 추억으로 그륀발트 운트 바우어 호텔에서 먹은 맛있는 커틀릿을 가져가라고 말하고 싶다. 그렇게 한다면 그들은 적어도 생생한 것, 독특한 것, 친밀한 것, 다시 말하자면 진정한 즐거움을 가져갈 수 있기 때문이다.(릴케)

베네치아를 여행할 때 여행안내서에 표기된 별을 강박적으로 좇지 말고, 릴케의 조언처럼 적어도 한 번쯤은 지도를 버리고 골목의 미로에 베네치아 사람인 양 스며들어보자. 남북으로 약 2킬로미터 동서로 약 4킬로미터 남짓한 크기. 미로처럼 얽힌 수많은 골목을 헤매더라도 국제미아가 될 염려는 없다. 베네치아에서는 관광명소의 입구에서 관광이 시작되는 게 아니라 그곳을 찾아가는 과정 또한 훌륭한 체험이 될 수 있다. 걷다가 보면 티에폴로의 그림이 있는 성당이 나올 수도 있고, 산 마르코 광장이 나올 수도 있다. 어느 여행안내서에도 소개되지 않은 멋진 곳이나 또는 그런 장면과 맞닥뜨릴 수도 있다. 또는 나오지 않으면 또 어떤가. 다음을 위한 소중한 곳으로, 동경의 장소로, 마음의 별로 남겨놓는 것도 좋지 않겠는가. 느낌을 강요당하는 여행이 아니라 내가 느끼고 체험하는 여행, 이것이 릴케식의 여행이다. (끝)

릴케와
관련이 있는
장소들

베네치아 사람들에게 어떤 곳을 물으면 그들은 대개 거리 이름과 번지를 알려주는데, 이것은 도대체 이 도시와는 어울리지 않는다. 어떤 곳은 단번에 찾을 수가 없고, 또 어떤 곳은 주소가 두 개이며, 상세한 경로가 표시된 볼거리만을 단호하게 '떼어내는 것'은 거의 불가능한 일일뿐더러 이 도시의 성격과도 모순된다고 말해야 옳을 것이다. 헤매기, 찾아다니기, 샛길 그리고 스스로가 발견한 것 등을 이 책『릴케의 베네치아 여행』과 함께하는 여행의 일부라고 생각한다면, 시인이 원래 의도했던 여행의 의미와도 부합할 것이다. 베네치아 어느 곳에서나 질문을 할 수 있고, 그러면 베네치아 사람들은 대부분 매우 친절하게 도와줄 것이다. 전화상으로도 마찬가지다.

| 교회와 스쿠올레

아이 제수아티 Ai Gesuati (= 산타 마리아 델 로자리오 Santa Maria del Rosario)

릴케가 자주 가서 앉아 있곤 했던 이 교회는 베네치아 사람들도 결혼식 장소로 애호하는 곳이다. 물가에 있는 이 교회는 장식도 화려해서 결혼 사진을 찍기에 좋다.

Dorsoduro, Fondamenta delle Zattere ai Gesuati

마돈나 델로르토 Madonna dell'Orto :

릴케가 경탄해 마지않았던 틴토레토의 〈성모 마리아의 봉헌〉(1552~1553)이 마우루스 예배소로 들어가는 입구 위에 걸려 있다.

Cannaregio, Fondamenta Madonna dell'Orto

일 레덴토레 Il Redentore :

괴테가 이곳을 『이탈리아 여행』에서 칭찬했기 때문에("팔라디오의 아름 답고 위대한 작품"(……) "일 레덴토레는 내부도 마찬가지로 훌륭하다."(이 탈리아 여행, 1786년 10월 3일)), 릴케는 베네치아에 처음 발을 디뎠던 1897년, 이 교회를 도착한 이튿날 바로 방문했다.
Calle dei Frati의 끝, 즉 교회의 왼쪽에서 정원으로 들어갈 수 있다. 지 금까지는 정원관리소에 문의를 해야 구경할 수 있었다.

주데카 섬의 Campo Redentore ｜ Tel: 041-522-43-48

산 조르조 마조레 San Giorgio Maggiore

캄파닐레(종탑)로 올라가는 엘리베이터가 있다. 종탑을 구경할 수 있는 시간은 교회를 구경할 수 있는 시간과 다를 수도 있다. 릴케가 이 교회 를 시 「베네치아의 아침」에서 '아름다운 것'이라고 표현했듯이 일 레덴 토레 옆에는 안드레아 팔라디오가 전체를 설계한 베네치아 유일의 교 회가 있다. 이 건축의 대가는 1566년 교회당 건설을 시작했으나 완공 된 모습을 보지 못하고 눈을 감았다.

산 조르조 마조레 섬의 Campo San Giorgio

산 마르코 San Marco

대부분의 작가들이 찬가에서 이 광장에 대해 장광설을 늘어놓고 있지만, 괴테는 대성당에 관해 단 다섯 행으로 적고 있다. 그는 크봐드리가(역주: 이륜마차, 네 필의 말이 이끄는 이륜 전차)에 대해서만 관심을 가졌다. "마르쿠스 교회 위에 있는 말들을 나는 가까이에서 보았다. 아래에서 올려다보면, 말에는 얼룩이 있는데, 일부는 아름다운 황금빛의 금속광택을 띠고 있고, 또 일부는 녹이 낀 구리의 초록빛으로 변색되어 있는 것이 쉽게 보인다. 가까이에서 보면 말 전체가 도금되어 있고 수많은 기다란 생채기로 뒤덮여 있음을 알 수 있는데, 야만인들이 황금을 다듬으려고 한 것이 아니라 떼어내려고 했기 때문에 그렇다. 그것도 나쁘지 않은 것이, 적어도 형상은 남아 있으니 말이다. 말의 멋진 모습, 나는 제대로 된 말 전문가가 이 말에 대해 말하는 것을 듣고 싶다."(이탈리아 여행, 1786년 10월 8일)

San Marco, Piazza San Marco

산타 마리아 글로리오사 데이 프라리 Santa Maria Gloriosa dei Frari (= 이 프라리 I Frari)

성단소(聖壇所)에는 티치아노가 1518년에 그린 그림인 〈아순타〉(=성모 승천)가 걸려 있다. 릴케는 1897년 첫 베네치아 여행에서도, 1920년 마지막 베네치아 여행에서도 이 그림을 보고 경탄해 마지않았다.

San Polo, Campo dei Frari

산타 마리아 델라 살루테 Santa Maria della Salute

위대한 베네치아 건축가 발다사레 롱게나(1598~1682)가 설계한 이 성당은 돔으로 유명하며, 릴케가 머물렀던 투른 운트 탁시스 부인의 메자닌에서 잘 보인다.

Dorsoduro, Campo della Salute

산타 마리아 포르모자 Santa Maria Formosa

릴케는 이미 1908년에 "아름다운 성당 산타 마리아 포르모자"에 열광했으며, 나중에 1911년 4월 3일 투른 운트 탁시스 후작부인과 함께 이 성당을 방문했다.

Castello, Campo Santa Maria Formosa

스쿠올라 달마타 디 산 조르조 델리 스키아보니 Scuola Dalmata di S. Giorgio degli Schiavoni

거의 완전하게 보존된 르네상스 종합예술작품이다. 비토레 카르파초의 작품인 성 히에로니무스 연작, 트리폰, 성 게오르크 연작을 볼 수 있다.

Castello 3259A. Calle dei Furlani ｜ Tel. 041-522-88-28 ｜ www.chorusvenezia.org

조언: 일반적으로 베네치아의 성당을 구경하려면 입장료를 지불해야 한다. 여기에 언급된 일련의 성당들은 코러스 패스Chorus Pass를 이용하면 저렴하게 방문할 수 있다. 이 카드의 유효기간은 1년이며 여러 성당에서 구입할 수 있다.

｜ 박물관, 미술관

카도로, 프랑케티 미술관 Ca'd'Oro, Galleria Franchetti

당시 릴케는 이 궁전을 전문지식을 가지고 복원하는 것을 보고 감탄했다. 물론 현재는 손 볼 곳이 많다. 이곳에서 카날 그란데와 맞은편의 궁전들을 내다보는 조망은 매우 멋지다.

Cannaregio 3932. Calle di Ca'd'Oro ｜ Tel. 041-520-03-45 ｜ www.cadoro.org

카 레초니코, 18세기 베네치아 박물관 Ca' Rezzonico, Museo del Settecento Veneziano

릴케는 영국 시인 로버트 브라우닝의 발자취를 찾아 1903년 이 궁전을 방문했다. 브라우닝은 1889년 12월 12일 이 집에서 임종했다. 사실 이곳에는 브라우닝을 회상할 만한 것은 없으나, 이곳에 전시되어 있는 18세기 베네치아 회화 수집품들은 중요하다. 그럼에도 불구하고 무조건 맨 위층으로 올라가보시라. 그곳에는 투른 운트 탁시스 부인의 방과 같은 전형적인 베네치아식 메자닌이 있다.

Dorsoduro 3136. Fondamenta Rezzonico ｜ Tel. 041-241-01-00

아카데미아 미술관 Gallerie dell'Accademia

릴케는 1897년 이곳을 처음 방문했을 때 그림보다는 "고귀한 단순성"을 떠올렸다. 나중에는 이곳을 자주 방문했다. 24번 홀에 있는 티치아

노의 그림 〈성모 마리아의 봉헌〉(1534~1538)에서 릴케는 마리아 연작
시에 대한 영감을 얻었다.

Dorsoduro 1050, Campo della Carità | 입장권 예매 Tel. 041-520-03-45 | www.gallerie.accademia.org

코레르 박물관 Museo Correr

카르파초가 1495년에 그린 대표작 〈두 명의 베네치아 여인〉(예전에는
〈매춘부들〉이라고 불렸음)이 2층의 38번 홀에 걸려 있다.

San Marco 52, Piazza San Marco, Procuratie Nuove | Tel. 041-240-52-11

해양사 박물관 Museo Storico Navale

베네치아 정부가 전함, 곤돌라, 갤리선 등 17세기 이후의 배 모형을 수
집하여 전시하고 있다.

Castello 2148, Campo San Biagio | Tel. 041-244-13-99

두칼레 궁전 Palazzo Ducale

비밀경찰과 첩자와 '정탐꾼'(릴케의 시 「통령」)의 장소인 이곳은 안내를
받아야 관람이 가능하다. 적어도 이틀 전에는 예약하는 편이 좋다.

San Marco 1, Piazzetta San Marco | Tel. 848-08-20-00 (콜센터)

모체니고 궁전, 옷감 및 복식사 박물관 Palazzo Mocenigo Centro Studi di Storia del Tessuto e Costume

현관홀인 포르테고에는 모체니고 가문이 배출한 일곱 명의 통령을 포
함한 조상들의 초상화가 걸려 있는데 인상적이다.

Santa Croce 1992 | Tel. 041-721-798

케리니 ― 스탐팔리아 미술관 Pinacoteca Querini-Stampalia

전시된 그림들이 빼어난 수작은 아닐지라도, 릴케가 언급했듯이 전통
적인 분위기에서 베네치아의 일상을 들여다보기에는 충분하다.

Castello 5252, Campo S. Maria Formosa | Tel. 041-271-14-11 | www.querinistampalia.it

| 팔라초

카 주스티니안 Ca' Giustinian

오늘날엔 비엔날레가 개최되는 장소이지만 과거에는 호화로운 숙소인 '호텔 유럽'이 있던 장소이다. 투른 운트 탁시스 부인이 베네치아의 릴케에 대한 마지막 기억을 간직한 곳이다. "1920년 5월 경 남편과 나는 그곳에서(=베네치아) 만났다. 조금 뒤에 따라온 릴케는 유럽 호텔에서 내렸다. 릴케가 카날 그란데 곁의 작은 계단에서 미소짓던 모습이 아직도 눈에 선하다."

카제타 로사 (=카제타 델레 로제) Casetta Rossa (= Casetta delle Rose)

카날 그란데를 사이에 두고 캄포 산 비오Campo San Vio 비스듬히 건너편에 있는 작은 궁전. 릴케는 이곳에서 이 집의 주인인 투른 운트 탁시스 후작부인의 남동생인 폰 호엔로에와 가끔 같이 지냈다. 릴케가 이곳을 처음 방문한 때는 1911년 4월 4일로 추정된다. 폰 호엔로에의 부인 도나 치나(폰 발덴부르크 부인)는 열쇠를 릴케가 묵던 메자닌에 보관했다. 폰 호엔로에는 카제타 로사를 1915년 가브리엘 다눈치오에게 빌려주었다. 다눈치오가 이곳에 살 무렵은 엘레오노라 두제와의 관계가 끝난 지 한참 지난 다음이었다. (그리고 일반적으로 알려져 있는 것과는 달리 그가 비스듬히 맞은편에 있는 바르바로-볼코프 궁전에 체류하던 때와는 다른 시기이다.)

팔라초 바르바로-볼코프 Palazzo Barbaro-Wolkoff

산타 마리아 델라 살루테와 팔라초 베니르 데이 레오니(현재 구겐하임 미술관) 사이의 카날 그란데에서 가장 잘 볼 수 있다. 이곳에서 엘레오노라 두제가 여러 해 동안 살았었다. "나는 오래된 팔라초의 꼭대기층을 살림채로 꾸몄다. 지붕 아래 있는 큰 첨두아치 창문으로 내다보면 도시 전체가 한눈에 들어왔다."릴케는 나중에 알렉산더 볼코프 무롬 초프의 이 아파트를 임대할 수 있었음에도 불구하고, 이것보다는 후작 부인의 메자닌을 더 선호했다. 바로 곁에 있는 팔라초 다리오Palazzo Dario 에는 프랑스 시인 앙리 드 레니에Henri de Régnier가 거주하며 글을 썼다. 릴케는 이따금씩 그를 만나 차테레로 함께 산책을 하곤 했다. 베네치아 의 정원을 발견하는 데 도움을 준 점 때문에 릴케는 레니에를 특별하게 생각했다.

팔라초 바르바리고 델라 테라차 Palazzo Barbarigo della Terrazza

카날 그란데에서 리오 산 폴로 운하로 접어드는 초입에 위치하고 있다. 1907년 11월 릴케는 이 건물의 대리석 테라스에 서 있었다. 바르바리 고 가문은 그림 수집으로 유명했으나 1850년 차르 니콜라우스 1세에게 대부분을 매각했다(역주: 그 중에는 티치아노의 그림들도 포함되어 있었 다). 현재 이 건물에는 '독일 연구센터 베네치아 지부(Centro Tedesco di Studi Veneziani, San Polo 2765/a)'가 있다(역주: 이 건물의 다른 일부는 '팔 라초 바르바리고 호텔'로 사용되고 있다).

Tel. 041-520-63-55

팔라초 벰보 Palazzo Bembo

리알토 다리에서 멀지 않은 카날 그란데에 인접해 있다. 르네상스 철학 자이자 시인이면서 동시에 베네치아의 공식 서기였던 피에트로 벰보의 거처였다고 알려져 있다. 1894년 유대인 아메데오 그라시니(무솔리니 의 애인 마르게리타 사르파티의 아버지)는 이 유명한 저택을 구입해서 가 족과 함께 입주했다. 릴케는 후작부인 티티(=파울리네)가 소유하고 있 는 "팔라초 벰보의 고풍스런 정원에서" 투른 운트 탁시스 부인의 메자 닌으로 장미를 얻어왔다.

팔라초 치니-발마라나 Palazzo Cini-Valmarana

이 저택에는 조르조 치니 미술 컬렉션Raccolta d'Arte Giorgio Cini이 있으나 유 감스럽게도 대부분 닫혀 있다(역주: 이탈리아의 기업가 비토리오 치니는 사고로 죽은 아들 조르조 치니를 기념하여 1951 문화 연구재단〈조르조 치니

재단〉을 설립하였다).

Dorsoduro 864, Campo San Vio ｜ Tel. 041-521-07-55/ www.cini.it

팔라초 라비아 Palazzo Labia

화려한 색채의 티에폴로 홀Sala del Tiepolo이 있는 이 저택은 2005년 말부터 복구 작업 중이어서 '무기한' 관람을 할 수 없다. (역주: 이 건물은 1964년부터 이탈리아 공영방송 RAI의 지역사무소로 사용되고 있으며, 2014년부터 국제 텔레비전 애니메이션 페스티벌인 '카툰스 온 더 베이Cartoons on the Bay'가 개최되고 있다.)

Cannaregio, Fondamenta Labia ｜ Tel. 041-78-11-11

팔라초 모체니고, 카 모체니고 베키아 Palazzo Mocenigo & Ca' Mocenigo Vecchia

리알토 다리와 산 마르코 광장 사이의 카날 그란데에 인접해 있다. 조르다노 브루노는 1591~1592년 카 모체니고 베키아에 머물던 도중, 주인인 지오바니 모체니고의 밀고로 인해 종교재판에 회부되었다. 이 토착 문벌가는 나중에는 손님들과 더 잘 사귀었다. 바이런 경은 1818~1819년 팔라초 모체니고에 머물면서 『돈 주앙』을 썼다. 릴케는 1912년 여름 아름다운 모체니고 백작부인의 회원제 살롱에 손님으로 자주 초대받았다.

｜ 호텔

바우어 Bauer

이 전통적인 호텔은 릴케 당시에는 디탈리-바우어(그륀발트) 호텔Hotel D'Italie(Grünwald)(역주: 오스트리아 청년 율리우스 그륀발트가 이 호텔의 경영자인 바우어 씨의 딸과 사랑에 빠져 결혼한 다음, 호텔 사업을 동업하기로 하여 '바우어 그륀발트Bauer Grünwald' 호텔로 개명했다)이라고 불렸으며, 『배데커』1902년판에 따르면 독일인이 선호한 "덜 부담스러운" 호텔이었다. 당시에는 오스트리아 음식으로 널리 알려졌었다. 그동안 많은 변화를 거친 가운데 오늘날 세계에서 가장 좋은 5성 호텔 중의 하나가 되었다. 물론 음식도 세계의 다양한 요리를 선보이고 있다.

San Maco 1459, Campo San Moisè ㅣ Tel. 041–520–70–22

다니엘리 Danieli

1900년경 『배데커』 호텔 순위 1위를 차지한 호텔이다. 다눈치오가 엘레오노라 두제를 사귀게 되었을 때 이곳에 머물고 있었다. 릴케는 이 호텔에 투숙한 적이 없었다. 릴케는 자신이 호평한 그 이탈리아 작가처럼 사치스럽지 않았다. 오늘날에도 여전히 가장 훌륭한 특급호텔 중의 하나이다. 투숙객이 아니더라도 피아노 바를 이용할 수 있다.

Castello 4196, Riva degli Schiavoni ㅣ Tel. 041-522-64-80

데 뱅 Des Bains

다른 화려한 숙소들을 좋게 평가한 것과는 달리, 릴케는 리도 섬에 있는 이 화려한 호텔을 "과장되고" "단조로운 집들"이라고 폄하했다. 이와는 달리 토마스 만은 이 호텔에서 1911년 여름을 지냈다. 이 호텔은 루키아노 비스콘티가 영화 〈베니스에서의 죽음〉을 제작할 때 촬영장소로 사용되었다.

Lungomare Marconi 17, Lido di Venezia ㅣ Tel. 041-526-59-21

루나 호텔 발리오니 Luna Hotel Baglioni

오랜 전통이 있는 호텔. 1118년 템플 기사단의 기사들이 예루살렘으로 십자군 원정을 떠나기 전에 이곳에서 숙박했다. 그 후 수도원으로 사용되다가, 1574년 여관 로칸다 델라 루나Locanda della Luna로 바뀌었다. 릴케는 이곳에 1911년 3월 29일부터 4월 5일까지 머물렀다. 현재는 5성급의 호화로운 호텔이다.

San Marco 1243 ㅣ Tel. 041–528–98–40 ㅣ www.baglionihotels.com

펜션 라 칼치나 Pensione La Calcina

베네치아에서 가장 아름다운 산책로에 있는 고풍스런 펜션이다. 영국의 비평가 존 러스킨은 이곳의 장기투숙자였다. 이 펜션은 릴케가 여기에서 편지를 썼노라고 광고하지만, 릴케는 1912년 초여름 바로 모퉁이에 있는, 오늘날의 피스토르 칼레 775번지(Calle del Piator 775, Campo della Calcina)에 방을 구했었다.

Dorsoduro 780, Fondamenta Zattere ai Gesuati ┃ Tel. 041-520-64-66

웨스틴 유로파 앤드 레지나 Westin Europa e Regina

이전에는 브리타니아 호텔이라고 불렸다. 릴케가 1897년 베네치아에서 묵은 첫 번째 호텔이다.

San Marco 2159, Calle Larga XXII Marzo ┃ Tel. 041-240-00-01

┃ 바카로, 카페, 식당

도 모리 Do Mori

비좁고, 시끄럽고, 북적대는 곳이다. 서서 먹어야 하는 곳으로 마음이 여린 릴케와는 어울리지 않는 장소이다. 하지만 이곳은 베네치아에서 가장 유명하고 오래된 바카로(=포도주 전문점) 중의 하나이다. 탁월한 '프랑코볼리'(=우표라는 뜻, 샌드위치를 그렇게 부른다)와 프로세코(=이탈리아산 발포성 백포도주)가 유명하다. 신선한 포도주를 매주 발도비아데네(역주: 베네치아 근처의 소규모 포도주 산지)로부터 공급받는다.

429 San Polo, Calle Do Mori ┃ Tel. 041-522-54-01

랄타넬라 L'Altanella

가업으로 4세대째 이어오고 있는 곳. 여름에는 운하 옆의 테라스에 앉을 수 있으나 실내는 좁다.

Giudecca 268, Calle delle Erbe ┃ Tel. 041-522-77-80

안티카 로칸다 몬틴 Antica Locanda Montin

산 트로바소 성당 뒤쪽에 있으며, 아카데미아 미술관과 팔라초 발마라나와 매우 가까이에 위치하고 있는 식당. 릴케가 체류하던 당시에는 자유분방한 기질의 사람들이 빵과 살라미와 포도주를 놓고 즐겁게 이야기를 나누던 소박한 곳이었으나, 오늘날엔 좀 더 우아하게 식사할 수 있다. 정원의 덩굴이 우거진 정자는 여전히 멋진 그림자를 드리우고 있다.

Dorsoduro, Fundamenta Eremite 1147 (대부분의 지도나 여행안내서에는 Fundamenta Borgo로 적혀 있다) | Tel. 041–522–71–51 | www.locandamontin.com

카페 플로리안 Caffè Florian

1720년부터 바이런 경, 루소, 조르주 상드, 알프레드 드 뮈세, 쇼펜하우어 등의 예술가나 작가들이 만남의 장소로 이용했다. 1912년 여름 라이너 마리아 릴케와 그의 귀족 친구들은 자주 이곳에 모여 담소를 나누었다. 아주 더운 날에 다른 사람들은 "착각하게 하는 얼음음료로" 상황을 고조시킨 반면, 릴케는 "이따금씩 매우 뜨거운 차로 순간적인 균형을 이루고자" 시도했다.

San Marco 56, Piazza San Marco | Tel. 041–520–56–41 | www.caffeflorian.com

그란 카페 콰드리 Gran Caffè Quadri

1638년 다른 이름으로 문을 열었던, 베네치아에서 가장 오래된 카페 중의 하나이다. 이곳에서 1725년 베네치아인들은 처음으로 터키에서 들여온 모카커피를 맛볼 수 있었다. 플로리안 카페의 맞수인 이 카페에서는 외국 예술가들의 방해를 받지 않는다. 예를 들자면, 헨리 제임스는 1881년 우선 플로리안에서 아침식사를 충분히 한 다음 점심은 콰드리에서 먹었다. 오스트리아 점령군이 콰드리를 좋아한 다음부터 '진짜' 베네치아인들은 플로리안에서 만나는 것을 더 선호한다. 이미 알려진 대로 오스트리아와 관련된 모든 것이 릴케를 성가시게 했다는 사실 때문에 릴케가 이곳을 방문하길 꺼렸는지는 알려진 바 없다. 그러나 그는 1920년 일차세계대전 이전에 이곳에서 만났던 품위있는 사교계 사람들을 그리워했다.

San Marco 120, Piazza San Marco | Tel. 041–522–21–05 | www.quadrivenice.com

타베르나 라 페니체 Taverna La Fenice

차림표에서 Pasta e fagioli (콩을 곁들인 파스타)와 같은 개별 음식들은 '진짜 베네치아식' 분위기를 떠올리게 한다. 이러한 분위기에서 투른 운트 탁시스 후작부인과 릴케도 1920년 아침식사를 하러 이곳에서 만났다. 18세기 말부터 시작된 전통을 가진 이 식당은 릴케 당시에는 포도주와 푸짐한 음식이 준비되어 있는 노동자를 위한 전형적인 주막이었다.

San Marco 1939. Campiello della Fenice ㅣ Tel. 041-522-38-56

ㅣ 광장, 거리, 기타

아르세날레 Arsenale

카스텔로 구역. 세레니시마의 결혼식을 거행할 때처럼 여전히 보안을 유지하고 있다. 인상적인 출입문을 지키고 있는 두 마리 사자는 프란체스코 모로시니가 1687년 그리스에서 약탈해온 것이다. 모로시니는 마지막 통령이자 동시에 함대의 최고 사령관이었다. 그는 많은 승리를(특히 터키전의 승리) 거두었음에도 불구하고 베네치아와 조선소의 몰락을 멈추진 못했다.

신(新)게토 광장 Campo del Ghetto Nuovo

유대 박물관 Museo Ebraico e Sinagoghe(Cannaregio 2902/b)의 근대 유대 역사를 위한 게토 가이드. 이탈리아어와 영어로 진행된다. 독일어는 미리 예약해야 한다.

Tel. 041-715-359 ㅣ www.museoobracio.it

산 폴로 광장 Campo San Polo

베네치아에서 두 번째로 큰 광장임에도 조용하고 푸르다. 나무가 있는 수상도시에서 몇 안 되는 오아시스이다. 예전에는 민중축제, 황소 달리기, 야외 미사 등의 장소로 사용되었고, 현재는 2월에는 카니발, 여름에는 지역 주민을 위한 야외 영화관으로 이용되고 있다. 그밖에는 베네치아의 일상적인 모습을 보여준다.

캄포 산타 마리아 포르모자 Campo Santa Maria Formosa

카스텔로 구역. 베네치아에서는 관광중심지를 벗어나는 편이 좋다. 이 광장은 피아차 산 마르코에서 멀지 않지만 캄파리가 1/3가격이다.

곤돌라 조선소가 있는 캄포 산 트로바소 Campo San Trovaso mit Gondelwerft

도르소두로 구역. 옛날의 목조주택과 더불어 작은 곤돌라 조선소는 대리석 도시 한가운데 있는 알프스 마을 같은 인상을 준다. 연출가 막스 라인하르트는 이 광장을 1934년 〈베니스의 상인〉 야외공연의 무대 배경으로 사용했다.

캄포 산 비오 Campo San Vio

릴케가 체류했던 때와는 달리 소음이 없다. 카날 그란데와 팔라초 치니-발마라나를 조망할 수 있는 조용하고 작은 광장이다.

유대인 공동묘지 Cimitero ebraico

이미 괴테도 리도에 있는 이 공동묘지를 방문한 적이 있다. "리도에는, 바다와 멀지 않은 곳에 영국인들이 매장되어 있고, 그밖에 축성 받은 땅의 양쪽에서 휴식을 취하지 못하는 유대인들도 있다. 나는 고귀한 스미스 영사(역주: 조셉 스미스[1682~1770]. 예술 후원자이자 수집가. 그의 수집품들은 영국 윈저성의 프린트 룸에 전시되어 있다)와 그의 첫 번째 아내의 무덤도 발견했다. 내가 가진 아테네 여신상의 복제품은 그의 덕분이기에 축성 받지 못한 그의 무덤에 감사를 표했다. 그 무덤은 축성 받지 못했을 뿐만 아니라 절반쯤 물에 잠겨 있다."(1786년 10월 8일)

현재 유대인 공동묘지는 안내를 받아야 입장할 수 있다. 이탈리아어와 영어가 있으며, 규칙적이지 않다. 이를테면 겨울에는 안내 관람이 없다. 관심이 있는 사람은 유대 박물관Museo Ebraico으로 전화를 하면 친절한 안내를 받을 수 있다.

Via Cipro 70, Lido di Venezia ㅣ Tel. 041-715-359

어시장과 야채시장 Pescheria & Erberia

산 폴로 구역. 어시장은 1000년 전부터 이곳에서 운영되어왔다. 상품을 부리는 광경을 보려는 사람은 아침 일찍 일어나야 한다. 늦어도 8시 30분부터는 진열대에 상품을 진열하기 시작하며, 정오에는 다시 거두어들인다.

스파다리아 Spadaria

산 마르코 구역, 라르가 산 마르코 거리와 산 줄리아노 광장 사이, 마르코 광장 뒤쪽.

이 작은 골목의 수공업자에게 릴케는 부채를 주문했는데 피아 백작부인 집에서 본 것처럼 "정교하게 짜맞추어" 주었다. 단 한 가지 문제는 40프랑이라는 비싼 가격이었다. 오늘날이라면 릴케는 다른 문제에 봉착하게 되었을 것이다. 산 마르코 광장 근처의 골목에서 판매하는 부채나 레이스 또는 유리와 같은 베네치아 전통 기념품들이 대부분 현지에서 생산되지 않는다는 점이다. 부채는 대개 스페인에서 들여오고, 판매되는 모든 무라노 유리 제품의 절반은 타이완에서 생산되며, 유명한 부라노 레이스는 박물관에나 가야 구경할 수 있다. 베네치아에 있는 약 130여 개의 가게와 가판대에서 구입할 수 있는 레이스 제품 중 어떤 것도 부라노 섬에서 만든 것이 아니다. 아무튼 이것은 〈부라노 레이스 보호 재단〉의 회장인 지롤라모 마르첼로가 한 말이다(출처: GEO 스페셜 베네치아). 부라노에서 제작한 진짜 제품은 굉장히 비싸다.

차테레 Zattere

운하를 따라 옆에 나 있는 이 길은 매우 길어서 이름이 여러 번 바뀐다. 즉 루이지 논노의 생가와 로마넬리의 예전 펜션이 있으며, 그 외에도 많은 식당과 아이스카페가 있는 Fondamenta Zattere Ponte Lunge, 동명의 성당이 있는 Fondamenta Zattere ai Gesuati, 그리고 Fondamenta Zattere allo Spirito Santo 등이 있다. 아주 가까운 Calle Querini 252번지에 살았던 시인 에즈라 파운드가 차테레 산책을 즐겼다. 보트 제작소와 카누 협회 그리고 Magazzini del Sale(옛날 소금 창고)가 있는 Fondamenta Zattere ai Saloni는 세관인 Dogana da Mar까지 이어진다.

정원들 Gärten

일반적인 정보는 베네치아 역사 정원 위그웜 클럽Wigwam Club Giardini Storici Venezia(www.giardiani-venezia.it)으로 문의해보면 된다. 이 단체는 베네치아 정원들을 안내하는 프로그램을 운영하고 있으며, 소그룹으로도 신청 가능한데, 물론 주로 이탈리아어로 진행된다.

파파도폴리 정원 Giardini Papadopoli

"반드시 보아야 할 곳은 팔라초 라비아 근처에 있는 파파도폴리의 아름다운 정원입니다. 골동품 상인 구겐하임 씨의 소유인 옛 팔라초 티에폴로-파바노풀리에서 허락을 받아야 합니다." 릴케가 시셀라 폰 네어하이트 양에게 해준 조언은 현재의 상황으로 보자면 부분적으로만 옳다. 사실 이 정원은 1920년부터 자르디니 푸블리치Giardini Pubblici(비엔날레 시설물) 그리고 왕립 정원과 더불어 공개적으로 접근할 수 있는 유일한 대규모 공원이다. 하지만 이 정원은 원래 가지고 있던 많은 매력을 상실했으며, 심지어 가치가 좀 떨어진 듯하다. 19세기 때의 분위기가 좀처럼 연상되지 않는다. 그 당시의 정원은 처음에는 라 페니체La Fenice 극장(역주: '불사조'라는 의미의 오페라 극장. 이름처럼 세 번 화재가 발생했으나 그때마다 더 멋지게 복원됨)의 무대 장치가 프란체스코 반냐라가 영국 낭만주의 양식으로 꾸몄으며, 그 후에는 많은 이국 식물들과 카날 그란데가 보이는 유명한 테라스로 풍성해졌었다.

산타 크로체 구역, 로마 광장.

에덴 정원 Giardini Eden

주데카 구역, 리오 델라 크로체의 뒤쪽 끝.

"이 정원은 피사의 프레스코화에 그려진 낙원처럼 공중으로 치솟아 있습니다. 인간이 생각할 수 있는 가장 세속적인 것, 세속적인 곳은 말하자면 점차 희미하게 사라지는 듯이, 계속해서 하늘로 옮아가고, 상승하고, 도피합니다." 릴케가 폰 데어 하이트 양에게 이처럼 열광적으로 말했듯, 오늘날 에덴 정원은 운하와 벽돌담과 빗장 걸린 정문에 의해 매우 세속적으로 제한되어 있다. 그럼에도 불구하고 진정한 릴케 팬이라면 꼭 가볼 만한 곳이다!

* 주소, 전화번호, 개관시간 등에 관한 정보는 2011년 7월 기준이다.

서문

1 Stefan Zweig, Die Welt von Gestern. Erinnerungen eines Europäers. © S. Fischer Verlag GmbH, Frankfurt am Main 2003, 167쪽.

2 Ingeborg Schnack, Rainer Maria Rilke. Chronik seines Lebens und seines Werkes, Frankfurt am Main 1975, 1권 172쪽(카푸스에게 보낸 1903년 10월 29일자 편지)에서 재인용.

3 Rainer Maria Rilke, Briefe, Hg. vom Rilke-Archiv Weimar, besorgt von Karl Altheim, Frankfurt am Main 1987, 182쪽(클라라 릴케에게 보낸 1907년 10월 11일자 편지).

4 Rainer Maria Rilke, Die Aufzeichnungen des Malte Laurids Brigge, Frankfurt am Main/Leipzig 2000, 21쪽.

5 Rainer Maria Rilke, Briefwechsel mit Anton Kippenberg 1906 bis 1926, Frankfurt am Main/Leipzig 1995, 1권 341쪽(안톤 키펜베르크에게 보낸 1912년 5월 13일자 편지).

6 Rudolf Kassner, Rilke. Gesammelte Erinnerungen 1926~1956, Pfullingen 1976, 30쪽.

7 Zweig, 172쪽.

8 Rainer Maria Rilke und Marie von Thurn und Taxis, Briefwechsel, Frankfurt am Main 1986, 1권 133쪽(1912년 4월 5일).

9 Helmut Wocke, Rilke und Italien, Gießen 194o, 73쪽에서 재인용.

10 Marie von Thurn und Taxis, Erinnerungen an Rainer Maria Rilke, Frankfurt am Main 1983, 7쪽.

11 같은 책, 102쪽 이하.

12 같은 책, 8쪽 이하.

13 Rainer Maria Rilke, Die Briefe an Karl und Elisabeth von der Heydt 1905~1922, Frankfurt am Main 1986, 147쪽(=기젤라 폰 데어 하이트에게 보낸 1908년 3월 24일자 편지).

14 Marie von Thurn und Taxis, Erinnerungen, 27쪽.

15 같은 책, 68쪽.

16 Maria Rilke, Briefe aus Muzot, Leipzig 1937, 4o9쪽(1926년 3월 17일자 편지).

17 Rainer Maria Rilke, Briefe (Hg. von Karl Altheim), 183쪽(클라라에게 보낸 1907년 10월 11일자 편지).

18 Kassner, Rilke, 15쪽.

19 Joachim W. Storck, Rilkes frühestes Venedig–Erlebnis, in: Blätter der Rilke–Gesellschaft, Heft 16/17 (1989/9o), 19~32쪽, 여기서는 22쪽(노라 가우트슈티커에게 보낸 1897년 3월 25일자 편지).

20 기젤라 폰 데어 하이트에게 보낸 1908년 3월 24일자 편지, 같은 책 144쪽.

21 Rainer Maria Rilke, Das Florenzer Tagebuch, Frankfurt am Main/Leipzig 1994, 25쪽 이하.

첫 번째 산책

22 Rainer Maria Rilke, Briefe an Sidonie Nádherny von Borutin, Frankfurt

am Main 1973, 47쪽(1907년 11월 19일자 편지).

23 같은 책, 48쪽.

24 Rainer Maria Rilke, Briefe(Hg. von Karl Altheim), 214쪽(클라라 릴케에게 보낸 1907년 11월 20일자 편지).

25 Ralph Freedman, Rainer Maria Rilke. Der Meister 19o6 bis 1926(=Freedman, Bd. II), Frankfurt am Main/Leipzig 2oo2, 58쪽에서 재인용(1907년 11월 26일자 편지).

26 같은 책 재인용(1907년 12월 1일자 편지).

27 Rainer Maria Rilke, Briefe an Nanny Wunderly-Volkart, Frankfurt am Main 1977, 1권 261쪽 이하(1920년 7월 5일자 편지).

28 Rainer Maria Rilke, Die Aufzeichnungen des Malte Laurids Brigge, Frankfurt am Main 20oo, 110쪽.

29 Rainer Maria Rilke, Sämtliche Werke, Frankfurt am Main 1987, 1권 686쪽 이하.

30 Freedman, 2권 59쪽에서 재인용(1907년 12월 7일자 편지).

31 Gunnar Decker, Rilkes Frauen oder Die Erfindung der Liebe, Leipzig 2004, 143쪽.

32 Briefe an Sidonie, 155쪽(1912년 6월 7일자 편지)

33 Briefwechsel mit Marie von Thurn und Taxis, 1권 157쪽(1912년 5월 22일자 편지) 그리고 지도니에게 보낸 편지, 155쪽(1912년 6월 7일자 편지).

34 Briefwechsel mit Marie von Thurn und Taxis, 1권 149쪽(1912년 5월 14일자 편지).

35 같은 책, 1권 155쪽(1912년 5월 18일자 편지).

36 같은 책, 1권 143쪽(1912년 5월 9일자 편지).

37 같은 책, 1권 149쪽(1912년 5월 14일자 편지).

38 Marie von Thurn und Taxis, Erinnerungen, 59쪽 이하.

39 Rätus Luck, ≫Mezzanino≪: Rainer Maria Rilke und die Damen Valmarana, in: Blätter der Rilke-Gesellschaft, Heft 16/17 (1989/9o), 43~55쪽, 여기서는 43쪽 이하에서 재인용.

40 Rainer Maria Rilke, Briefe aus den Jahren 1914~1921, Leipzig 1937, 298쪽(M. 백작부인에게 보낸 1920년 6월 25일자 편지).

41 Briefwechsel mit Marie von Thurn und Taxis, 1권 162쪽(1912년 6월 5일자 편지).

42 Marie von Thurn und Taxis, Erinnerungen, 6o쪽.

43 Briefwechsel mit Marie von Thurn und Taxis, 1권 162쪽 이하(1912년 6월 5일자 편지).

44 Zweig, 171쪽.

45 Rainer Maria Rilke, Briefwechsel mit Benvenuta, Eßlingen 1954, 77쪽 (1914년 2월 15일자 편지).

46 Briefwechsel mit Marie von Thurn und Taxis, 1권 174쪽(1912년 7월 6일자 편지).

47 같은 책, 160쪽(1912년 5월 28일자 편지).

48 Briefe an Nanny, 255쪽(1920년 6월 22일자 편지).

49 Briefwechsel mit Marie von Thurn und Taxis, 1권 162쪽(1912년 6월 5일자 편지).

50 Zweig, 171쪽.

51 Briefe an Nanny, 263쪽(1920년 7월 6일).

52 Briefwechsel mit Benvenuta, 76쪽(1914년 2월 15일자 편지).

53 Briefe an Nanny, 262쪽(1920년 7월 5일자 편지).

54 같은 책, 256쪽(1920년 6월 22일자 편지).

55 Rainer Maria Rilke/Lou Andreas-Salomé, Briefwechsel, Frankfurt am Main 1989, 273쪽(1912년 12월 19일).

56 Briefe 1914~1921, 298쪽 이하(M. 백작부인에게 보낸 1920년 6월 25일자 편지).

57 Briefwechsel mit Marie von Thurn und Taxis, 1권 155쪽(1912년 5월 18일자 편지).

58 Zweig, 169쪽.

59 Ralph Freedman, Rainer Maria Rilke. Der junge Dichter 1875 bis 1906, Frankfurt am Main/Leipzig 2001, 307쪽에서 재인용.

60 Marie von Thurn und Taxis, Erinnerungen, 47쪽.

61 Briefwechsel mit Marie von Thurn und Taxis, 1권 75쪽(1911년 12월 15일).

62 Rainer Maria Rilke, Briefe an Schweizer Freunde, Frankfurt am Main/ Leipzig 1994, 93쪽 (도리 폰 데어 뮐에게 보낸 1920년 7월 1일자 편지).

63 Briefwechsel mit Marie von Thurn und Taxis, 2권 605쪽(1920년 6월 23일자 편지).

두 번째 산책

64 Storck, 25쪽에서 재인용(노라 마틸데 가우트슈티커에게 보낸 1897년 3월 28일자 편지).

65 Briefwechsel mit Lou Andreas-Salomé, 163쪽(1904년 5월 13일자 편지).

66 Rilke, Florenzer Tagebuch, 25쪽.

67 Briefe(Hg. Von Karl Altheim), 같은 책, 174쪽(클라라 릴케에게 보낸 1907년 10월 7일자 편지).

68 Brief an Gisela von der Heydt, 1908년 3월 24일, 같은 책, 147~149쪽.

세 번째 산책

69 Briefwechsel mit Marie von Thurn und Taxis, 1권 149쪽(1912년 5월 14
일자 편지).

70 Storck, 23쪽에서 재인용(노라 마틸데 가우트슈터커에게 보낸 1897년 3
월 27일사 편지).

71 Brief an Gisela von der Heydt, 1908년 3월 24일, 같은 책, 147쪽.

72 Briefwechsel mit Marie von Thurn und Taxis, 1권 128쪽 이하(1912년 3
월 22일자 편지).

73 Briefe an Nanny, 262쪽(1920년 7월 5일자 편지).

74 Storck, 24쪽에서 재인용(노라 마틸데 가우트슈터커에게 보낸 1897년 3
월 28일자 편지).

75 Rilke, Sämtliche Werke, 1권 610쪽 이하.

76 Zweig, 165쪽.

77 Eckart Peterich, Italien. Ein Führer. Erster Band : Oberitalien, Toskana,
Umbrien. ⓒ Prestel Verlag, München 1985, 124쪽 이하.

78 Brief an Gisela von der Heydt, 1908년 3월 24일자 편지, 같은 책, 147쪽.

79 Briefe an Schweizer Freunde, 89쪽(도리 폰 데어 뮐에게 보낸 1920년 6
월 22일자 편지).

80 Rilke, Sämtliche Werke, 1권 611쪽.

81 같은 책, 526쪽.

네 번째 산책

82 Rilke, Sämtliche Werke, 1권 609쪽 이하.

83 Briefe an Sidonie, 49쪽(1907년 11월 24일자 편지).

84 Briefwechsel mit Marie von Thurn und Taxis, 1권 15쪽 이하(1910년 4월 29일자 편지)

85 Briefe an Sidonie, 147쪽(1912년 3월 8일자 편지).

86 Briefwechsel mit Marie von Thurn und Taxis, 1권 121쪽(1912년 3월 2일자 편지).

87 Dante, Die Göttliche Komödie. Deutsch von Friedrich Freiherrn von Falkenhausen, Frankfurt am Main 1974, 93쪽 이하.

88 Malte, 21쪽.

89 Rilke, Eine Szene aus dem Ghetto in Venedig, Sämtliche Werke, 4권, 339쪽.

90 Marie von Thurn und Taxis, Erinnerungen, 20쪽 이하.

91 Rilke, Sämtliche Werke, 1권, 687쪽.

92 Ulrich Fülleborn/Manfred Engel (Hg.), Rilkes ≫Duineser Elegien≪, Frankfurt am Main 1982, 2권 189쪽 이하에서 재인용. 207쪽에는 묘비명이 라틴어로 실려 있다.

다섯 번째 산책

93 Johann Wolfgang Goethe, Tagebuch der Italienischen Reise 1786, Frankfurt am Main 1976, 100쪽 이하.

94 Rilke, Sämtliche Werke, 4권 339쪽.

95 같은 책, 338쪽.

96 Rainer Maria Rilke/Mathilde Vollmoeller, Briefwechsel 1906 bis 1914, Frankfurt am Main/Leipzig 1993, 133쪽(1912년 2월 11일자 편지).

97 Brief an Gisela von der Heydt, 1908년 3월 24일, 같은 책, 151쪽.

98 Rilke, Sämtliche Werke, 4권 339쪽.

99 Marie von Thurn und Taxis, Erinnerungen, 44쪽 이하.

100 Rilke, Sämtliche Werke, 4권 339쪽.

101 Attilio Milano, Storia degli ebrei in Italia, Torino 1992, 521쪽.

102 Rilke, Sämtliche Werke, 4권 341쪽.

103 같은 책, 342쪽.

104 같은 책, 341쪽.

105 Richard Sennett, Fleisch und Stein. Der Körper und die Stadt in der westlichen Zivilisation, Frankfurt am Main 1997, 2쪽.

106 Rilke, Sämtliche Werke, 4권 341쪽.

107 같은 곳.

108 William Shakespeare, Der Kaufmann von Venedig, in: Dramen Bd. I, übers. von A. W. Schlegel, D. Tieck und W. Graf Baudissin, Berlin/Weimar 1987, 235쪽(1막 3장).

109 같은 책, 259쪽(3막 1장).

110 Sennett, Fleisch und Stein, 304쪽에서 재인용.

111 Rilke, Sämtliche Werke, 4권 343쪽.

112 Rudolf Kassner, Zum Briefwechsel zwischen R. M. Rilke und der Fürstin Marie von Thurn und Taxis-Hohenlohe, in: Briefwechsel mit Marie von Thurn und Taxis, 1권 XIII–XXXVII쪽, 여기서는 XXXI쪽.

113 Briefwechsel mit Marie von Thurn und Taxis, 1권 163쪽(1912년 6월 5
일자 편지)

여섯 번째 산책

114 Rilke, Sämtliche Werke, 1권 667쪽 이하.

115 Manfred Engel (Hg.), Rilke-Handbuch. Leben – Werk – Wirkung,
Stuttgart 2004, 356쪽에서 재인용(지초 백작부인에게 보낸 1922년 1
월 6일자 편지).

116 Briefe an Schweizer Freunde, 89쪽(도리 폰 데어 뮐에게 보낸 1920년 6
월 22일자 편지).

일곱 번째 산책

117 Storck, 23쪽에서 재인용(노라 마틸데 가우트슈티커에게 보낸 1897년
3월 27일자 편지).

118 같은 책, 24쪽에서 재인용 노라 마틸데 가우트슈티커에게 보낸 1897
년 3월 28일자 편지).

119 같은 곳.

120 같은 책, 21쪽에서 재인용(미르바흐 백작부인에게 보낸 1920년 6월 25
일자 편지).

121 Briefe an Schweizer Freunde, 93쪽(도리 폰 데어 뮐에게 보낸 1920년 7
월 1일자 편지).

122 같은 책, 90쪽.

123 Briefe 1907~1914, 26쪽 이하(클라라 릴케에게 보낸 1907년 11월 22

일자 편지).

124 Malte, 191쪽 이하.

125 Marie von Thurn und Taxis, Erinnerungen, 60쪽.

126 Briefwechsel mit Marie von Thurn und Taxis, 1권 148쪽(1912년 5월 14
     일자 편지).

127 Briefe an Nanny Wunderly-Volkart, 같은 책, 263쪽(1920년 7월 6일자
     편지).

128 Briefwechsel mit Marie von Thurn und Taxis, 1권 147쪽(1912년 5월 14
     일자 편지).

129 같은 책, 154쪽(1912년 5월 18일자 편지).

130 Kassner, Rilke, 86쪽.

131 Briefwechsel mit Marie von Thurn und Taxis, 1권 157쪽(1912년 5월 22
     일자 편지).

132 Marie von Thurn und Taxis, Erinnerungen, 59쪽.

133 Rilke und die Duse, 93쪽에서 재인용(헬레네 폰 노스티츠에게 보낸
     1912년 7월 16일자 편지).

134 Maria Gazzetti, Gabriele d′Annunzio, Reinbek b. Hamburg 2ooo, 63쪽
     에서 재인용.

135 Briefwechsel mit Marie von Thurn und Taxis, 1권 170쪽(1912년 7월 12
     일자 편지).

136 같은 책, 175쪽(1912년 7월 20일자 편지).

137 Marie von Thurn und Taxis, Erinnerungen, 61쪽.

138 Briefwechsel mit Marie von Thurn und Taxis, 1권 175쪽 이하(1912년 7
     월 20일자 편지)

139 Briefwechsel mit Benvenuta, 77쪽(1914년 2월 15일자 편지).

140 Briefwechsel mit Marie von Thurn und Taxis, 1권 172쪽(1912년 7월 12일자 편지).

141 같은 책, 170쪽(1912년 7월 12일자 편지).

142 Marie von Thurn und Taxis, Erinnerungen, 65쪽 이하(1920년 12월 31일자 편지).

143 Briefwechsel mit Marie von Thurn und Taxis, 1권 189쪽(1912년 8월 3일자 편지).

144 같은 책, 178쪽(1912년 7월 20일자 편지).

145 같은 책, 196쪽(1912년 8월 26일자 편지) 그리고 191쪽 이하(1912년 8월 8일자 편지).

146 Rilke und die Duse, 123쪽에서 재인용(헬레네 폰 노스티츠에게 보낸 1914년 7월 17일자 편지).

147 Briefwechsel mit Lou Andreas-Salomé, 421쪽 이하(1920년 12월 31일자 편지)

148 Marie von Thurn und Taxis, Erinnerungen, 41쪽 이하.

여덟 번째 산책

149 기젤라 폰 데어 하이트에게 보낸 1908년 3월 24일자 편지, 같은 책 149쪽.

150 Briefe an Nanny, 256쪽(1920년 6월 22일자 편지).

151 같은 책, 257쪽.

152 Briefwechsel mit Marie von Thurn und Taxis, 1권 130쪽(1912년 3월 29
     일자 편지).

153 Johann Wolfgang Goethe, Italienische Reise. Sämtliche Werke, Hanser-
     Ausgabe, Bd. 15, München 1992, 104쪽.

154 Briefe an Sidonie, 153쪽 이하(1912년 4월 10일자 편지).

155 Briefwechsel mit Marie von Thurn und Taxis, 1권 153쪽(1912년 5월 18
     일자 편지).

156 같은 책, 139쪽(1912년 4월 9일자 편지).

157 같은 책, 2권 606쪽(1920년 6월 28일자 편지).

158 Thomas Mann, Tod in Venedig und andere Erzählungen. ⓒ S. Fischer
     Verlag GmbH, Frankfurt am Main 1973, 30쪽.

159 Rainer Maria Rilke, Briefe an das Ehepaar S. Fischer, Zürich 1947, 7o
     쪽(헤트비히 피셔에게 보낸 1912년 11월 6일자 편지).

160 같은 책 72쪽 이하(Ebd., S. 72f.(헤트비히 피셔에게 보낸 1912년 12월
     31일자 편지).

161 Marlene Dietrich, Ich bin, Gott sei Dank, Berlinerin. Memoiren,
     Ullstein Verlag, Berlin 1997, 210쪽 이하. 마를레네 디트리히 컬렉션 유
     한주식회사의 우호적인 허가로 전재.

열 번째 산책

162 Briefe an Nanny, 253쪽(1920년 6월 21일자 편지).

163 같은 책, 258쪽 이하(1920년 7월 1일자 편지).

164 Briefwechsel mit Marie von Thurn und Taxis, 1권 133쪽(1912년, 4월 5
    일자 편지).

165 Storck, 25쪽에서 재인용(노라 마틸데 가우트슈티커에게 보낸 1897년
    3월 29일자 편지).

166 Rainer Maria Rilke, Die Briefe an Frau Gudi Nölke. Wiesbaden 1953,
    57쪽 (1920년 6월 24일자 편지).

167 Rainer Maria Rilke/Ellen Key, Briefwechsel, Frankfurt am Main/Leipzig
    1993, 37쪽 이하 (1903년 8월 18일자 편지).

168 같은 책, 38쪽 (1903년 8월 20일자 편지).

169 같은 책, 39쪽 (1903년 11월 3일자 편지).

170 Briefe an Sidonie, 51쪽 (1907년 11월 25일자 편지).

열한 번째 산책

171 기젤라 폰 데어 하이트에게 보낸 1908년 3월 24일자 편지, 같은 책,
    150쪽.

172 Briefwechsel mit Marie von Thurn und Taxis, 1권 404쪽(1915년 3월 6
    일자 편지).

173 Briefe an Nanny, 254쪽(1920년 6월 21일자 편지).

174 Briefe an Schweizer Freunde, 91쪽 이하(도리 폰 데어 뮐에게 보낸
    1920년 7월 1일자 편지).

175 Briefe 1914~21, 301쪽(M. 백작부인에게 보낸 1920년 6월 26일자 편
    지).

176 Briefwechsel mit Marie von Thurn und Taxis, 2권, 611쪽(1920년 7월
    23일자 편지).

177 Briefe an Nanny, 432쪽 이하(1921년 5월 20일자 편지).

178 Norbert Huse, Venedig. Von der Kunst, eine Stadt im Wasser zu bauen, München 2005, 139쪽.

179 Rilke, Sämtliche Werke, 1권 609쪽.